Ein Fall von politischer Brisanz oder ein Racheakt unter Ganoven: Ehemalige Elitepolizisten, ein Mord, diverse Waffenhändler. Paul Backes, Gerichtsreporter im Schwarzwald, ist sich nicht klar darüber, welche Rolle ihm da zugedacht ist. Die Saubermänner haben Dreck am Stecken und Paul weiß nicht, wem er trauen kann.
Vielleicht ist die ganze Sache auch eine Hutnummer zu groß für ihn. Auf jeden Fall hat ein schwäbischer Waffenfabrikant wohl einiges zu verbergen.

Autor

Walter Hornbach, geboren 1952, lebt mit seiner Frau in einem kleinen Dorf in der Nähe von Freudenstadt, im Schwarzwald, genauer an der Grenze zum Kreis Rottweil. Zum Schreiben kam er vor allem durch die Arbeit an Sketchen und kleinen Theaterstücken.

Walter Hornbach

QUERSCHLÄGER

Der 4. Band mit Paul Backes, Kriminalreporter im Schwarzwald

Bibliographische Information der Deutschen Nationalbibliothek
Die Deutsche Nationalbibliothek verzeichnet diese Publikation in der
Deutschen Nationalbibliografie; detaillierte bibliografische Daten sind im
Internet über http://dnb.d-nb.de abrufbar.

Herstellung und Verlag: BoD - Books on Demand,
Norderstedt

ISBN-13:

9783749481620

Erste Auflage September 2019

Herstellung: Es wurden 90g- **FSC®-zertifiziertes Papier
(Lizenzcode: C105338)**.
verwendet. Sie sind jeweils säure-, holz- und chlorfrei
sowie alterungsbeständig

Titelbild: Privat

Für Marie und Kati

Die Deppen

Falludscha, Irak, 2004

Hitze, Hitze, Hitze. So hatten sie es sich nicht vorgestellt. Oder besser, so kann man es sich vorher nicht vorstellen. Vanstraten sitzt mit verbissener Miene hinterm Lenkrad des gepanzerten Mercedes Geländewagens. Sie sind der vierte in der Reihe, als fünfter folgt ihnen noch die Absicherung nach hinten. Nochmal ein Versuch nach Bagdad durchzukommen. 800 km liegen schon hinter ihnen, von Amman aus, beim zweiten Mal. Sie sind endlich doch losgefahren, als Ablösung der Bereitschaft für die deutsche Botschaft in Bagdad. Drei Monate Dienst, dann wieder die nächste Schicht. Wegen zwei Getriebeschäden sind sie beim ersten Versuch wieder umgedreht.

Und jetzt haben die Amerikaner in Falludscha diesen blöden Rachefeldzug wegen vier toten Blackwater Leute begonnen. Wegen Söldnern!

Nicht gut für sie, sie müssen an Falludscha vorbei. Deshalb sind sie auch nicht die Hauptroute, sondern ein bisschen außen herum gefahren.

Vanstraten und Bessler vorne, Pekoviak hinten. Drei Bundespolizisten, Personenschützer, GSG 9 Beamte. Vanstraten und Pekoviak, beide ungefähr 35, Polizeihauptmeister, und Bessler, acht Jahre älter, Polizeioberkommissar. Grundgehalt ungefähr 2500 €, beziehungsweise 3000€. Brutto! So viel wie ein Postbote oder ein Erzieher! Da konnten sie bei so einem Auslandsein-satz schon auf das Doppelte kommen. Aber ob sich das lohnte?

Vanstraten sieht kaum etwas. Der Staub der Kolonne vor ihnen ist überall, draußen und drinnen. Alles knirscht. Deshalb halten sie auch hundert Meter Abstand, nützt ein bisschen, aber nicht allzu viel, aber noch weiter ausei-nander wäre nicht gut, da könnten sie ja gerade so gut alleine fahren.

Bessler zuerst:

„Das da vorne mit dem Bus sieht irgendwie komisch aus, gefällt mir nicht", und schreit dann plötzlich:

„He, was ist denn das? Eine Straßensperre!"

Pekoviak schreckt hoch, er hat ein bisschen vor sich hin-gedöst, das kann er immer!

Funkspruch vom vorderen Fahrzeug: „Wir werden be-schossen, dreht um oder haut ab!"

Zu spät!

Sie sehen, wie die vorderen Wagen um den quer stehen-den Bus herum schießen, versuchen seitlich vorbei zu kommen.

Schon sind sie auch an dem Bus.

Sand, Dreck, alte Autoreifen, ein Wrack an der Bö-schung, hoffentlich bleiben sie nirgends hängen, Vanstra-ten drückt auf das Gas, der Wagen macht Sprünge wie auf der Buckelpiste und schleudert aber doch um den Bus herum.

„Wenn wir jetzt von einer Panzerfaust oder so was ge-troffen werden, dann war´s das!"

Ein Loch, der Geländewagen hebt geradezu ab, macht einen Satz nach vorne.

Pekoviak hat mal wieder verbotenerweise an der Ma-schinenpistole, seinem „Schätzchen", rumgefummelt, der

HK MP 7. Sicherheitshalber hat er die sowieso lieber in der Hand!

Durch den Stoß wird er nach hinten in den Sitz geschleudert, die Faust schlägt ihm samt Maschinenpistole gegen die Nase, er hört es knacken.

Sie sind vorbei.

„Oh, nein, die wurden getroffen. Das war eine volle Ladung! " Vanstraten sieht im Rückspiegel, wie der Wagen der Nachhut gegen eine Mauer rammt und liegen bleibt. Anschließend keine Sicht mehr. Pekoviak, hinten, jammert herum und hält sich die Nase.

„Das überleben die nicht!"

Sie sind wieder auf der Straße und rasen mit 180 Sachen geradeaus, Richtung Bagdad. Von überall wird jetzt geschossen, mit allem was die Iraker zur Verfügung haben und sie hocken da wie in der Blechdose. Aber dann sind sie durch!

Später: Benachrichtigung der Einsatzleitung. Dann wieder Schweigen, dann Pekoviak mit zusammengebissenen Zähnen:

„Wir sind doch nur die Deppen. Das bisschen Kohle mehr und hinterher …"

Vanstraten: „Das machen wir doch alles fürs Vaterland! Verantwortung und Vertrauen! Wissen wir doch! Aber Mist! Blödes Rumgequatsche. Die beiden im letzten Wagen sehen wir nämlich nicht wieder!"

Bessler sagt gar nichts!

Später entschuldigte sich die irakische Armee, man habe geglaubt, dass es ein US-amerikanischer Konvoi gewesen sei. Aber die beiden Beamten im letzten Wagen blieben trotzdem tot.

Seltsame Camper

Der Campingplatz in Heidelberg lag noch dort, wo er schon immer gelegen hatte und sah auch noch genauso aus. Links zuerst das Verwaltungsgebäude, an das ein Restaurant anschloss, das aber einen etwas verlotterten Eindruck machte und offensichtlich schon länger nicht mehr im Betrieb war. Danach, separat, das Toilettengebäude, gefolgt von etlichen Blockhäusern, die vermietet werden konnten. Alles in Holz, entweder mit Schlupf und Deckel oder waagerechter Bretterverschalung. Rechts floss der Neckar träge dahin, parallel dazu, lang gezogen, der Platz, in der Mitte von dem einzigen Sträßchen durchzogen, das der Campingplatz aufwies. Weiter hinten ging es in einen Schotterweg über. Oben, gut 10 Meter höher gelegen, verlief die Straße von Ziegelhausen nach Kleingemünd. Auf der anderen Seite sah man zwar auf die stärker befahrene Straße nach Neckargemünd und dahinter verlief auch gleich noch die gar nicht so wenig frequentierte Bahnstrecke, aber das störte nicht sehr. Der Neckar hatte hier doch schon eine ziemlich beträchtliche Breite von vielleicht einhundert bis einhundertfünfzig Metern.

Paul Backes stand an der Rezeption, und Toni, seine alte und seit kurzem wieder neue Lebensgefährtin, war auch aus dem VW Bus ausgestiegen und mit Pako, ihrem neuen Hund, ein wenig nach draußen gegangen, vor den Campingplatz.

Er kam sich etwas komisch vor. Nicht nur, dass er jetzt hier stand, so als ob nichts geschehen wäre, sondern auch, weil sie ja mehr als zehn Jahre getrennt gewesen waren, bis zu dieser etwas überstürzten Ungarnreise, die in mancher Hinsicht zu überraschenden Ergebnissen geführt hatte. Und seitdem übten sie sich darin, das Unnormale normal erscheinen zu lassen. Bis jetzt mit einigem Erfolg, frei nach der Methode, wir tun mal so, als wäre das doch alles nicht so kompliziert.

Und dann hatten sie also auch noch den umwerfenden Beschluss gefasst, einen Campingkurzurlaub in Heidelberg zu verbringen. Es war Frühjahr, Toni hatte Pfingstferien, und Paul hatte sich einige Tage in der Redaktion freischaufeln können.

„Komm, wir fahren mal wieder nach Heidelberg und besuchen Lene ein bisschen." Lene, ihre Jüngste, studierte dort. Toni hatte des Öfteren recht spontane Einfälle, hatte sie auch schon früher gehabt, aber jetzt, wo sie ja beide zugegebener Maßen schon nicht mehr so ganz jung waren, konnte er das besser wegstecken, sich besser drauf einstellen. Und auch diese ganzen komplizierteren Fragen, wie oft trifft man sich, wo sollten sie wohnen, wohnen sie überhaupt wieder zusammen und gibt man dann vielleicht eine der Wohnungen auf, in dem Fall natürlich Pauls kleines Häuschen, das war ihm alles nicht mehr so wichtig. Ihr anscheinend auch nicht.

In der Tat war er sehr oft bei ihr, und ihr schien das auch recht zu sein. Sein Quartier behielt er trotzdem. Erstens kostete es ja nicht viel, und zweitens konnte er manchmal, wenn er seine Ruhe brauchte oder auch mal, vor allem am Wochenende, wenn er zuhause etwas schreiben wollte, sich dorthin verziehen. Aber sonst …?

Also waren sie kurz entschlossen und, ohne das weiter zu problematisieren, in Richtung Heidelberg gestartet.

Und nun stand er wieder mal an der Rezeption und musste feststellen, jetzt hier zu sein war doch ein seltsames Gefühl. Geradezu ehrfürchtige Gedanken suchten ihn heim, diese neuen Lebensverhältnisse nicht verdient oder zumindest ungeheures Glück gehabt zu haben. Er wusste zwar immer noch nicht so genau, was bei Toni diesen Meinungsumschwung herbeigeführt hatte, aber als sie sich an einem dieser Abende nach der Budapest Reise bei „Nino" getroffen hatten, um alles nochmals zu besprechen, hatte er, ohne viel nachzudenken, nach ihrer Hand gegriffen und sie hatte es geschehen lassen. ... Und so weiter.

Irgendwie bekam er Gänsehaut, wenn er daran dachte.

Er war an der Reihe: „Ein Bus, zwei Personen, ein Hund und Strom."

Das wurde notiert.

„Wollen Sie morgen früh Brötchen haben, hier ist die Liste, was es alles gibt?"

Paul schaute sich die Liste an und wählte zwei Brezeln und zwei Körnerwecken aus.

Dann setzte er sich wieder in den VW-Bus und fuhr ungefähr ein- bis zweihundert Meter weiter, nachdem ihm Toni signalisiert hatte, dass sie nachkäme.

Dort gab es einige leere Plätze auf der rechten Seite, direkt über dem Fluss. Er parkte rückwärts ein, parallel zur Uferböschung, und fing schon mal an Tisch und Stühle auszupacken. Toni kam mit Pako an der Leine angeschlendert und gab ihm einen Kuss und einen Klapps auf den Hintern, offensichtlich das Einverständnis mit seiner Platzwahl.

Nach dem Abendessen, Toni hatte sich in einen Schmöker vertieft, schlenderte Paul mit Pako an der Leine noch ein Stück weiter durch den Platz. Neben den normalen Lang- und Kurzzeitcampern in ihren Zelten, Wohnwägen und Wohnmobilen hatten sich vor allem weiter hinten ein paar Dauercamper niedergelassen, bei denen zumindest ein Teil der Behausungen den Eindruck erweckte, als wohnten die Besitzer auf dem Campingplatz. Abenteuerliche Konstruktionen gab es da: Vorbauten, Anbauten, mehrere zusammengebastelte Vorzelte, deren ehemalige

Struktur man dank Verkleidung nach außen und oben gar nicht mehr erkennen konnte. Und Garagen, Rollläden, Schaufenster mit Nähmaschinen und anderem Interieur, Anhänger mit Wassertanks oder auch nur verschiedenes Gerümpel: Kaputte Stühle, Tische, Angeln, eine Satellitenanlage, eine Laterne und diverse Gartenzwerge. Auch ein Auto ohne Nummernschild gab es, das unter einer Plane hervorschaute. Und vor einer dieser leicht zugigen Wohnlandschaften gab es auch noch einige große Kübel mit Tomatenpflanzen oder undefinierbarem grünen Gestrüpp. Aber zu sehen war niemand.

Paul hatte vor nicht allzu langer Zeit einmal eine Sendung gesehen, über Leute, die auf Campingplätzen lebten, was anscheinend gar nicht so selten vorkam, ganz abgesehen von den Dauercampern, die zwar eine Wohnung hatten, aber doch lieber die meiste Zeit draußen auf dem Campingplatz verbrachten. Die Gründe für das Dauerwohnen waren vielfältig: Nicht nur wirtschaftliche Not, auch der Zufall konnte zu einer solchen Entscheidung führen. Es hatte Probleme mit der Kündigungsfrist gegeben, die neue Wohnung war wieder abgesagt worden und ähnliches. Dann hatte man sich an den Wohnwagen gewöhnt und der Weg zurück in eine feste Wohnung fiel nach einiger Zeit immer schwerer. Im Winter war dann natürlich Kreativität gefragt, aber auch das war machbar.

Paul ging an drei, vier solcher Behausungen vorbei und dachte sich seinen Teil. Anschließend kam ein größeres, leeres Areal, das wohl eher von Großgruppen genutzt wurde, wie er sich dunkel erinnerte. Aber auch hier war niemand zu sehen. Dann endete der Campingplatz mit einer Pforte, dahinter begann eine Wiese, die zum Neckar hinunterführte, der hier in einer leichten Biegung nach links hinterm Gebüsch verschwand.

50 Meter vom Ufer entfernt befand sich eine Feuerstelle, in der ein Feuerchen brannte. Zwei Männer saßen daneben auf einfachen Campingstühlen und stierten vor sich hin. Die Stühle sahen zwar eher aus, als seien sie vom Sperrmüll, man saß darauf aber auf jeden Fall bequemer, als auf der danebenstehenden Partybank. Vielleicht waren das ja zwei der Dauerbewohner?

Zumindest waren sie von ihrem Äußeren her irgendwo zwischen Ballermann-Urlauber und Penner hängen geblieben. Neben jedem lagen zwei, drei Bierflaschen, eine angetrunkene stand daneben und eine Sixpack Tasche dahinter im Gras. So konnte man den Abend auch verbringen.

Paul hatte keine Berührungsängste, heute nicht. Und grundsätzlich war er sich sowieso aus eigener Erfahrung zu sehr bewusst, wie eng der Grad war zwischen sich gerade nochmal Berappeln und Abrutschen. Nach der Trennung von Toni hatte es eine Zeit gegeben, wo sich sein psychischer und physischer Zustand auf einer raschen Talfahrt befunden hatte und nicht viel gefehlt hätte und er wäre vollends in seinem Selbstmitleid ertrunken.

Aber Pako waren solcherlei tiefsinnige Überlegungen sowieso egal, er wusste, was ihn interessierte. Paul hatte ihn hinter der Pforte laufen lassen, wohl wissend, dass dies ein nicht ganz konfliktfreies Unterfangen war. Konflikt in Bezug auf ihn und Pako. Weniger, weil Pako einer dieser unangenehmen Kläffer oder sonst wie aufdringlich gegenüber Fremden gewesen wäre, eher wegen seines manchmal durchbrechenden Freiheitsdrangs.

Aber Pako interessierte sich nur für den näheren und weiteren Bereich um das Feuer, vielleicht gab es da ja was zu finden.

Paul fühlte sich jetzt doch bemüßigt hinterher zu kommen, wer wusste, was Pako da wieder entdeckte. Am

Ende musste der Köter nachts um drei wieder raus, weil er irgendwas nicht vertrug und Paul war dann wieder derjenige, der die schlechteren Nerven hatte und aufstand.

„Pako komm hier her!"

„Der kommt oder kommt nicht", kommentierte einer der beiden am Feuer Sitzenden diesen momentan fruchtlosen Versuch.

Paul ging hinterher und zog Pako aus dem Gebüsch. Noch hatte er wohl nichts gefunden. Er leinte ihn an und meinte zu den beiden:

„Sich über arme geplagte Hundebesitzer lustig machen, das hat man gerne. Aber gemütlich habt ihrs hier."

„Ja, ja man gönnt sich ja sonst nix, aber nix für ungut, auch 'n Bier?" Einer der beiden grinste ihn an und fingerte eine Flasche aus der Tasche und hielt sie ihm hin.

Paul hätte später natürlich nie sagen können, weshalb, aber auf einmal bekam er wieder mal dieses spezielle Gefühl im Nacken und irgendjemand in seinem Hinterkopf sagte, das ist genau der Moment, wo du dir viel Ungemach ersparen kannst. Aber wie's halt manchmal so ist mit den guten Vorsätzen - das nächste Mal bist du vorsichtig und lässt dich nicht wieder in irgendetwas hineinziehen – Vorsätze sind dazu da, dass man sich, wenn's sein muss, drüber hinwegsetzt. Er sagte „Ja, warum nicht", nahm die Bierflasche, zog sein Taschenmesser aus der Tasche – wahrscheinlich hatte er damit schon den ersten Härtetest bestanden, Messer in der Hosentasche! - öffnete die Flasche, setzte sich auf die Partybank und hob mit „Danke! Prost!" die Flasche an und nahm einen langen Zug. Die zwei tranken auch.

Jetzt hatte er Gelegenheit die beiden etwas genauer zu betrachten.

Sie waren wohl ähnlich alt, so um die vierzig, den einen zierte eine leicht lädierte Nase, beinahe Typ Jahrmarktboxer, mit leichten Segelohren und Halbglatze. Sinnigerweise trug er tatsächlich eine Art kurzen Bademantel und darunter nur eine Badehose und Badelatschen, vielleicht war er tatsächlich im Neckar schwimmen gewesen. Er machte auch einen etwas stabileren Eindruck, als man ihm das von weitem ansehen konnte.

Nummer zwei hatte etwas mehr Haare auf dem Kopf, rötlich blond, die dringend wieder mal einen Friseur brauchten. Strähnig, halblang und dünn dazu. Das Gesicht war ziemlich pickelig und wies eine eher ungesunde Rötung auf, die zu viel Alkoholgenuss vermuten ließ. Er trug ebenfalls Badelatschen, darüber aber Jeans, T-Shirt und sinnigerweise eine schon etwas ältere Trainingsjacke des Polizeisportclubs Mannheim.

„Ja, und? Woher, wohin und wo wars´de gestern?", meinte jetzt Boxernase. Er war anscheinend für die Konversation zuständig und hatte wohl eine Vorliebe für leicht angestaubte Sprichwörter.

Sie quatschten ein bisschen dies und das, über den Abend, das Wetter, das Campen und das „Draußen Sein", bis Hansi, der mit der Boxernase, plötzlich munter wurde. Man hatte sich inzwischen vorgestellt. Der andere hieß Piet, hatte aber sonst immer noch nicht viel gesagt.

Paul Backes hatte erzählt, dass er aus dem Schwarzwald käme, Gerichtsreporter sei, aus einem Dorf zwischen Freudenstadt und Oberndorf, Gundelshausen, und dass sie manchmal nach Heidelberg fuhren, um ihre Tochter zu besuchen."

„Oberndorf, das kennen wir doch, was?" Dieser Hansi lachte und hieb seinem Kumpel auf die Schulter. „Heckler und Koch, die Saubermänner aus dem Schwarzwald. Und Neckartenningen mit seiner Maschinenfabrik liegt auch nicht weit. Schöne Maschinenfabrik. Spezialisten für weltweiten Waffenhandel, aber alles nach Recht und Ordnung, was, Piet?" Er lachte wieder und fügte nach kurzer Pause noch hinzu, „da kennen wir uns aus, als Ex-Bullen!", verfiel dann aber in eine Art stieres Vor-sich-Hinstarren. Sein Kumpel grunzte.

Paul wunderte sich. Die beiden hatten bis dahin noch nicht sonderlich viel von sich erzählt, nur dass sie tatsächlich auf dem Campingplatz hausten. Sie halfen dem Besitzer wohl ab und an beim Mähen, Müll Sortieren und sonstigen Geschäften, die anfielen, aber sonst wusste er eigentlich tatsächlich nur ihre Vornamen.

Aber vor allem der resigniert sarkastische Unterton in Hansis Kommentar zu Oberndorf hatte ihn doch aufhorchen lassen. Und die Tatsache, bei so einem gemächlichen abendlichen Verdauungsspaziergang von einer Person, von der man das nicht unbedingt erwartete hätte, auf ein zumindest interessantes, wenn nicht sogar brennendes, politisches Konfliktfeld angesprochen zu werden. Deshalb war er auch eher misstrauisch, was da vielleicht kommen könnte.

Klar, er wusste auch so einiges über die Waffenfabriken am Neckar, Heckler&Koch, H&K, wie die Firma auch kurz hieß, und Mauser in Oberndorf sowie die NM, Neckartenninger Maschinenfabrik, nicht weit entfernt von Oberndorf, auf der anderen Neckarseite. H&K und NM, unter den weltweit führenden Produzenten von Handfeuerwaffen, Lieferanten der Bundeswehr und so manch anderer Heere, deren Standard Waffen, momentan das G36 von H&K, ein Schnellfeuergewehr, und das M27, ein schweres Maschinengewehr, weltweit in allen militärischen Konflikten auf allen Seiten auftauchten. Und vor allem gab es immer wieder Gerüchte und Vorwürfe über die Umgehung der gesetzlichen Handelsschranken, dem Ausfuhrverbot für Waffen in Krisenregionen, und deshalb auch immer wieder Gerichtsverfahren vor allem gegen H&K und NM, momentan wegen des Auftauchens dieser Waffen in Mexiko. Einige der dortigen 31 Bundesstaaten galten als Krisenregionen, als extrem gefährlich, wegen der Konflikte mit den Drogenbanden, in die auch wiederum Militär und Polizei verdächtigt wurden, auf beiden Seiten verwickelt zu sein. Auch dorthin waren die Gewehre geliefert worden. Wer aber geliefert hatte und über welche Kanäle, darüber wurde vor Gericht gestritten.

Beruflich hatte Paul damit noch nichts zu tun gehabt, da musste man Spezialist sein, um sich in diese anhängigen Verfahren einarbeiten zu können. Das überließ er lieber den Fachleuten der Presseagenturen. Sein Metier waren eher die Wald- und Wiesendelikte, die in der Region Nördlicher und Mittlerer Schwarzwald normalerweise abgehandelt wurden. Und ab und zu mal ein ungeklärten Todesfall oder Mord.

Aber möglicherweise wussten die beiden tatsächlich einiges über die schwäbischen Fabriken.

Paul überlegte noch, wie er das überprüfen könnte, als Hansi wieder aufblickte und ihn ansah.

„Du bist doch Gerichtsreporter, hast du gesagt. Wie wär´s, wenn ich dir eine kleine Geschichte erzähl über Heckler und Koch und NM. Vielleicht kannst du was damit anfangen?" Offensichtlich war er doch schon so angetrunken, dass er die möglicherweise berufsbedingt vorhandene Vorsicht aus einem früheren Leben fallen ließ, wenn das mit den „Ex-Bullen" stimmte.

Paul beeilte sich, ihn durch ein interessiertes Gesicht aufzumuntern. Besser gar nichts sagen, sonst bin ich gleich zu neugierig, ging es ihm durch den Kopf. Denn Fragen ergaben sich natürlich schon einige, zunächst schon mal, woher hatten die beiden irgendwelche Informationen, in welchen Zusammenhängen hatten sie gesteckt, dass sie da irgendwas wussten? Nur, weil sie vielleicht einmal Polizisten waren, wie sie aussahen, konnten sie das jetzt wohl kaum mehr sein, kannten sie sich nicht unbedingt mit den Machenschaften diesen Waffenfirmen aus.

Hansi gab ihm gleich von selbst mit leicht schleppender Stimme die Antwort:

„Der Gaddafi Clan, den kennst doch, oder? Libyen! Klar, nicht?"

Ohne die Antwort abzuwarten, fuhr er gleich selbst fort:

„Saif und Saadi, das sind zwei der Söhne des Alten. Saif al Islam und Saadi Gaddafi, da staunste was? Wie gesagt zwei von Gaddafis Söhnen, der Alte wurde ja umgebracht, bei dieser sogenannten Revolution."

Paul Backes traute seinen Ohren nicht, wo ging es denn jetzt hin?

„Wir waren da unten, haben Schießausbildungen gemacht, mit der Palastwache. Noch vor 2010 war das. War nicht so ganz legal. Der eine, Saif, hat uns beauftragt und der andre, Saadi, der war ein zwei Jahre vorher in Oberndorf bei Heckler und Koch, wissen wir aus sicherer Quelle. Seltsamer Zufall. Was er da wohl gemacht hat? Und dann bei der Besetzung des Palasts, wo die Freischärler diese H&K Waffen entdeckt haben, die G36 mit den gefälschten Waffenstempeln, M27 von NM waren da übrigens auch dabei, taucht der Name von Saif wieder auf. Er soll diese Waffen angeblich aus Ägypten besorgt haben. Dorthin seien die geliefert worden, sagt Heckler und Koch. Nach Libyen hätten sie ja nicht geliefert werden dürfen. Vielleicht waren die ja aber auch gleich aus Oberndorf! Oder Neckartenningen.

Klingelt da was? Bei diesen Waffen? Das könnte uns ja auch aufgefallen sein, dass diese Waffen nicht ganz sauber sind."

Er rülpste kräftig.

„Das darf natürlich niemand wissen. Wir waren nämlich von der GSG 9. Bundespolizei. Haha. Wir haben uns dann auch lieber selbst ausgemustert.

Uns haben sie nämlich den Prozess gemacht, naja disziplinarisch, weil wir in unserm Urlaub da runter sind, um die ein bisschen zur unterrichten, das soll einer verstehen. Dienstvergehen? Arschlöcher! Aber diese Schießübungen, das war lustig!

Das war doch schon damals klar, seit dieser Aktion in Saudi-Arabien, wo sie denen die falschen Waffen untergeschoben haben, wassergekühlte, dass das G36 bei Dauerfeuer ungenau wird, und jetzt machen sie so ein Tamtam daraus."

„Wo sie denen, als die in ihren Beduinenzelten beten waren, die Waffen ausgetauscht haben, damit das nicht so auffällt, " ließ sich jetzt auf einmal Piet vernehmen. Er hatte anscheinen doch auch etwas zu beizutragen.

Kurze Pause.

„Ja das ist ja jetzt bekannt, aber hat das auch etwas mit der Neckartenninger Fabrik zu tun?"

Hansi schüttelte vor so viel Unwissen den Kopf.

„Die fertigen doch die Läufe für das G36, sozusagen arbeitsteilig!"

Er schüttelte immer noch den Kopf und nach einer nochmaligen kurzen Pause fuhr er fort:

„Da haben wir dann besser unsern Abschied genommen, bevor die noch mehr nachgebohrt hätten!"

Er verfiel wieder einige Zeit ins Grübeln, aber nicht sehr lange:

„Wir sind ja eigentlich zu dritt. Also hier in der Gegend, ansonsten waren das schon noch ein paar mehr. Unser Dritter, der Dirk, hat es aber vorgezogen, sich ganz unsichtbar zu machen. Ist als Offizier ja auch härter belangt worden. Man kann ja nie wissen, hat er immer gesagt. Aber der ist ja auch ein Geheimniskrämer, hat es immer so wichtig, dass er Sachen wüsste, da hätten einige Herren Probleme, wenn das rauskäme."

Paul schwirrte der Kopf, schwieg aber zunächst einmal, vielleicht kam ja noch was. Aber Hansi, der Mann mit der Boxernase, der anscheinend tatsächlich eine etwas bessere Vergangenheit hatte, als sein jetziges Outfit und sein körperlicher Zustand vermuten ließen, Hansi hatte seine Mitteilungen eingestellt. Vielleicht hatte er das Gefühl, doch zu viel gesagt zu haben.

„Dieser Dirk ..." Paul lies doch mal einen Versuchsballon steigen.

„Ja, das wäre schon eine gute Sache, wenn da mal die richtigen Leute etwas besser Bescheid wüssten. Und du bist von einer Zeitung, da aus der Ecke?"

„Ja, aus der Freudenstädter Redaktion, aber überregional, also für den Bereich nördlicher und mittlerer Schwarzwald, als Gerichts- und Kriminalreporter zuständig. Insofern fällt die Oberndorfer Region schon im mein Ressort, oder wenn es indirekt was mit Oberndorf zu tun hat."

„Denk ich mal, ja! Der Dirk, der tut immer so wichtig mit seinen Papieren, was da alles drinstünde. Aber ich weiß nicht, um was es da geht, will es vielleicht auch gar nicht wissen, uns geht's hier doch ganz gut, gell Piet?"

Piet grunzte zustimmend, machte sich noch ein Bier auf, nahm einen Schluck und schaute zu den beiden Männern, die da mit ihm am Feuer saßen. Die warteten ihrerseits darauf, ob von ihm vielleicht auch noch etwas käme, aber Piet fummelte sich doch lieber nur eine Zigarette aus der Packung, zündete sie sich an und musterte weiter den Boden, wie er es zuvor schon die meiste Zeit getan hatte, als ob es dort etwas Interessantes zu entdecken gäbe.

„Tja, so ist das", fuhr Hansi deshalb fort, „vielleicht können wir ja mal einen Kontakt zwischen dir und Dirk herstellen. Wer weiß, unser Herr Dirk, vielleicht spuckt er ja mal
aus, was er Wichtiges zu sagen hat."

Er hatte aber wohl selbst Zweifel, denn er fuhr fort, „aber
was soll´s, " rülpste und fügte noch hinzu, „ist ja sowieso
egal."

Sonntagmorgen

Paul und Pako hatten noch eine kleine Runde am Neckar entlang gedreht und waren dann an der Straße zwischen Kleingemünd und Ziegelhausen entlang von oben wieder zurück zum Campingplatz gelaufen.

Im Bus fand er Toni schon unter der Bettdecke wieder. Sie war aber noch wach, stützte ihren Kopf auf den Ellbogen und schaute ihn an.

„Wo kommst du denn her? Hast du etwa wieder etwas zu recherchieren gehabt?"

„Hm, du wirst lachen, ich habe wirklich zwei etwas seltsame Gestalten getroffen, ich erzähl's dir morgen. Jetzt muss ich mir tatsächlich noch ein paar Notizen machen."

„Da kann ich dir aber nicht garantieren, dass ich noch wach bin."

„Das geht ganz schnell und ich komm dann!"

Toni mummelte sich ein und Paul zog aus seiner alten Tasche, die inzwischen auf dem Fahrersitz gelandet war, einen Block heraus, steckte draußen das Lampenkabel in den Außenstecker, setzte sich an den Campingtisch und schaute zunächst etwas unschlüssig vor sich hin. Lohnte sich das? Das war doch alles schon ziemlich lange her, und diese Waffenschmieden schlugen sich ja momentan mit ganz anderen Sachen herum, mit dieser Mexiko-Geschichte. Aber wer weiß, vielleicht führte ihn das Ganze zu etwas, mit dem man doch etwas anfangen könnte. Eine größere Geschichte hatte er ja schon länger nicht mehr gehabt.

Also begann er doch zu schreiben. Pako lag auch schon im Bus und begann vor sich hin zu schnarchen.

- Gaddafi Söhne!
- H&K, NM: G36 in Libyen Schießübungen

- Mängel beim Dauerschießen
- Hansi und Piet?? – Nur einfache Beamte??
- Verfahren gegen Mitglieder von GSG 9 – warum?
- Schulung von Gaddafis Polizei oder?
- was erhoffen sich die beiden?
- Campingplatz!?
- Dirk??
- Angst??

Aber das war es im Prinzip schon. Sonst fiel ihm nichts mehr ein, er blieb noch fünf Minuten sitzen und schaute in den Himmel, der heute Abend relativ sternenklar war, und ging dann zum Waschhäuschen und anschließend zu Toni unter die Decke.

In den nächsten Tagen taten die beiden Dauercamper so, als sei nichts geschehen. Wenn man sich begegnete, konnte man nur ahnen, ob die beiden gegrüßt hatten oder nicht. Das heißt, bei Hansi war es geringfügig besser, zumindest ein Brummen konnte man identifizieren, aber eine Aufforderung zum Sprechen sah anders aus. Piet hingegen war offensichtlich schon das zu viel, er marschierte einfach an einem vorbei.

Paul war es zunächst einmal egal. Die hatten ja was von ihm gewollt und nicht umgekehrt.

Als er Toni am nächsten Tag beim Frühstück von seinen abendlichen Gesprächspartnern berichtet hatte, meinte sie:

„Wir waren da ja mal aktiver, aber das ist schon ziemlich lange her."

Paul wusste zunächst gar nicht, worauf sie anspielte, doch es fiel ihm aber relativ schnell wieder ein, als sie ihm auf die Sprünge half.

„Die Friedensdemos in Oberndorf, wie lange ist das denn her?"

„Ach, ja, das muss so Mitte der 80er gewesen sein."

Oberndorf am Neckar ist eine merkwürdig zweigeteilte Stadt, in den Teil unten am Neckar und die Altstadt auf halber Höhe am linken Neckartalhang. Der Neckar ist hier gerade mal ca. 35 von seinen 365 Kilometern alt und noch relativ schmal. Das Tal ist eng und steigt steil nach oben auf die doch recht hoch gelegene Ebene zwischen Schwarzwald und Alb.

Heckler&Koch liegt ganz oben, auf dem so genannten Lindenhof. Mauser unten im Tal, und etwas flussaufwärts geht es ins nicht weit entfernte Neckartenningen, wo NM beheimatet ist.

Man hatte sich unten am Neckar versammelt und lief dann über eine Verbindungsstraße zum oberen Stadtteil. Kaum jemand war auf den Straßen oder an den Fenstern zu sehen gewesen. Eine geradezu gespenstige Atmosphäre des Ausgeschlossen Seins hatte geherrscht, daran konnte sich Paul noch sehr gut erinnern. Die vielleicht ein paar hundert Demonstranten marschierten die Umgehungsstraße von unten nach oben hinauf, sangen mit Inbrunst ihre Lieder und skandierten eine Losung nach der anderen und niemand nahm Notiz davon, eine recht deprimierende Angelegenheit. Es dürfte bei einem Ostermarsch gewesen sein. Aufgerufen hatten wahrscheinlich der DGB und die DFG-VK, die Vereinigung der Kriegsdienstgegner, der Paul in der Zeit seiner Kriegsdienstverweigerung auch beigetreten war. Später war sie ihm zu DDR-hörig und etwas blind auf dem einen Auge vorgekommen, und er war wieder ausgetreten. Aber damals war das noch Ehrensache, dass man sich an den Protestkundgebungen beteiligte, samt Kleinkindern, die im Kinderwagen mitgeschoben wurden. Dass es auch und gerade gegen die Waffenfabriken in der Nähe gegangen war, hatte er sicher wahrgenommen, war ihm aber nicht in Erinnerung geblieben.

Paul und Toni hatten in den folgenden Tagen nicht sehr viel mehr darüber gesprochen, das war nicht unbedingt ein Kapitel, auf das man mit Begeisterung zurückblickte, eher eine etwas traurige Veranstaltung. Sie verbrachten einige nette Stunden mit Lene, die ihnen das neueste vegetarische Restaurant vorführte und ihrerseits fuhren sie ein paar Mal mit dem Rad in verschiedenen Richtungen, mal aufwärts, mal abwärts, am Neckar entlang. Dann zeigten sie Lene Dilsberg, das mittelalterliche Festungsstädtchen oben auf der Ebene über dem Neckartal, in der Nähe von Neckargemünd. Das hatte Lene noch nie gesehen! Was taten sie denn eigentlich, diese jungen Leute von heute?

Nach einigen Tagen ging es wieder zurück in den Schwarzwald und Paul vergaß zunächst mal das etwas seltsame Treffen auf dem Heidelberger Campingplatz.

Das Handy klingelte. Paul schaute voller Unverständnis auf die Uhr, die auf seinem Nachtisch lag. Es war Sonntagmorgen, 7 Uhr 30, und einige Wochen nach dem Pfingsturlaub. Toni hatte diese Woche viel zu tun, die letzten Arbeiten mussten geschrieben und korrigiert werden und ihr Chef hatte sie sinnigerweise am Wochenende zu einer Fortbildung über die neuen Medien geschickt, der wusste auch, wen er fragen konnte, vielleicht wäre er besser selbst dahin gegangen. Paul verbrachte mal wieder einige Tage in seiner Hütte in Gundelshausen, bisschen bewohnen, wie er mittlerweile schon sagte.

Er rappelte sich hoch und drückte auf Annahme.

„Du, der Zeitungsheini aus dem Schwarzwald, bin ich da richtig?"

Pauls Hirn ratterte und er versuchte die Stimme einzuordnen. Wer war das? Heidelberg? Campingplatz? Das war einer dieser Dauercamper, einer der Ex – Polizisten?

„Bist du noch dran?"

„Ja, wer ist da?"

„Hansi, der Camper vom Heidelberger Campingplatz, du hast mir doch deine Karte gegeben, wenn nochmals was passiert, " er klang irgendwie panisch, hektisch, wie wenn er das schnell hinter sich bringen wollte, „also, wenn ich was von Dirk höre oder mit ihm gesprochen habe."

Paul konnte sich daran nicht erinnern. Weder dass er ihm die Karte gegeben hatte, noch an diese Aufforderung, war das nicht eher umgekehrt gewesen?

„Das kann ich aber gar nicht, der ist tot! Tot! Die haben den gefunden, an so einem Feldweg, zwischen dem Neuenheimer Feld und Ladenburg, irgendwo da, bei so einem Reitbetrieb, hat mir ein ehemaliger Kollege gesagt, der wusste, dass wir uns kennen. Kopfschuss, zack. In der Nähe, hinter einem Hochsitz. Der hat da gewohnt, hat da als Reitlehrer gearbeitet. Sieht aus wie eine Hinrichtung, hat der gesagt."

Paul Backes Kopf arbeitete immer noch. Was wollte der? Was hatte er mit einem Mord in Heidelberg zu tun. Was sollte das?

„Ja, und ich habe dir meine Karte gegeben....?"

Zeit gewinnen!

„Ja, wenn was wäre, aber das ist doch was, das ist vielleicht ein Ding! Und dich müsste das doch interessieren!

„Wieso sollte mich das interessieren?"

„Ja wegen Heckler und Koch oder den Neckartenningern."

„Wieso wegen H&K oder dieser anderen Fabrik?"

„Ja, das hat doch sicher was mit denen zu tun, die haben den umlegen lassen, der hatte bestimmt irgendwas gegen die in der Hand."

Jetzt hat er sich tatsächlich den Kopf weggesoffen.

„Wieso soll so eine Firma jemand umlegen lassen. Das ist doch sicher schon alles irrsinnig lange her, der kann in der Zwischenzeit doch wer weiß an was beteiligt gewesen sein."

„Nein, der hat da unter falschem Namen gelebt, die sind nur darauf gekommen, die Heidelberg Kollegen, weil seine Daten gespeichert waren, ich weiß aber nicht wieso. Und außerdem hat auch die Rosi so etwas gesagt, dass es was mit dieser Waffenfabrik im Schwarzwald zu tun haben könnte!

„Wer ist denn bitte die Rosi?"

„Seine Freundin, mit der hab ich nochmal telefoniert, nach der Sache, nachdem der gefunden worden ist."

„Aha, die Freundin." Schön, dass man das auch mal wusste, dass er eine Freundin hatte!

Pause!

„Und was soll ich da bitte?"

„Du könntest mal zu einer von den Fabriken gehen und die einfach interviewen und dann damit konfrontieren, dass der tot ist und sehen, wie die reagieren."

Paul hatte eigentlich keine Lust mehr, sich mit dieser Anhäufung von Unsachlichkeit und Verfolgungswahn zu beschäftigen und versuchte ihn abzuwürgen.

„Das ist doch alles unhaltbares Zeug, aus der Luft gegriffen, damit kann ich doch niemand konfrontieren, das heißt, da gibt es ja nichts zum Konfrontieren. Und in die Leitungsebene würdest du da sowieso nicht vordringen. Wenn du nochmal etwas Neues weißt, kannst du dich nochmal melden."

Und legte auf!

Das Handy klingelte im Grunde sofort nochmal.

Er saß ja immer noch auf der Bettkante, auf die er sich zuvor nach den ersten Sätzen und nachdem er sich aus der Decke geschält hatte, niedergelassen hatte.

Er ließ es kurz klingeln und schaute hinaus aus seinem Fenster, das ihm einen Blick über die Ebene zwischen Schwarzwald und Schwäbischer Alb gewährte, dort unten lag auch irgendwo Oberndorf, im Grunde vor seiner Haustür.

Er drückte nochmal auf die Annahmetaste.

„Ja?"

„Das war ja einer von denen, denen sie den Prozess wegen Geheimnisverrats gemacht haben, insofern war der auch aktenkundig, so erklär ich mir das."

„Was für ein Geheimnisverrat?", waren sie hier jetzt bei Räuber und Gendarm oder Winnetou und Old Shatterhand?

„Wir haben ja bei der Schulung der Libyer die Unterlagen von unseren eigenen Dienststellen verwendet, geheime Einsatzpläne und so 'n Zeug, deswegen. Also die höheren Ränge, wir waren ja nur Fußvolk, Piet und ich und die andern. Schießtraining und solche Sachen haben wir mit denen gemacht."

Wer das wohl glauben soll! Auf jeden Fall hatte es da jemand wohl ordentlich mit der Angst zu tun bekommen.

„Piet ist auch weg, in den Osten, hätte da irgendwelche Kontakte, da ginge was, keine Ahnung, was er damit gemeint hat."

Paul glaubte ihm kein Wort.

„Ja und was soll ich denn nun dabei? Und was hat das mit dieser NM oder Heckler und Koch zu tun?"

Das war der falsche Satz, er spürte es sofort. Sozusagen die Steilvorlage, jetzt gab es kein Zurück.

„Äh, ja, Moment! Wegen dem, was wir damals gesagt haben, auf dem Campingplatz. Also, wenn eins klar ist, dann, dass das Profis waren und dass es da wohl um irgendwelche Geschäfte gegangen sein muss. Und wer hat solche Profis, Kontakt zu solchen Profis? Wenn nicht die Waffenhändler, wer dann. Und der Dirk, der hatte sicherlich noch mehr in der Hand. Bei der Auftragserteilung, als es um diese Schulungen ging, da wurden ja der genaue Auftrag besprochen, welche Waffensysteme und so weiter. Das ging über irgendwelche Sicherheitsfirmen. Offiziell!"

Sicherheitsfirmen, welche Sicherheitsfirmen?

„Und jetzt, wo sie den zum Tode verurteilten Gaddafi-Sohn frei gelassen haben, vielleicht hat er da gedacht, ich kann mein Wissen, zum Beispiel über diesen Murks mit dem nicht hitzetauglichen Gewehr, zu Geld machen. Dass die Waffenfirmen es mit der Angst zu tun bekommen, weil sie ja von zwei Seiten unter Beschuss stehen, einmal wegen der Exporte und zum andern, weil die Waffen gar nicht geeignet sind für die Wüste. So irgendwas!"

Von dieser Freilassung und den politischen Statements dieses Herrn hatte Paul auch gelesen, das war Anfang des Monats gewesen, Anfang Juni. Aber sonst?

Bei dieser so unlogisch wie abwegigen Schlussfolgerung fragte er sich, ob Hansi das selbst glaubte, aber irgendetwas gab es da wohl, außer diesen alten Kamellen, die der ihm da andrehen wollte, irgendwas war da faul, das stand wohl außer Frage. Und vielleicht hatte er auch mehr von dieser Rosi erfahren, der Freundin? Oder von diesem Kollegen selbst? Wenn das überhaupt etwas mit diesen Firmen aus Oberndorf und Umgebung zu tun hatte? Aber könnte ja vielleicht doch sein.

„Ja, wie stellst du dir das denn vor, wir gehen zu Heckler und Koch oder NM, fragen nach einem Interview über die

Waffenschiebereien in Libyen und den Gaddafi Junior, ob da vielleicht ein gewisser Herr, wie hieß der noch mal?"

„Dirk, Dirk Bessler."

„Also dieser Herr Bessler dabei war und ob die ihn haben umlegen lassen, wegen Erpressung, und ob sie´s noch auf jemand anderes abgesehen haben?"

„Ja, gewissermaßen. Der Bessler könnte doch angedeutet haben, dass der Sohn gesagt hat, dass er sich für ein Ende der Kämpfe und eine Erneuerung des Staates Libyen einsetzen will und sozusagen als Zeichen des guten Willens Kontakt zu Deutschland aufnimmt. Und er, der Dirk, könne beweisen, dass es einen Kontakt zu Gaddafi gab, so was!"

Könnte! Und vor allem müsste das nicht eigentlich umgekehrt sein? Dass Hansi und Kollegen. Angst haben müssten, dass da noch mehr über diese Schulungen und die Waffenschiebereien herauskommt. Das wäre doch auch bedenklich für diese Sicherheitsfirmen. Vielleicht hingen ja diese ehemaligen Polizisten da irgendwie drin? Paul schüttelte es beinahe. Wo war er denn da hingeraten?

„Welche Sicherheitsfirmen waren das?"

„Keine Ahnung, da hatten wir nichts mit zu tun, das haben andere organisiert."

Das war nun weniger glaubhaft. Aber er wollte jetzt mal nicht noch mehr bohren, dann würde er zu viel Engagement zeigen, das wäre ja auch nicht gut.

„Ihr von der Presse habt da doch bestimmt andere Möglichkeiten, vielleicht kennt Ihr ja jemand in Oberndorf, der jemand kennt und so? Und nur, ob sie was von diesem Mord gehört haben, wie sie da reagieren?"

Aha!

„Einen von der Chefetage. Da gab's jemand, der hätte was mit den Teilhabern, also Geldgebern, Aktionären, zu tun. Der Chefetage von NM."

„Wie? Was? Von NM? Und wer hätte da was mit den Aktionären zu tun?"

„Der um den es sich da dreht, mit dem der Dirk da Kontakt gehabt hätte!"

Kontakt!

„Und von NM, wieso von NM, ich dachte Heckler und Koch wären da federführend gewesen?"

„NM waren doch für die Läufe zuständig und außerdem sind da doch auch Maschinengewehre hin geliefert worden!"

Das wurde ja immer schöner!

„Der Bessler hatte da schon Kontakt mit jemand! Weiß das auch die Polizei?"

„Ja, nein! Mit denen wollen wir nichts zu tun haben!"

Paul schüttelte den Kopf.

„Mit denen wollt ihr nichts zu tun haben?"

„Nein!"

Sonst noch was? Paul spürte die Fragezeichen fast körperlich. Was sollte er denn bitte mit einer solchen Ausgangslage machen, sollte er da überhaupt was machen? Das waren doch alles nur Hirngespinste.

„Ich kann ja mal versuchen, ob ich da was rausbekomme, aber große Hoffnungen kann ich dir da nicht machen." Was hatte er sich denn jetzt da wieder aufgeladen?

„Ja, ist ja klar, hab ja nur gedacht …Ich kann mich ja dann nochmal melden."

„Ja, tu das."

Paul drückte ihn weg.

Dann stand er auf und schaute nochmal aus seinem Fenster. Ein Milan zog seine Kreise über der Ebene, es war immer noch Sonntagmorgen. Und dennoch. Kein normaler Morgen mehr. Irgendwas könnte da doch faul sein und man könnte vielleicht versuchen, herauszubekommen, um was es da wirklich ging, um Libyen sicher nicht. Aber zumindest die Zeitparallelen waren doch auffällig, sowohl damals, als es um diese Schulungen ging und diese Waffenschiebereien, als auch jetzt, der Mord und dieser Gaddafi-Sohn..., nein, das war doch alles an den Haaren herbeigezogen!

Gewehre.

Paul Backes wusste früher, als Junge, immer, wo die Gewehre seines Vaters standen. In seinem Büro, im Jugendstilschrank. Die Patronen lagen unten drunter oder waren in einer der Schreibtischschubladen.

Sein Vater hatte zwei Waffen: Eine Büchse, das war ein umgebauter Wehrmachtskarabiner, zum Beispiel für Rehe und Wildschweine, und eine Schrotflinte für das Kleinzeug wie Vögel, Hasen, Kaninchen und Füchse.

So konnte er, wenn er von Winnetous Silberbüchse und Old Shatterhands Henrystutzen las, bei all der unerreichbaren Genialität dieser beiden Helden, zumindest für sich in Anspruch nehmen, dass er wusste, was das für ein Gefühl war, eine Waffe in der Hand zu halten und zwar keine Spielzeugpistole, sondern ein richtiges Gewehr! Ab und zu, wenn niemand zuhause war, ging er nämlich zu diesem Schrank und nahm die Waffen heraus.

Der Schrank hatte unten eine von zwei Armlehnen flankierte Sitzbank und die mittlere der drei Türen darüber hatte ein langes mit Jugendstilelementen verziertes Glasfenster. Die Türen auf der linken und rechten Seite wurden jeweils durch ein Halbrelief verziert, einen Uhu und eine Blume, die eine Mohnblume samt Mohnkapseln darstellen könnte. Der Uhu als Mahnung und Erinnerung an die Geheimnisse des Lebens und die Blume als Zeichen der Schönheit.

In der Mitte waren sinnigerweise die Waffen untergebracht. Der Schlüssel steckte normalerweise. Er öffnete die Tür und nahm nacheinander die beiden Gewehre heraus und hob sie in Schussposition an die Schulter. Bei der Büchse öffnete er dann den Verschluss, Hebel nach oben legen und zurückziehen, und schaute nach, ob geladen war.

Soweit er sich erinnerte, kam es nie vor, dass sie geladen gewesen wäre. Dann schloss er die Waffe, legte an und „schoss". Wenn man geschossen hatte, musste man den Hebel wieder öffnen, zurückziehen, vorschieben und schließen, dann konnte man den Abzug wieder betätigen. Dabei überkam ihn regelmäßig das Gefühl, dass er gerne im „Wilden Westen" oder sonst wo auf der gefährlichen Welt unterwegs wäre, das Gewehr über dem Rücken, und Ausschau hielt nach Feinden oder nach Wild.

Nach dem Schuss war vor dem Schuss. Er ließ es in der Vorstellung einige Male knallen, dann Stille. Bis dahin! An diesem Punkt dachte er normalerweise nicht weiter. Das was folgte, Schuss, Treffer, Aufbäumen, Umfallen, Liegen Bleiben, das konnte er sich nicht vorstellen. Bei Wild vielleicht, sonst aber, nein! Irgendwie enttäuscht stellte er die Waffe wieder in den Schrank.

Er war ja allerdings schon des Öfteren bei der Jagt dabei gewesen, auf dem Hochsitz oder bei einer Treibjagd.

Meist war es Abend, wenn sie in den Wald gingen. Sein Vater ging voraus, das Gewehr über die Schulter gehängt, und er stapfte hinterher. Abends im Wald, da war es ihm schon nicht so ganz geheuer. Aber sein Vater hatte ja das Gewehr dabei!

An ein Ereignis konnte er sich besonders gut erinnern. Meist gingen sie ja zu einem Hochsitz. Dieser spezielle stand zwischen einem Wald und einem angrenzenden, noch nicht abgeernteten Feld. Sie setzten sich oben auf die Bank und warteten. Zehn Minuten, eine halbe Stunde, noch länger. Es wurde kalt.

Irgendwann machte ihn sein Vater auf eine Bewegung im Getreide aufmerksam. Langsam kam da etwas näher. Außer den sich bewegenden Halmen konnte man aber nichts erkennen. Das war Spannung pur! Endlich trat etwas aus dem Feld heraus. Es war ein stattlicher Rehbock. Sein Vater schaute ihn sich zuerst durch das Fernglas an, hob dann langsam das Gewehr, entsicherte es und schoss. Der Rehbock warf sich herum und stürzte zurück ins Feld. Dann nichts mehr.

Der Vater befahl ihm, er solle oben bleiben und aufpassen, ob er nochmal etwas sehen könne. Dann kletterte er die Leiter hinunter und ging in das Feld. Kurze Zeit später schoss es nochmal, dann Stille.

Anschließend wurde der erlegte Bock aufgebrochen, das heißt, der Bauch aufgeschnitten, und die Innereien herausgeschält und ins Gebüsch geworfen. Der Fuchs würde sie holen, da war sich der Vater sicher. Danach wurde das erlegte Wild nach Hause gebracht und im Keller zur weiteren Behandlung mit einem Haken unterm Kinn aufgehängt.

Am nächsten Tag musste er mit drei Klassenkammeraden zusammen vor die Klasse treten und wurde für irgendetwas belobigt. Obwohl das ja nicht sehr oft vorgekommen war, wusste er heute nicht mehr weshalb. Er stand vor der Tafel, nahm die Belobigung entgegen und, was noch viel wichtiger war, er platzte beinahe vor Stolz, erzählte aber niemand warum. Sein Vater hatte am Tag zuvor einen Rehbock geschossen und er war dabei gewesen!

Bei der zweiläufigen Schrotflinte konnte man den Lauf auf der Höhe des Abzugs abknicken, um die beiden Schrotpatronen nachzuladen. Sie hatte zwei Abzüge, einen für jeden Lauf. Der vordere war normal und der hintere reagierte schneller, auf einen geringeren Druck, der zweite Lauf ging also schneller los.

Eine Treibjagd verlief so: Ein großes Waldstück wurde umstellt und von der einen Seite gingen die Treiber hindurch. Seit Paul zwölf Jahre alt war, durfte er auch mitlaufen. Er besorgte sich einen Knüppel und sie liefen zwischen den Bäumen hindurch, schlugen dagegen und schrien „Hob, Hob, Hob!"

Das Wild erschreckte sich und rannte aus dem Wald. Dort standen die Schützen und schossen. Wenn das Wild, zum Beispiel ein Hase, parallel zur Schützenreihe lief, es durfte natürlich nur außerhalb des Waldes vom Wald weg geschossen werden, war es oft gar nicht so leicht, festzustellen, wer nun der Schütze war. Eins, zwei, drei, vier Mann schossen, Frauen waren damals noch nicht dabei, später ab und zu, und endlich überschlug sich dann irgendwann der arme Hase und blieb liegen. Vielleicht hätten sie die Schrotkugeln farbig markieren sollen, dann hätte man spätestens beim Essen zweifelsfrei feststellen können, wer jetzt der Schütze gewesen war! Aber so?

Paul Backes erinnerte sich auch noch an andere Geschichten, Geschichten, die sein Vater erzählt hatte. Geschichten vom Krieg.

Paul dürfte vielleicht so sieben oder acht Jahre gewesen sein. Sein Vater musste deutlich angetrunken gewesen sein, sonst würde sich Paul kaum auch daran erinnern. Aber auch die Situation im Esszimmer hat er noch genau im Kopf. Alle saßen artig abends bei Tisch und aßen. Da begann sein Vater vom Krieg zu erzählen.

„Der Russe", sagte er „war durchgebrochen und kam auf uns zu". Irgendwo in Südrussland oder eher in der Ukraine, musste das gewesen sein, hatte sich Paul später zusammengereimt. „Wir standen am Rande einer Mulde, auf der anderen Seite war ein Feld. Von dort, aus dem Feld, kamen die Russen durch das Gras auf uns zu. Wir hatten leichte Maschinengewehre und schossen auf sie. Aber es wurden immer mehr. Nach und nach zog sich jede zweite Gruppe von unseren Positionen zurück. Dann war ich mit dem Schützen fast allein. Weiter weg gab es wohl auch noch eine Stellung. Die hörten wir, aber irgendwann hörte auch das auf. Dann war wohl niemand von unsren Leuten mehr da. Ich hatte mich gebückt und mein Schütze hatte das Maschinengewehr auf meine Schulter gelegt und schoss.

Es verging einige Zeit, immer die Stille und dann vereinzelte Schüsse! Plötzlich fiel mein Kamerad vornüber und blieb liegen. Ich drehte ihn um und sah, dass er einen Schuss in den Hals bekommen hatte. Er war tot.

Ich sah mich um, ich war jetzt ganz allein, nur ich und vor mir noch der Russe. Ich machte das Gewehr unbrauchbar und haute auch ab, nach hinten."

„Abhauen", wie beim Räuber und Gendarm Spiel, „komm wir hauen ab!"

An den weiteren Verlauf des Abendessens konnte sich Paul nicht mehr erinnern, auch nicht, was seine Mutter dazu sagte, und warum sein Vater das erzählt hatte. Ob es einen besonderen Anlass gegeben hatte. Vielleicht war ja einer der Kriegskameraden zu Besuch gewesen. Es gab da zwei, drei, aus seiner Einheit, wie er das nannte, die besuchten sich manchmal, in den ersten Jahren nach dem Krieg. Vielleicht ja nach einem solchen Besuch. Es war sozusagen aus ihm herausgebrochen. Paul konnte sich noch deutlich an die Erregung seines Vaters erinnern, als er das erzählte. Wenn Paul das heute überschlug, dürfte dieser Abend so ungefähr 15 Jahre später gewesen sein, nach diesem Tag irgendwo in der Ukraine. In einem warmen Esszimmer, an einem unbedeutenden Abend, nur für Paul war das bedeutend, er erinnerte sich auch noch Jahrzehnte später daran und an ähnliche Szenen, die sein Vater wohl bei ähnlichen Gelegenheiten erzählt hatte.

Dieses Maschinengewehr aus dem Bericht seines Vaters dürfte ein MG 34 oder 42 gewesen sein, Hersteller unter anderem Firma Mauser, Oberndorf am Neckar, die zweite Gewehrfabrik am Ort. Genau wie der normale Wehrmachtskarabiner, mit dem alle Wehrmachts- und SS-Verbände im zweiten Weltkrieg ausgerüstet waren, das Modell 98, Hersteller auch Mauser, Oberndorf. Allein eines der Zusatzgeräte, ein Granatwerfer, wurde im Zweiten Weltkrieg eineinhalb Millionen Mal hergestellt. Das 98er war das Gewehr, das sein Vater nach dem Krieg, in restaurierter Version, zur Jagd benutzte. Die Gewehre waren eingesammelt worden, wurden überholt und nach dem Krieg wieder weiterverkauft.

Waffenhändler

Es war Abend, einige Tage nach dem Telefonanruf. Bisher hatte Paul noch nichts unternommen. Er saß im Wohnzimmer und sinnierte vor sich hin. Seine Bleibe aus Einsiedlertagen hatte ja nur drei Räume. Das erste Zimmer diente als Küche, Wohn-, Ess- und Arbeitszimmer, das zweite als Archiv und Schlafzimmer, der dritte Raum war Klo und Bad in einem.

Er hatte keinen Abendtermin, sprich, er brauchte niemanden zu vertreten.

So lief es ja im Normalfall. Wenn er auch abends mal raus musste, hieß das, dass er für jemand eingesprungen war, denn als Gerichts- und Kriminalreporter hatte er ja weniger Abendtermine als seine Kollegen von der Lokalredaktion. Die Gerichtstermine waren tagsüber und er konnte dann seine Artikel auch zur normalem Zeit fertig machen und musste nicht noch abends oder sogar nachts Sonderschichten dranhängen. Aber solche Vertretungstermine kamen schon hin und wieder mal vor. Seine Kollegen hatten da nicht allzu große Gewissensbisse, ihn ein bisschen rumzuschicken, ohne dass es boshaft gewesen wäre.

Er hatte es sich zuhause gemütlich gemacht und ging seiner Lieblingsbeschäftigung nach: Dem Nichtstun. Das hieß, nichts Wichtiges, nichts, was mit der Arbeit zu tun hatte, nichts was man abhaken musste, um es hinter sich zu bringen, sondern er konnte tun, wonach ihm gerade war, auch alleine! Ohne z.B. auf Toni Rücksicht zu nehmen. Das tat er inzwischen ja natürlich auch wieder gerne, aber das war doch etwas Anderes. So konnte er zum Beispiel ganz wahllos im Fernsehen rumzappen, irgendwelche Nebensächlichkeiten im Internet suchen, Free Cell spielen oder bisschen in seinem neuesten Krimi lesen. Geradezu atemlose Freiheiten waren das! Einen britischen Krimi las er gerade, „Dein ist die Rache", toller deutscher Titel!

In einer Krimibeilage, er wusste nicht mehr genau in welcher, im „Freitag" oder in der „Frankfurter Rundschau", war er hoch gelobt worden, als treffende Darstellung einer miesen, kaputten Stadt in East Yorkshire, ein ehemaliger Fischereihafen und Zentrum der Fischkonserven Industrie und jetzt nur noch bankrott. Er war so von der Kritik angetan gewesen, dass er sich gleich drei gebrauchte Exemplare über Amazon besorgt hatte. Aber jetzt in der Mitte des zweiten Exemplars wusste er nicht so recht, wie er sie finden sollte. Gewiss die Charaktere waren ganz amüsant und etwas außer der Reihe, aber was sollten eigentlich diese Aneinanderreihungen von Grausamkeiten, Folterungen und sexuellen Eskapaden, die anscheinend schon zur Normalität gehörten. Stimmte das, er hatte da so seine Zweifel und die Krimis waren einfach auch nicht mehr, was sie einmal waren. Zu viele, zu viel Schrott, zu viel gewollt aufgebauscht, gewollt sadistisch, blutrünstig und abartig. Aber anscheinend lechzten die Leute danach. Na, wem´s gefiel.

Gerade hatte er da keine Lust drauf und dachte nochmal an diesen Kurzurlaub in Heidelberg. Abgesehen von diesem merkwürdigen Abend gleich zu Anfang, als er über diese beiden Typen gestolpert war, war es mal wieder ein ganz normaler Heidelberg-Aufenthalt gewesen. Er wusste eigentlich auch nicht so genau, was ihn immer wieder nach Heidelberg zog.

Gewiss, er hatte dort studiert und eine relativ aufregende Zeit verbracht, mit all den Genossenschafts- und Wohnexperimenten, die sie so frei von der Leber weg einfach ausprobiert hatten, gemeinsam zu leben, zu arbeiten, selbst bestimmt und frei von irgendwelchen „realitätsfixierten" Überlegungen, ob das vielleicht auch noch eine Daseinschance über die nächsten drei Jahre hinaus hatte. Und all das andere: Musik, Drogen, Alkohol, wechselnde Partnerschaften, beziehungsweise „Beziehungsexperimente", mit den damit zwangsläufig einhergehenden Dramen und Drämchen. Das war aber schon so lange her, dass es nur noch wie im Nebel herumwaberte.

Heidelberg hatte im Grunde doch nur noch die Schickimicki- und Touristenversion von damals zu bieten. Die paar Studenten, die versuchten, sich in irgendwelchen Nischen gegen dieses Konsum- und Profitsystem aufzulehnen, das allumfassend und unüberwindlich scheint, waren fast zu bedauern. All das hatte ja nichts mehr mit „seinem" Heidelberg zu tun. Mit diesem Gärteig von Ideen, Personen und Aktionen in den Siebzigern, trotz oder wegen aller aktionistischen Blindheit.

Und trotzdem, schon überlegte er sich wieder einen Vorwand, unter dem er, vielleicht zusammen mit Franz, nach Heidelberg fahren könnte. Wahrscheinlich war das eine Art Konditionierung, wie beim Pawlowschen Reflex, kaum kam ihm der Gedanke an Heidelberg in den Sinn, durchlief ihn eine Art sehnsuchtsvolles Ziehen und ein flaues Gefühl in der Magengegend. Vordergründig natürlich, um diesen Mord etwas näher untere die Lupe zu nehmen.

Franz hatte, wie er selbst auch, nur noch zwei, drei Jahre zu arbeiten und langweilte sich im Grunde, als durch die Polizeireform kaltgestellter, ehemals leitender Kriminal Hauptkommissar vom Dezernat für Gewaltverbrechen in Freudenstadt und jetzt nur noch verlängerter Arm der Kriminalpolizeidirektion Rottweil. Vielleicht war er ja eher ganz dankbar für etwas Abwechslung, der Dienst würde sie ihm nicht mehr bringen, dafür war er zu alt, das war klar. Also warum nicht versuchen, ihn zu einem Ausflug zu überreden. Im Grunde konnten sie doch mittlerweile in ihrer Position, Franz bei der Polizei und er bei der Zeitung, tun, was sie wollten. Warum eigentlich nicht.

Klar war natürlich, die ganze Geschichte mit Libyen war ein alter Hut. Wer interessierte sich noch dafür, wer vielleicht in Libyen, an die Palastwache Gaddafis, G36 Gewehre verkauft hatte. Und auch M27 von NM? Aber, andererseits, wenn er sich im Internet trotzdem ein wenig kundig machen würde, das konnte auf jeden Fall nicht schaden. Wer weiß, vielleicht gab es doch eine Geschichte? Möglicherweise hatte der Mord in Mannheim etwas mit irgendwelchen Waffenschiebereien neueren Datums zu tun. Aber wieso Mannheim/Heidelberg? Was machten da alle in der Gegend? Sowohl dieser Hansi und sein Kumpel als auch ihr ehemaliger Kollege oder Vorgesetzter, Dirk Bessler? Das musste er diesen Hansi auch mal fragen. Aber vorerst mal zu den Gewehren von Heckler&Koch und NM.

Er ging raus in seinen „Felsenkeller" und holte sich ein Bier. Sein ehemaliger Fluchtort aus der Zeit, als Toni und er noch getrennt waren, lag zu Beginn eines Feldwegs, ganz am Rande des Schwarzwalddorfes Gundelshausen. Er bestand aus einem traufseitig zum Weg gelegenen winzigen Haus, möglicherweise einem ehemaligen Leibgedinggebäude, dem kleinen Innenhof mit dem Felsenkeller als hinterem Abschluss zum Hang und links dem Unterstand für seinen Traktor, den er zum Holz machen brauchte.

In dem Keller war es immer schön kühl, der ideale Lebensmittelkeller. Es war ja schon ziemlich warm in diesem Frühsommer, auch noch am Abend, also standen die Getränke natürlich dort und nicht in der Küche unter die Spüle geschoben wie im Winter. Man musste dann zwar immer ein bisschen laufen, aber das sollte ja gesund sein!

Er klappt seinen Laptop auf und gibt Jürgen Grässlin, H&K und NM ein. Paul weiß, dass der Friedensaktivist Jürgen Grässlin vor einiger Zeit ein Buch über die Geschäfte mit Handfeuerwaffen, hauptsächlich über Heckler&Koch, geschrieben hat: Das „Schwarzbuch Waffenhandel". Er wird auch sehr schnell fündig. Er lädt es sich als E-Book herunter, kostet ihn elf Euro, mal sehen was die Abrechnungsstelle in der Zentrale davon hält.

Grässlin beschäftigt sich darin auf vielen Seiten mit der Firma Heckler&Koch:

Handfeuerwaffen, also Pistolen, Gewehre, Maschinenpistolen und Maschinengewehre, sind das Massenvernichtungsmittel Nummer Eins auf der Welt!

Daran blieb Paul gleich zu Beginn seiner Recherche hängen. Das erschüttert ihn. Bei Massenvernichtungsmitteln, tausendfachem, ja millionenfachem Morden, denkt man natürlich an Bomben und Raketen, Panzer und schwere Artillerie. Aber mit keiner Waffe, keiner Bombe, keinem Panzer, keiner Mine wurden so viele Menschen getötet, verletzt und verstümmelt wie mit den Handfeuerwaffen. Überall auf der Welt von Armeen, Söldnertrupps und Guerillakriegern mitgeführt, waren sie Ursache einer wahllosen Tötungsmaschinerie und unaussprechbaren Leids.

Sie konnten von jedem Kind bedient werden. Man könnte meinen, je geringer der geistige Horizont seines Trägers, desto größer das Machtgefühl auf Grund der Waffe, die Überlegenheit, die er dadurch zu erzielen scheint.

Schon nach kürzester Zeit hatte Paul im Grunde genug von seiner Recherche. Zu furchtbar waren die Bilder von Verletzten, aber auch von den Gesichtern der Kinder, die mit solchen Waffen aufwuchsen und sie auch wahllos benutzten.

Er erfuhr, dass Heckler&Koch die Nummer drei bei der Produktion von Handfeuerwaffen war, nach der Firma Kalaschnikow in Russland und den US-Amerikanischen Herstellern des G16, der Firma Colt und anderer. NM fungierte ein paar Plätze hinter der Spitzengruppe. Und dass Deutschland ebenfalls nach den USA und Russland die Nummer drei auf der Welt war, im Waffenexport überhaupt.

Heckler und Koch wurde 1949 von ehemaligen Mitarbeitern der Waffenfirma Mauser gegründet und nahm in den 50er Jahren die Waffenproduktion auf. Eine zweite Fraktion, erfährt Paul über andere Internetforen, war nach dem Ende der nationalsozialistischen Waffenproduktion ins faschistische Spanien gegangen. Ebenfalls in den 50er Jahren wurden sie vom Amt Blank, dem Vorläufer des Bundesverteidigungsministeriums, zurück in die Bundesrepublik geholt, wo sie weitere Maschinenfabriken gründeten. Eine davon dürfte die Neckartenninger sein. Seitdem, liest er weiter bei Grässlin, sind mehr als 2 Millionen Menschen mit den Waffen von H&K, und ihren Lizenznehmern mit allen Nachbaugenehmigungen ums Leben gekommen. Jürgen Grässlin errechnet daraus die Zahl von 114 Opfer am Tag seit circa 1955.

Ähnlich erfolgreich dürfte NM gewesen sein.

Die Waffen aus Oberndorf und Umgebung könne man ganz zweifelsfrei identifizieren, auf den Gewehren sei eine Nummer, in den meisten Fällen des Beschussamtes Ulm, eingeprägt. Wenn diese Nummer fehlte, konnte sie nur weggefräst sein, um den Herkunftsort zu verschleiern.

Grässlin nennt auch Namen, weist auch auf persönliche und politische Verantwortliche hin. Er bezeichnet das als „Täterprofile": Die Waffenausfuhrgenehmigungen laufen in der Bundesrepublik Deutschland über den Bundessicherheitsrat, einem geheimen Gremium, dem acht Bundesminister angehören, unter dem Vorsitz der Bundeskanzlerin, dessen Beschlüsse erst im Nachhinein und viel später dem Bundestag mitgeteilt werden.

Grässlin betont zum Beispiel, das Argument, „wenn wir nicht liefern, dann tun es andere", stimme so nicht. Als das holländische Parlament eine Lieferung von Kampfpanzern nach Indonesien wegen der dortigen Menschenrechtslage nicht genehmigte, tat es die deutsche Regierung unter Angela Merkel, also hieße das, „wenn andere nicht liefern, liefern wir". Das sei zum Beispiel unter Kohl und Schröder in diesem Umfang nicht passiert.

Grässlin erhält seine Informationen auch aus Oberndorf, von Leuten, die mit der Praxis des Waffenhandels, auch der Firma Heckler&Koch, nicht einverstanden sind, die der Meinung sind, Waffen sollten, wenn überhaupt, nur innerhalb der NATO verkauft werden. Zuletzt habe die Zahl derer in Oberndorf deutlich zugenommen, die sich gegen den von H&K und anderer praktizierten, teilweise strafbaren Waffenhandel, aussprechen. Grässlin sei oft in Oberndorf und verteile auch Informationsmaterial der „Aktion – Aufschrei – gegen Waffenhandel". Zuletzt hätten von 25 Menschen, die er angesprochen habe, 17 bis 18 seine Petition unterschrieben.

Anschließend versucht Paul die zeitliche Abfolge der Waffenschiebereien und der nicht legalen Ausbildung der Libyer aus Hansis Verdachtsthese zu überprüfen. In den Internetausgaben von mehreren deutschen Zeitungen und Rundfunkanstalten wird er gleich mehrfach fündig, sowohl was die unerlaubte Ausbildung in Libyen betrifft, wie auch den Waffenhandel, in den der Gaddafi-Clan offensichtlich persönlich verwickelt war. Die Artikel stammen zumeist aus dem Jahr 2008 und später. Die ersten Kontakte, also die Anbahnung geschäftlicher Beziehungen, gehen wohl auf das Jahr 2003 zurück, die Ausbildung zwischen 2005 und 2008.

Bald fällt ihm auf, dass immer eine Sicherheitsfirma in Bensheim darin verwickelt war, sowohl beim Waffenhandel, da habe sie die Kontakte hergestellt, als natürlich auch beim Training, die PTP Security GmbH. Was für ein Zufall, und ziemlich nahe an Heidelberg, vielleicht die Antwort auf seine Frage, was die alle in und um Heidelberg zu suchen hatten.

Paul fährt den Rechner herunter und klappt ihn zu und bleibt noch einige Zeit davor sitzen. Er hält sich selbst eigentlich nicht für einen Pazifisten. Zu sehr ist er doch Realist, um zu wissen, dass manchmal Gewalt, auch militärische Gewalt, notwendig ist, um sich gegen aggressive Menschen oder Organisationen zu wehren. Nazideutschland ist das Beispiel, das am häufigsten zitiert, deshalb aber nicht falsch ist, wie neuerdings natürlich der sogenannte IS. Aber wenn man versuchen würde, im gleichen Maße finanzielle und organisatorische Anstrengungen für die friedliche Lösung von Konflikten aufzubringen, wie das für den Einsatz militärischer Mittel geschieht, wären nicht alle, aber viele Konflikte auch auf friedlichem Weg zu lösen.

Und vor allem, dort, wohin man Waffen liefert, werden sie auch benutz und können in die „falschen" Hände geraten. Insofern sollte eine Firma nie nur auf Waffenproduktion und den Verkauf möglichst vieler Waffen angewiesen sein. Das befördert geradezu die Versuchung, auch dorthin Waffen zu verkaufen, wo damit gerechnet werden muss, dass der „Endverbleib" nicht kontrolliert werden kann oder auch gar nicht kontrolliert werden soll.

Denn die Leute, die auf die eine oder andere Art und Weise mit den schwer durchschaubaren Bereichen von Ausfuhr, Genehmigungen, Kundenwerbung, Betreuung und direkter Waffenvorführung zu tun haben, sind mit Sicherheit nicht zimperlich, wenn es auf den Erfolg ihrer Geschäfte ankommt. Die Frage ist nur, wie weit dieses „nicht zimperlich" geht.

Allen voran die CEOs, also die Geschäftsführer, und sonstigen Funktionsträger. Die dann immer nichts gewusst haben oder verlauten lassen, dass das nicht in ihrem Sinne geschehen sei.

Nur, ist dieser ganze Komplex nicht doch ein bisschen zu groß für ihn? Aber wer weiß, vielleicht sind diese Herrschaften, wenn es um ihre reinen Westen geht, manchmal nicht ganz so schlau, wie sie selbst glauben.

Andererseits, ein Todesfall in der Nähe von Heidelberg muss ja nicht zwangsläufig etwas mit diesem Komplex zu tun haben, nur weil das Opfer in der Vergangenheit vielleicht mit ungenehmigten Waffenverkäufen und deren Abwicklung zu tun hatte. Vielleicht klärt sich da ja sowieso schnell auf, dass etwas ganz Anderes dahintersteckt.

Dann wäre ihm das auch recht, da ist er sich sicher. Vielleicht doch zuerst einmal ganz neutral etwas nähere Informationen über den Toten in Heidelberg herausbekommen. Das könnte ein Ansatz sein.

K. ist besorgt

1975

Peter Koppel, von seinen Mitschülern nur K. genannt, war kein besonders guter Schüler, was eher nicht an seinem Unvermögen lag, als daran, dass er glaubte, es nicht nötig zu haben. Dafür war sein Mundwerk aber umso größer. Er hatte immer einen flotten, spöttischen Spruch auf Lager, und jeder in der Klasse wusste, wie er sich zu verhalten hatte, wenn K. sich mal wieder jemand ausgeguckt hatte. Das machte K. Spaß, zu merken, wie die Reihen sich schlossen, wenn er mal wieder seine fünf Minuten hatte.

„He, Dotter, du siehst so blass aus, konntest heute Nacht wohl wieder nicht genug bekommen" und vor dem Schritt dann noch die Handbewegung. Dotter war eines der beliebten Opfer, sozusagen das Oberopfer, Sohn einer alleinerziehenden Mutter, die sich abrackern musste, um den Gymnasiumsbesuch ihres Sohnes zu finanzieren, der Vater hatte sich aus dem Staub gemacht und die Unterstützung gleich darauf eingestellt. Dotter, mit richtigem Namen Thomas Deichmann, war nicht schlank, nicht wortgewandt und nicht widerstandsfähig. Er lief rot an und versuchte sich in der Menge zu verdrücken. Das gelang ihm diesmal, wie so oft, mal wieder nicht, weil K.´s Claqueure den Weg frei machten, zwischen K. und Dotter.

K. spazierte mit lockerem Schritt auf Dotter zu und hieb ihm auf die Schulter, „Na nichts für ungut, war nur ein Spaß. Verstehst du?"

Dotter verstand nicht, beziehungsweise verstand nur, dass er mal wieder die Zielscheibe war. Am liebsten hätte er sich verdrückt, wäre rausgerannt oder am besten, hätte sich ein Loch aufgetan und hätte ihn verschluckt oder K. verschluckt, das wäre super. Wenn K. weg wäre.

Glücklicherweise klingelte es. Er zwängte sich durch die Meute, ignorierte das zweimalige Angerempelt Werden, von irgendjemand, der wohl meinte, er könne noch ein bisschen nachhelfen, und setzte sich hinten links neben die Tür.

Noch drei Stunden, vor der letzten nochmal eine längere Pause, das müsste er doch irgendwie hinter sich bringen können. Und dann? Am besten aus dem Kellerausgang, das war ihm schon einmal geglückt. Seit dieser K. neu in die Klasse gekommen war, war es ganz schlimm. Kein Tag verging, ohne dass der über ihn herzog. Vorher war es auch schon kein Zuckerschlecken gewesen, aber jetzt!

Dabei war K. ja nur auf Probe da. In der anderen Schule habe es auch irgendwelche unliebsamen Zwischenfälle gegeben, so munkelte man, deshalb war er dann zu ihnen gekommen.

Er hatte das Gefühl, als greife jemand nach seinem Hals und drücke ihm die Luft ab. „Schön langsam durchatmen, dann geht es von selbst wieder weg."

„Deichmann, kann man ihnen irgendwie helfen?"

Er schrak auf, er war gemeint gewesen, hatte es nicht mitbekommen.

„Nein, alles in Ordnung."

Es ging weiter, Mathematik, Kurvendiskussionen. „Luft anhalten, durchhalten!"

Hinten raus, das müsste doch gehen, zum Kellerausgang, hoffentlich war da offen.

Er duckte sich hinter seinem Vordermann und brachte die restliche Zeit irgendwie hinter sich. Auch die zweite Pause ging glimpflich vorüber. K. hatte sich Monika Bachmann gewidmet, aber da biss er auf Granit, da musste er sich keine Hoffnungen machen, an der hatten sich schon andere die Zähne ausgebissen, geschah ihm recht!

Nach der letzten Stunde trödelte er noch ein wenig rum, Frau Lepsius, die Lateinlehrerin, hatte ihn schon ein wenig aufmunternd gefragt, ob etwas sei oder ob er auf jemanden warte, nein, es sei nichts, hatte er geantwortet, und die Zähne zusammengebissen. Dann schnell zusammengepackt und raus. Im Flur, wo es links zum Ausgang und rechts in den Keller runterging, stand Placker und schaute ihn komisch an, drehte dann den Kopf und gab unten vor dem Ausgang jemand mit dem Kopf ein Zeichen, ein kaum merkliches Nicken, aber er, Thomas Deichmann hatte es gesehen. Auch dass unten jemand nach rechts davongerannt war, egal! Sie konnten ihn alle mal!

Er rannte die Treppe hinunter, ein Griff an die Türklinke, sie war auf, wie meistens, Gott-sei-Dank, er öffnete die Tür. Ein Gesicht grinste ihn an.

Er wollte zurück, aber K.s Hand schnellte vor und hielt ihn am Parka fest.

„Komm doch mal her, keine Ausflüchte, bist du den Kellerausgang raus, du weißt doch, dass das verboten ist, das muss bestraft werden."

Er zog ihn auf die Treppenstufen und gab ihm einen Schubs, dass er die drei Stufen vollends hinunterstolperte. Unten standen Müller, Gehrlich und Reiter, jetzt kam auch Placker angerannt. Sie fingen ihn auf und er blieb stehen. Er wusste nicht weiter. Tiefe Mutlosigkeit schlug über ihm zusammen und er spürte, wie ihm die Tränen hochstiegen. Nur nicht heulen, das musste er auf jeden Fall verhindern. Aus irgendeinem Grund fiel ihm sein Vater ein, der ihm ins Gesicht schlug und anschrie: „Sei ein Mann!"

Er durfte nicht heulen.

Sie schubsten ihn Richtung Fahrradunterstand, hinten in die linke Ecke. Die war nicht einsehbar. Gehrlich drängte ihn in die Ecke und sagte irgendwas zu ihm, er nahm aber gar nichts mehr wahr.

Gehrlich stand breitbeinig vor ihm, die anderen drumherum. K. daneben und grinste. Gehrlich öffnete seinen Hosenschlitz, holte seinen Pimmel raus und pinkelte vor ihm auf den Boden. Dann packte er sein Werkzeug in aller Gemütsruhe wieder ein und schaute zu K. Der grinste immer noch und sagte dann, „die Sau an den Trog."

Gehrlich griff Dotter in den Nacken und drückte ihn runter.

„Hinknien! Stirn auf den Boden! Und dann sprich mir nach:

Ich bin ein armes Schwein
und will auch gar nichts andres sein,
ich grunze wie ne alte Sau
und … Mutter …

Dotter hörte nichts mehr. Er ließ sich auf die Knie fallen und plumpste dann nach vorne und blieb liegen.

„Jetzt is er tot, der Arme. Kann nicht mehr. Ich glaub, jetzt müssen wir beten. In Nomine Patris et Filii et Spiritus sankti." meinte einer der anderen.

K. machte ein Kreuzzeichen, und dann trollten sie sich.

Dotter blieb noch eine Weile liegen, es war ihm alles egal. Irgendwann rappelte er sich hoch und trottete nach Hause in ihr Mietshaus.

Diese ehemaligen Ziegeleiarbeiterblöcke hatten meist vier Stockwerke und auf jedem Stockwerk vier Wohnungen. In der Mitte auf den Fluren waren vier Plumpsklos nebeneinander aufgereiht. Er schlich die Treppe hoch bis zum zweiten Stock und setzte sich auf das zweite Klo von links, das war ihres.

Nachdem er eine viertel Stunde darin gesessen hatte und der Gestank so langsam unerträglich wurde, ging er in die Wohnung. Vorne war die Küche, dahinter das Schlafzimmer seiner Mutter und am Schluss seines.

Dotter schob die Tasche unter den Tisch vor dem Fenster und zog seinen Parka aus. Er roch daran und stellte fest, dass der Gestank zumindest zum Teil wohl auch von Ihm, von seinem Parka, gekommen sein musste. Dotter ging wieder raus in die Küche. An der Wand rechts neben der Eingangstür stand eine Badewanne: Rundherum durch einen Vorhang und nach oben durch eine zweigeteilte Holzplatte verdeckt. So konnte man sie zumindest als Ablagefläche nutzen. Er nahm die Platten herunter und stellte sie seitlich an die Wand. Der Wasserhahn ließ sich nach vorne schwenken. Dotter ließ Wasser hinein. Er schmiss seinen Parka ins Wasser, wartete bis genügend hineingelaufen war und tunkte den Parka ein paar Mal unter.

Anschließend kehrte er in sein Zimmer zurück und nahm hinter der Tür seine US Armeejacke vom Haken. Die trug er nicht so oft, in der kam er sich so großspurig vor, fast wie ein Vietnamveteran.

Dann ging er runter in ihr Gartenhäuschen.

Hinterm Haus hatten alle Wohnungen eine kleine Gartenparzelle, immer vier nebeneinander, und darauf einen kleinen Schuppen für die Gartengeräte und sonstigen Krempel.

Dotter öffnete die Tür und wendete sich nach links. Dort stand an der Wand ein alter Küchenschrank seiner Oma.

Dotter öffnete die untere rechte Tür und schob einige Gegenstände zur Seite. Ganz hinten war eine alte Schuhschachtel versteckt. Der Deckel ließ sich öffnen, ohne die Schachtel herauszuziehen. Er wusste, was darin lag. Er nahm die alte Wehrmachtspistole heraus, eine Walther

P38, und griff nochmal hinein, klaubte ein paar Patronen zusammen und steckte sie in die Tasche.

Die war noch von seinem Vater, dem Herrn Offizier.

Dotter hatte sie ihm mal geklaut, als der noch bei ihnen wohnte. Der Vater hatte wie irre herumgeschrien, als er bemerkte, dass er die Pistole nicht finden konnte, aber da hatte Dotter schon keine Angst mehr vor ihm gehabt.

Dotters Vater hatte nach dem Krieg einige Jahre im Gefängnis verbracht, darüber wurde aber nie gesprochen. Anschließend hatte er sich als selbständiger Versicherungsvertreter versucht, wie so manche seiner „Kameraden". So nach und nach hatte er aber auf seinen Fahrten immer mehr Zeit in irgendwelchen Gaststätten verbracht und war dann abends oder später auch manchmal erst am Wochenende mehr oder weniger alkoholisiert bei ihnen zuhause aufgetaucht. Irgendwann blieb er ganz fort.

Dotters, also Thomas Mutter, schien darüber nicht sonderlich betrübt zu sein, auch hatten sie schon die Vierzimmerwohnung in der Innenstadt gegen diese ehemalige Ziegeleiwohnung am Stadtrand eingetauscht, billiger ging nicht mehr.

Thomas erinnerte sich noch daran, wie der Vater nach seinem Tobsuchtsanfall in der Küche am Küchentisch gesessen hatte. Er stierte vor sich hin und gab ab und zu mal irgendwelches unverständliche Zeug von sich.

Bald darauf war er ganz weggeblieben. Anscheinend war er in die nächste größere Stadt gezogen und, wie seine Mutter das ausdrückte, lebte dort mit irgendeinem Flittchen zusammen. Geld konnten sie keins mehr von ihm erwarten.

Thomas stand etwas unschlüssig in dem Schuppen herum. Wohin mit der Waffe. Bei „Tennisschläger und Kanonen" hatte man auch nie gesehen, woher die die Waffe hatten. Er hatte es sehr bedauert, als die Serie 1969 eingestellt worden war. Wenn er den Albereien und den Heldentaten von Kelly und Scotty zuschaute, war alles ganz einfach. Aber bei ihm lief es einfach nicht so gut. Vielleicht käme das ja noch, wenn er erst mal hier weg war.

Schließlich steckte er die Pistole in die Innentasche der Jacke, da war sie nicht so auffällig.

K., Gehrlich und Reiter hatten sich beim Kino getroffen und liefen jetzt zum Marktplatz. In der Nebengasse hinter der Kirche gab es einen Zigarettenautomaten, dort konnte man relativ ungestört an Zigaretten kommen, ohne dass es jemand sah und wohlmöglich den Eltern weitererzählte. Das war ihr Ziel.

Gehrlich und Reiter konnten sich dabei auf K. verlassen, der hatte eigentlich immer Geld und war auch ganz spendabel. Er geizte nicht mit den Zigaretten.

Vorsichtshalber drückten sie zuerst mal so auf den Schubhebeln rum, die die Päckchen herauskatapultierten, aber das kam wirklich selten vor, dass der Automat defekt war und die Packungen ohne zu zahlen ausspuckte. Auch in der Geldkammer war nichts drin. K. warf das Geld ein, zog die Packung aus dem Schubfach und sie trotteten von dannen. Der Stadtpark war das Ziel.

Sie wanderten bis zur nächsten, nicht so gut einsehbaren Bank und hockten sich dort hin. K. zoppelte die Schachtel raus, riss sie auf und bot ganz generös den anderen beiden zuerst eine an. Dann zog er selbst eine raus und sie pafften zuerst mal vor sich hin. Noch bevor sie auf eines ihrer Lieblingsthemen kamen, Bundesliga oder Monika Bachmann und ihre Freundinnen, das Thema Dotter gab eigentlich auch immer was her, raschelte es etwa zehn Meter links von ihnen im Gebüsch.

Dotter kam zwischen den Sträuchern hervor und von der Seite auf sie zu.

Sie waren etwas überrascht.

Was wollte der denn hier?

Hatte der noch nicht genug?

K. sagte: „Ha, der Dotter, der hat Sehnsucht nach uns." Aber seine Stimme klang ein wenig unsicher, vielleicht auch gezwungen.

Dotter blieb vor Ihnen stehen, eigentlich wie immer, wie der Fettklops eben, obwohl er ja gar nicht so dick war, trotzdem!

Was hatte der denn für eine Jacke an, sah irgendwie komisch aus, wie so ein Vietnamveteranenhippie.

K. war es auf einmal gar nicht mehr wohl. Irgendwas stimmte nicht. Er hatte Angst und wäre am liebsten nicht hier gewesen. Er wollte etwas sagen, aber Dotter hatte auf einmal etwas in der Hand, eine Pistole, so ein altes Ding, sicher noch vom Krieg.

Dotter hatte die Pistole rausgefummelt und hielt sie in der Hand. Es ging wie von selbst. Er zielte auf Gehrlichs Bauch und schoss. Dann drehte er sich um und ging, einfach so!

Offizielle Erkenntnisse

So miteinander waren sie schon längere Zeit nicht mehr unterwegs gewesen, Paul Backes und Franz Gregor, Freunde seit ewigen Zeiten, seit sie sich in den 80ern als Stammkunden in einer Freudenstädter Kulturkneipe über den Weg gelaufen waren. Franz hatte Musik gemacht und Paul war an einem politischen Theaterprojekt beteiligt. Sie hatten dann einige Zeit zusammen versucht, etwas auf die Beine zu stellen, hatten sich letztendlich aber nicht einigen können, ob sie nun politisches Clownstheater oder clowneskes Polittheater betreiben wollten. Also hatten sie wieder aufgehört, im Grunde war es auch schlicht und ergreifend der Zeitfaktor gewesen, der nicht passte. Seitdem trafen sie sich aber mehr oder weniger regelmäßig.

In letzter Zeit war der Treffpunkt meist bei „Nino" in der Pizzeria oder auch mal bei Franz zuhause, sie aßen etwas und spielten zusammen zwei, drei Partien Backgammon, wobei Paul in der Regel verlor. Das hieß, in der letzten Zeit war es etwas besser geworden, hatte er doch hin und wieder tatsächlich auch mal ein Spiel gewonnen. Anscheinend war er doch kein hoffnungsloser Fall. Aber er übersah doch immer noch häufig günstige Konstellationen, wie man nach dem doppelten Würfeln ziehen könnte, ganz zu schweigen von den Gelegenheiten, seinen Gegner rauszuwerfen, wenn der alleine auf einem Feld stand. Aber manchmal übersah er es auch absichtlich, aus spieltaktischen Gründen, was dann immer bei Franz zu Stirnrunzeln führte. Aber eine längere Reise zusammen hatten sie schon länger nicht mehr unternommen, und das Ergebnis ihres vorangegangenen Telefonats war nicht ganz so eindeutig gewesen.

Paul versuchte jetzt nochmal, Franz ein wenig über die vermuteten Hintergründe der Tat, Erpressung von H&K oder NM oder beiden mit Todesfolge, aufzuklären und bekam die fast schon erwartete Reaktion:

„Und wie heißt dein Informant, wer ist das?"

„Hansi mehr weiß ich auch nicht."

„Aha!" Pause. „Kann man den treffen? Oder wo kann man den treffen, beziehungsweise woher kennst du diesen Hansi?

„Vom Campingplatz in Heidelberg, also genauer Kleingemünd, auf der anderen Seite vom Neckar. Und dann gibt es ja auch noch diese Freundin, diese Rosi, die könnte man ja auch mal befragen."

„Hm. Und deshalb fahren wir jetzt nach Heidelberg, um dort bei den Kollegen vorbeizuschauen und sie zu fragen, ob sie so freundlich wären, uns mit ein paar Informationen unter die Arme zu greifen, weil der Herr Kollege von der Presse eine große Story wittert und damit gerne groß rauskommen würde?"

„Äh, ja, so ungefähr. Ja, nein, natürlich Blödsinn, vielleicht ist das ja alles Blödsinn, ich dachte nur, weil du gesagt hast, du kennst da jemand ganz gut, dass wir von denen vielleicht ein paar Informationen bekommen könnten."

Paul war jetzt doch fast beleidigt. Franz hätte die Zweifel über die Qualität der Aussagen der beiden Zeugen ja auch schon früher etwas deutlicher kundtun können, statt ihm jetzt den Wind aus den Segeln zu nehmen. Vielleicht war das ja aber wirklich vergeudete Zeit und einfach idiotisch!

Kurz nach seiner Fahrt mit Toni in die Vergangenheit hatte er Franz das erste Mal von den beiden in Heidelberg auf dem Campingplatz erzählt. Und da war er ganz interessiert gewesen. Das war aber wahrscheinlich eher in der Rolle als privater Zuhörer, weniger in der des Kriminalisten.

„Ach, egal, ich wusste ja, dass das nicht unbedingt eine sattelfeste Sache ist, beziehungsweise eigentlich eher ein Luftkissen als ein Sattel, aber das kam mir ja ehrlicherweise gerade recht, ein kleiner Ausflug und lass mich nur mal machen, irgendwie bekommen wir da schon was raus."

Paul schwieg verdutzt oder auch froh, vielleicht war ja seine Einschätzung doch nicht so falsch gewesen und es kam doch was dabei heraus.

So gondelten sie jetzt tatsächlich mit Pauls altem knallrotem Subaru das Murgtal hinunter Richtung Rastatt. Die Sonne schien, die Vögel piepten und die Temperatur war noch angenehm, es war ja auch noch recht früh. Aber die Hitze würde schon noch kommen. In den letzten Jahren jagte ja ein Hitzerekord den anderen und dieses Jahr versprach es auch nicht besser zu werden.

Paul fühlte sich an die frühmorgendlichen Fahrten mit seinem Schulfreund Günter erinnert, in der Oberstufe, als sie schon irgendwelche alten Klapperkisten besaßen. Ab und zu auf dem Weg morgens in die Schule änderten sie jäh die Richtung und anstatt nach Dillingen fuhren sie nach Saarbrücken in irgendein Frühstückscafé, in der Nähe des St. Johanner Markts und verbummelten dort den Vormittag. Er erzählte es Franz und der hatte auch noch ein paar Geschichten beizusteuern. Von manchmal revolutionären, manchmal aber auch nur bekifften Oberschülern und ihren verunsicherten Lehrern in den Siebzigern.

Sie kamen am Forbacher Stausee mit seinem Pumpspeicherkraftwerk vorbei. In einer Schneise stürzten von hoch oben drei Fallrohre herab. Ein geradezu simples System eines Energiespeichers. Ein schon Anfang des 20. Jahrhunderts geplant und gebautes Kraftwerk, auf das das Land stolz sein könnte, anders als auf andere Exportschlager.

Sie schlängelten sich durch Forbach und fuhren bald darauf an den riesigen Kartonfabriken in Hilpertsau vorbei, später lag links oben das Schloss Eberstein, bekannt wegen des Grafensprungs. Da soll sich einer der Schlossherren von hoch oben mit samt Pferd in die Fluten der Murg gestürzt haben, um so seinen Verfolgern zu entkommen.

In Rastatt kamen sie auf die Autobahn und weiter gings meistens gemütlich auf der rechten Spur an Karlsruhe vorbei nach Heidelberg.

Dort verließen sie die Autobahn zunächst stadteinwärts Richtung Römerkreisel. Von dort gings in die Römerstraße, gewissermaßen zum Hintereingang des Polizeipräsidiums. Sie fuhren einmal ums Karree und fanden in der Alten Bergheimer Straße tatsächlich einen Parkplatz.

„Soll ich mitkommen?", fragte Paul etwas kleinlaut.

„Ja, ja, sicher, wird schon schiefgehen."

Sie marschierten die Treppen zum Eingang hinauf und Franz zeigte der Dame am Schalter seinen Dienstausweis und sagte: „Zu Hauptkommissar Berendonk, Staatsschutz, ist der zufällig da?"

„Einen Moment bitte, haben Sie einen Termin?"

Hatten sie nicht. Sie telefonierte.

„So um elf müsste er zurück sein."

Jetzt war es halb elf.

Irgendwie waren sie wohl wirklich nur auf einer Vergnügungsfahrt.

Sie verließen das Präsidium und gingen um die Ecke zum nächsten Café. Man konnte draußen sitzen, mit dem Rücken zum Fenster, und die Straße hinauf und hinunter schauen. Sie bestellten zwei große Pötte Kaffee und beobachteten die Passanten. Vor allem viele junge Leute gab es hier, ganz anders als in ihrem verschlafenen Schwarzwaldstädtchen, wo der Altersdurchschnitt immer höher wurde. Sie selbst wurden älter und die übrige Bevölkerung mit ihnen. Die Jungen gingen fort.

„Woran liegt es, dass die Jungen alle weggehen?"

„Würdest du dableiben?"

„Hm", da war sich Paul auch nicht so sicher, er war ja auch nicht freiwillig zum Referendariat in den Schwarzwald gekommen.

Dann kamen sie wieder auf den eigentlichen Zweck ihres Besuchs zu sprechen:

„Wieso eigentlich Staatsschutz?", fragte er seinen Fachmann für Polizeiangelegenheiten.

„Rüstungskonzern, also Staatsschutz", kam es von Franz recht knapp zurück. Offensichtlich war ihm auch nicht ganz wohl in seiner Haut.

Nach einer guten halben Stunde bezahlten sie und kehrten zum Präsidium zurück. Paul Backes musste seine Personalien dalassen und dann wurden sie durchgelassen. Im Foyer schauten sie sich kurz um. Sie wussten ja, zweiter Stock, Zimmer Nummer 244, das hatte ihnen die Dame an der Kontrolle noch mitgeteilt.

Wie es sich für gesundheitsbewusste ältere Männer gehörte, nahmen sie die Treppe und klopften wenig später an der Zimmertür.

„Herein", erschallte es. Drinnen erwartete sie das bekannte Doppelbüro mit zwei aneinander gestellten Schreibtischen und einem Besuchertisch, der aber von Akten überquoll.

Hinter dem rechten Schreibtisch schaute sie ein älterer graumelierter Herr freundlich an.

„Ah, die Delegation aus Freudenstadt. Hallo Franz! Lange nicht gesehen!" Offensichtlich waren sie von der Dame am Eingang angekündigt worden.

„Hallo Hubert, ja eine ganze Weile her. So um 2005 herum muss das gewesen sein, in Wildbad, bei diesem

Lehrgang, Personalführung und Konfliktmanagement, ich habe extra noch mal nachgesehen."

„Ja, richtig, war auch nicht schlecht, der Ansatz, ich erinnere mich, Externe haben manchmal auch ihre Vorzüge, was?"

„Ja, klar, weniger Stallgeruch bedeutet manchmal auch weniger Mist, was?"

Berendonk lachte. „Ja, stimmt!"

Aber Franz fuhr fort, „ich habe ja noch jemand mitgebracht, meinen Freund Paul. Darf ich vorstellen, Paul Backes, Kriminal- und Gerichtsjournalist für den Nördlichen und Mittleren Schwarzwalt."

Paul staunte, war er soeben vom Reporter zum Journalisten befördert worden, kam nun auch nach vorne und gab Berendonk die Hand.

Man könnte meinen, Berendonk hätte eine Augenbraue hochgezogen, ließ sich aber sonst nichts anmerken.

„Setzt euch doch, wollt ihr einen Kaffee?"

Sie verneinten mit dem Hinweis auf das Café um die Ecke und setzten sich an den überladenen Schreibtisch, Paul links, Franz rechts.

„Ja, das „Mildner´s", da sitzt man gut, da gehen wir auch des Öfteren hin. Aber was kann ich für euch tun", fuhr er dann fort. Drehte sich auf seinem Bürostuhl ein wenig zu ihnen hin und verschränkte die Hände scheinbar entspannt hinter dem Kopf.

„Nun, die Sache ist in mehrerer Hinsicht etwas verwickelt.", begann Franz Gregor. „Es geht um euren Toten zwischen Dossenheim und Ladenburg, diesen ehemaligen Kollegen von der GSG 9, Franz hat da so einiges aufgeschnappt, was vielleicht interessant sein könnte, vielleicht sind das aber nur Gerüchte, es ist schwer einzuschätzen. Es besteht zumindest die Möglichkeit, dass dieser Tote Kontakt zu der Waffenfabrik NM, der Neckartenninger Maschinenfabrik, in der Nähe von Oberndorf, hatte. Aus welchen Gründen auch immer."

„Ja", Paul räusperte sich. Er kannte zwar den Herrn vom Staatsschutz in Freudenstadt auch so vom Sehen und der war ein sehr angenehmer Zeitgenosse, aber Heidelberg war mit Sicherheit ein Ort, der bedeutend näher an konfliktträchtigen Themenfeldern lag. Bis 2013 war das NATO Hauptquartier Mitteleuropa in Heidelberg beheimatet gewesen und jetzt lag es nach seinem Umzug nach Wiesbaden auch nicht so weit weg. Das Patrick-Henry-Village, die ehemalige amerikanischen Militärsiedlung vor der Stadt, war in eine riesige Flüchtlingsunterkunft umgewandelt worden. Im Januar war, wahrscheinlich zur Freude aller Unkenrufer, ein Franko-Tunesier in gestohlenem Auto im nahen Reilingen beim Waffenschmuggel festgenommen worden. Der Heidelberger Staatsschutz dürfte mit Sicherheit personell besser aufgestellt sein und der Leiter einer Abteilung wohl auch tiefer in der Materie als ein Mitglied des Freudenstädter Kriminalteams mit zusätzlichen Staatsschutzaufgaben.

„Also wir, das heißt meine Frau und ich, " stotterte er ein bisschen rum, er musste sich erst noch an seine neuen, alten Familienverhältnisse gewöhnen „sind öfter mal hier, in Heidelberg. Bei unserm letzten Besuch an Pfingsten, habe ich durch Zufall auf dem Campingplatz in Kleingemünd zwei ehemalige GSG 9 Mitglieder kennengelernt. Sie tischten mir ziemlich abenteuerliche Theorien über einem ehemaligen Kollegen auf. Bei dem vermuten wir, müsste es sich um diesen Toten handeln."

Jetzt schien Berendonk doch ein wenig interessiert zu sein. Er nahm die Hände herunter, verschränkte sie vor der Brust und fragte:

„Aha, was für Theorien?"

Zumindest indirekt hatte Berendonk mit dieser Aufforderung zugegeben, dass es einen Toten gab, aber das wussten sie schon über Franz Gregors Kanäle. Da er aber nicht zuerst nach diesen Bundespolizisten nachfragte, wies darauf hin, dass es sich bei diesem Toten wohl tatsächlich auch um ein Mitglied dieser Truppe handeln dürfte.

„Der Hintergrund ist der, dass diese Herren alle nach einer Dienstaufsichtsermittlung, weil sie im Urlaub ungenehmigte Trainingsmaßnahmen mit der Palastwache des libyschen Diktators Gaddafi durchgeführt hatten, keine Zukunft mehr in der Polizei sahen und aus dem Dienst ausschieden. In wieweit das damals bei diesem Dirk Bessler, ...so hieß der doch, oder?" – Berendonk zeigte keine Reaktion, „- also wenn wir mal davon ausgehen, dass er das war, in wie weit das auch wegen seiner Funktion als leitender Offizier strafrechtliche Konsequenzen hatte, wissen wir nicht, das wissen Sie wahrscheinlich besser, aber die beiden haben so etwas angedeutet. Offiziell muss das allerdings über eine Sicherheitsfirma mit Sitz in Bensheim gelaufen sein. Früher, in den sechziger und siebziger Jahren, war das wohl eine gängige Praxis. Ehemalige oder sogar noch aktive Beamte betrieben eine Sicherheitsfirma und heuerten über diese Firma noch zusätzlich benötigtes Personal an, gerade auch nach Libyen."

Anschließend berichtete er noch kurz über das Telefonat mit Hansi, nachdem der Tote gefunden worden war. Über dessen vage Theorien der möglichen Verwicklungen der Firma NM in die Tat oder zumindest in die ehemaligen Libyenaktionen und den Kontakt zu einem Herrn aus der Leitungsebene von NM. Außerdem gäbe es möglicherweise noch eine Zeugin, die Freundin des Toten, die vielleicht auch etwas über die Verwicklung von NM wusste.

Berendonk hatte freundlich, aber unbeeindruckt von den vorgebrachten Vermutungen zugehört.

„Grundsätzlich wüsste ich natürlich gerne, woher ihr Kontakt von der Identität des Ermordeten erfahren hat, aber das ist eine andere Frage", interessierte er sich auch zunächst eher für ein mögliches Leck im Heidelberger Polizeiapparat, um dann aber doch an Pauls Informationen anzuknüpfen:

„Von dieser Freundin habe ich auch schon von den Kollegen erfahren. Eine Frau Grabinski. Die haben sie natürlich befragt, das hätte aber gar nichts ergeben. War wohl auch nicht mehr ganz aktuell, die Beziehung! Allerdings", fuhr Berendonk nach diesem Einwand überraschend fort, „würden wir ihren Kontakt natürlich schon einmal gerne sprechen. Wie wäre es, wenn wir ihm mal einen Besuch abstatten, wenn Sie uns mal zu ihm bringen würden."

Paul Backes war überrascht, damit hatte er nicht gerechnet. Zunächst, dass ihm zumindest ein wenig Glaube geschenkt wurde und Berendonk sie sogar mitnehmen würde, das hieß diese Aufforderung ja wohl. Vielleicht maß er aber der Sache doch nicht so große Bedeutung bei und hatte gerade nicht so viel zu tun. Das konnte auch sein.

Ein Blick zu Franz bestätigte ihm, dass der sich da wohl auch nicht so sicher war. Mit hochgezogenen Augenbrauen, die, anders wie zu Beginn bei Berendonk, kaum zu übersehen waren, saß er zunächst noch kurz da, um dann recht plötzlich aufzustehen, und sich mit einem „Na, dann gehen wir doch mal!" zur Tür zu wenden. Dort stoppte er aber noch mal kurz:

„Das heißt, vielleicht probieren wir zuerst mal, ob er auch zu Hause ist. Paul, du hast doch die Telefonnummer?"

„Ja, hab ich", antwortete der und wollte sein Handy herausziehen.

Berendonk war aber der Meinung, man solle es doch einfach mal so probieren, „Lass mal", meinte er, „vielleicht ist der Überraschungsmoment besser."

Er stand dann ebenfalls auf, zog eine Anzugsjacke über die Jeans an und folgte Franz nach draußen. Paul trottete hinterher.

Auf dem Flur ging er noch kurz in eines der Nachbarbüros, wahrscheinlich um sich abzumelden. Dann folgte er ihnen nach unten.

Niemand da

Sie nahmen Pauls Auto und fuhren zunächst beim Bismarckplatz über die Brücke und am Neckar entlang Richtung Ziegelhausen.

Franz schaute sich von hinten den Neckar und das Heidelberger Schloss an und meinte etwas nach vorne gebeugt, „ich komme mir ja fast vor wie der Tourist", fuhr dann aber fort, „mit der Bundespolizei, das dürfte ja wohl stimmen, aber welche Informationen liegen euch denn noch vor über diesen Bessler?"

Berendonk drehte sich zunächst zu Paul und wendete sich noch etwas weiter nach hinten, schien kurz zu überlegen, und fuhr dann aber fort:

„Ja, ehemaliger Bundespolizist. Da ist ja ein Reitstall, er hat da als Reitlehrer gearbeitet. Aber sehr viel weiter sind die Kollegen noch nicht gekommen."

Damit gab er auch zu, dass die Tat bisher nur von der „normalen" Kriminalabteilung versorgt worden war, dass er aber zumindest den Kollegen schon einmal Bescheid gegeben hatte, sonst hätte er sich nicht so ohne weiteres jetzt eingemischt. Darum könnte es sich ja bei einer eventuellen Befragung handeln, das gäbe nur ungutes Blut.

Franz schien darauf auch anzuspielen, als er jetzt meinte:

„Ja, ja, die kollegiale Unterstützung, aber auch die Abstimmung, das ist alles sehr wichtig! Damit hatten wir es, meine ich, ja auch damals in unserm Kurs zu tun?"

Sie schwätzten noch über einige Teilnehmer bei dieser Fortbildung, „da war doch noch der dicke Wernowski dabei, hätte vielleicht doch mal besser ein wenig abnehmen sollen", eine offensichtlich weniger kollegiale Bemerkung über einen ehemaligen Kollegen, schloss Paul, und dann waren sie aber schon durch Ziegelhausen hindurch und fuhren Richtung Kleingemünd.

Paul bog von der L534 in die steilabfallende Doppelkurve zum Campingplatz und hielt vor der Rezeption.

Der Inhaber, als solchen hatte Paul einen der beiden Mitarbeiter, die normalerweise in der Rezeption saßen, eingeschätzt, hatte auch nichts dagegen, dass sie ins Innere des Platzes fuhren, um jemand zu besuchen. Die Führung des Campingplatzes war eher angenehm leger.

Sie fuhren die ungefähr fünfhundert Meter bis zu der Behausung der beiden geradeaus. Aber der Wohnwagen war verrammelt und machte einen unbewohnten Eindruck. Sie liefen noch bis zum Feuerplatz, nichts!

„Der Vogel ist anscheinend ausgeflogen", kommentierte Berendonk den Sachverhalt.

Sie kehrten zur Rezeption zurück, erfuhren dort aber auch nichts Genaueres, außer der Tatsache, dass sie wohl schon seit zwei, drei Tagen nicht mehr gesichtet worden waren. Abgemeldet hatte sie sich nicht.

Sie brachten Berendonk zurück zum Präsidium und setzten ihn dort ab. Zuvor hatten sie bei ihm noch die Erlaubnis eingeholt, sich am Tatort ein wenig umzusehen. „Aber nicht zu auffällig", hatte er nur gesagt, „damit es keine Verwicklungen gibt." Sonstige Informationen hatte Franz schon aus dem INPOL, dem länderinternen Datensystem der Polizei, erhalten: Es hatte geradezu nach einer Hinrichtung ausgesehen, ein Schuss in die Schläfe. Der Tote war kurz vor dem Gehöft, neben einem landwirtschaftlichen Nutzweg gefunden worden und er hatte auf dem Gehöft gewohnt. Möglicherweise war er joggen gewesen, auf jeden Fall hätte er Joggingkleidung getragen. Es sei bekannt gewesen, dass er oft sogar noch nachts ein paar

Runden gedreht hätte, das müssten der oder die Täter gewusst haben und hätten ihm wohlmöglich aufgelauert.

Nach Neubotzheim, ein paar Gehöften und Wohnhäusern auf dem freien Feld zwischen Dossenheim und Ladenburg, hätten sie wahrscheinlich ohne Berendonks Auskunft nicht gefunden. So konnten sie es ins Navi eingeben und wurden natürlich rasch fündig: Zuerst hinter Handschuhsheim auf der B 3 Richtung Dossenheim und dann über die Felder, unter der Autobahn hindurch und schließlich rechts ab, zu der kleinen Siedlung. Eine vollkommen ausgeräumte flache Landschaft. Nachdem sie die Gärten hinter Handschuhsheim verlassen hatten, gab es hin und wieder eine Hecke oder einigen Bäumen, sonst nichts. Der Blick reichte in der Ferne bis zu den nächsten Orten, wahrscheinlich schon der Randbezirk von Mannheim. Einige industrielle Großanlagen waren zu erkennen, mit ihren Schornsteinen, Hallen und Bürogebäuden.

Der Fundort lag etwas vor dem ersten Haus. An einer Kreuzung standen links nach der Abzweigung in ein Landwirtschaftssträßßchen mehrere Bäume, und tatsächlich neben dem letzten Baum ein niederer Jägersitz. Insofern stimmte also auch Hansis Kurzdarstellung schon. Dahinter hatte man Dirk Bessler wohl abgelegt. Wie die genauere Untersuchung gezeigt hatte, muss er auf dem Sträßchen gestanden haben und wurde hinter den Hochsitz gezogen. Damit man ihn nicht schon beim ersten Blick entdeckte, aber nach besonderer Vorsicht sah das Ganze nicht aus, eher nachlässig. Nach Auskunft Berendonks muss es so gegen 22 Uhr 30 passiert sein, vielleicht doch ein wie auch immer geartetes konspiratives Treffen, weil es eher unwahrscheinlich war, dass man sich dort zufällig getroffen hatte.

Weiter gab es nichts zu entdecken. „Komisch. Das ist alles irgendwie komisch, so ganz ohne besondere Begleitumstände. Man kann sich ja hier auch nicht anschleichen. Man wird schon von weitem gesehen. Also müssen die sich hier verabredet haben. Oder man hatte doch auf ihn gewartet und er war nichts ahnend in die Falle getappt", fasste Franz die Eindrücke zusammen. Paul brummte und fuhr vor zu dem ersten Gehöft.

Dort blieben sie einfach halb auf der Straße stehen, vor dem gegenüberliegenden Hof und schauten sich ein wenig um, Verkehr gab es hier keinen.

Vor dem hufeisenförmig umbauten Innenhof links vorne ein großer Baum. Wohl eine Linde. Rechts ein zweistöckiges Wohnhaus, vielleicht aus den Siebzigern, gegenüber eine Art Wohnbaracke. Auf der einen Wand des Querflügels, eines Garagen- und Maschinenbaus, prangte ein rundes Pferdeemblem.

Hinter dem Hufeisen gab es noch eine lange Scheune, wie sie bei der Anfahrt gesehen hatten, in der Pferdeanhänger und Wohnmobile untergebracht waren, im rechten Winkel dazu bis vor zur Straße ein ungefähr 50 mal 100 Meter großer Reitplatz mit einigen Hindernissen. Die Stallungen waren vielleicht auf der Rückseite, denn dort schloss sich die Koppel an, auf der ein paar Pferde standen. Sonderlich groß war sie nicht, die meisten Pferde mussten wohl im Stall stehen. Niemand war zu sehen, keine Menschenseele.

Es war erst gegen halb drei, also vielleicht noch ein wenig früh als Unterrichtszeit für einen Reitbetrieb, aber es machte den Eindruck, als sei auch sonst nicht viel los. Wer seinen Unterhalt durch einen Pferdebetrieb mit Reitstunden, Einstellpferden und vielleicht auch noch einer Zucht bestreiten wollte, der musste ungemein rührig sein, kein leichtes Unterfangen. Und die Reitgäste waren auch kein einfaches Klientel, jeder hatte Sonderwünsche, die Pferde sowieso, wenigstens nach Meinung ihrer Besitzer.

Möglicherweise war ja aber auch durch den Tod des Reitlehrers ein echter Engpass entstanden und es musste erst noch ein Nachfolger gefunden werden oder eine Nachfolgerin, das war einfacher. Ganz abgesehen von dem Schock für alle, wenn in unmittelbarer Umgebung ein Mord geschah. Vielleicht auch ein Grund für die nachmittägliche Ruhe.

Jetzt kam doch eine Frau seitlich aus dem rechten Wohnhaus und wollte über den Hof gehen, blieb aber stehen und schaute hinüber zu dem Auto auf der anderen Seite der Straße.

Franz stieg aus und Paul folgte ihm.

Sie gingen auf die Frau zu, Franz zeigte ihr seinen Dienstausweis und sagte, „Franz Gregor, Kriminalpolizei Freudenstadt, es handelt sich um den Tod des Dirk Bessler, könnten wir ihnen einige Fragen stellen?" Paul blieb einfach dahinter stehen und sagte „Hallo."

Sie dürfte so um die fünfzig Jahre alt sein und trug Stallklamotten, eine alte Arbeitshose mit seitlich aufgesetzten Taschen, mehrmals übernäht, und einen ausgewaschenen roten Kapuzenpullover mit einem Pferdelogo vorne links auf der Brust.

Gerade, mittellange Nase, helle Augen, mittelgroßer Mund, Lachfalten neben den Augen.

Aber sie lachte nicht, grinste nicht einmal. Das grau blonde Haar hatte sie hinten zusammengedreht und hochgesteckt. Sie schaute die beiden Männer mit einem eher stoisch wie freundlichen Ausdruck an und antwortete:

„Im Prinzip schon, Grit Lange heiße ich, das wollen sie doch jetzt wissen und, ja, ich bin die Besitzerin, Mitbesitzerin, aber ihre Kollegen haben hier schon alles untersucht und alle befragt. Was wollen sie denn hier aus Freudenstadt, das ist doch im Schwarzwald?"

„Ja, im Nordschwarzwald. Es gibt da einige Aspekte, die auf eine Verbindung in den Schwarzwald hindeuten und wir wollten den Tatort einmal persönlich in Augenschein nehmen."

„Und dann fahren sie hier runter? Na, ihre Zeit möchte ich haben!"

Dass es wohl eher untypisch war, zur Amtshilfe in der Gegend herumzufahren, anstatt die Fragen, die sich durch ergänzende Informationen ergaben, den Kollegen vor Ort mitzuteilen und die das erledigen zu lassen, war ihr wohl auch bewusst, und sie ergänzte dann noch eher neugierig, wie abwartend:

„Und Aspekte! Aha! Welche Aspekte denn?", fuhr aber doch gleich weiter: „Uns hat er ja keine Aspekte mitgeteilt. Er war fünf Jahre hier und hätte genauso gut fünf Jahre woanders sein können. wir wussten nichts über ihn, der totale Geheimniskrämer, eine Freundin hat es wohl gegeben, die war auch mal auf dem Hof, bei einem Turnier, aber das war auch alles."

„Wissen Sie, wo diese Freundin wohnt?"

„Ja, das habe ich doch schon ihren Kollegen gesagt, Schriesheim, Huberweg 36, das ist schon fast an der Burg. Da mussten wir ihn mal abholen, als sein Auto defekt war, insofern wussten wir das überhaupt." Und fuhr zu Paul gewandt fort:

„Und Sie, wer sind Sie?"

„Presse, Paul Backes, " Paul dachte, besser Flucht nach vorne als komische Momente aufkommen zu lassen, immerhin war das ja schon etwas seltsam, wenn die Polizei die Presse gleich mitbrachte. Einfach weiterreden, vielleicht half das, „der Anlass ist natürlich nicht so schön, aber anscheinend hatte dieser Bessler auch keine sonstigen näheren Kontakte hier?"

Es half nicht. „Was erzählst du mir da?", schien ihre Miene zu sagen. Dann fuhr sie fort:

„Presse? Und da können Sie so einfach mit dem Herrn vom Amt hier mitspazieren?", und überging so auch zunächst einmal seine Frage.

„Äh, ja, " jetzt kam er doch etwas ins Schwitzen, „von uns stammte der Hinweis in den Schwarzwald." Besser nicht so viel sagen, als die Verdachtsmomente noch zu vergrößern. „Wussten Sie, dass er mal bei der Polizei war?"

„Ja, das ging ja aus seinen Papieren hervor, wobei das heute ja auch alles leicht zu fälschen ist, im Grunde gabs da überall Fragezeichen, sein Name hat ja auch nicht gestimmt. Aber reiten konnte er. Aber wieso er bei der Polizei den Dienst quittiert hat, darüber wussten wir natürlich nichts, das ging uns ja auch nichts an. Aber haben Sie noch irgendwelche wichtigen Fragen?" Der ironische Unterton war nicht zu überhören, „ich habe noch einiges zu erledigen."

Franz verneinte und fügte noch hinzu, „wenn er sowieso nicht sehr mitteilsam gewesen ist, wissen sie wohl auch nichts über irgendwelche Einsätze, aus seiner Zeit bei der Polizei?"

„Nein, überhaupt nichts!"

„Na, dann vielen Dank und auf Wiedersehen." Paul verabschiedete sich ebenfalls, und sie gingen zurück zum Auto, stiegen eher etwas unzufrieden ein und fuhren weiter Richtung Ladenburg.

Rosi

Einige hundert Meter weiter, kurz vor Ladenburg, hielt er aber schon am nächsten Abzweig eines Feldwegs an.

„Was nun", eröffnete er das Resümee. „Zunächst mal, ob das alles so stimmt, dass sie nichts über ihn gewusst hat, vielleicht hatte sie auch andere, persönliche Gründe, da nicht hineinverwickelt zu werden."

„Ja, kann sein, kann aber auch nicht sein." Franz schaute geradeaus durch die Windschutzscheibe und schien zu überlegen. „Auf jeden Fall sind wir so schlau als wie zuvor, aber vielleicht sollten wir der Freundin einen Besuch abstatten, das könnte doch vielleicht ein wenig mehr Klarheit bringen, auch über die Informationen deines Campers, oder? Hast du dir die Adresse gemerkt."

„Wäre vielleicht nicht verkehrt, in Schriesheim, Richtung Burg, war das, Grabinski oder so etwas, müsste man doch finden können, wenn nicht, können wir ja Berendonk nochmal fragen.

„Weiß nicht, ob das so gut wäre, aber fahren wir einfach mal da hin. Vielleicht werden wir ja fündig."

Kurze Zeit später waren sie in Schriesheim. Es war erst gegen 15 Uhr, also müssten sie schon Glück haben, wenn sie jemand antreffen würden, ansonsten hieß es wohl wieder warten.

Sie hatten Glück. Schriesheim klebt an der Hangkante des Odenwaldes und reicht ein gutes Stück den Berg hinauf. Zuerst ging es durch eine nette Altstadt, da war der Weg noch auszumachen. Nachdem sie aber trotz Navi am steilen Hang durch Gässchen und Winkel gekurvt waren und weder Straße noch Hausnummer gefunden hatten, half ihnen glücklicherweise eine ältere Schriesheimerin, die mit Gartengeräten wohl irgendeinem Schrebergarten oder Weingarten oberhalb der Stadt zustrebte.

„Die Rosi, ja, da vorne, in den steilen Reihenhäusern da, die so versetzt sind. Die müsste zu Hause sein, wenn sie nicht Spätschicht hat."

Es war schon das übernächste Haus, in einer Art Souterrainwohnung. Auf der Klingel stand „R. Grabinski", sie waren offensichtlich richtig.

Eine junge Frau, etwa Mitte dreißig, öffnete die Tür. Möglicherweise eine kleine Zweizimmer-Wohnung. An der Garderobe links hing ein Krankenhauskittel, vielleicht Krankenschwester oder Altenpflegerin.

„Ja?" Mittel groß, Jeans, T-Shirt, Flipflops, dunkel kurze Haare, offenes Gesicht.

„Rosi Grabinski?"

Sie nickte.

„Tut uns leid, wenn wir einfach so stören, wir haben ihre Adresse von der Hofbesitzerin, bei der Dirk Bessler als Reitlehrer gearbeitet hat. Sie sagte uns, wir könnten uns vielleicht mal mit ihnen unterhalten. Sie könnten uns vielleicht mehr über Herrn Bessler erzählen?"

Paul und Franz hatten zuvor besprochen, dass sie es nicht über die Polizei-, sondern über die Presseschiene versuchen wollten.

Rosi Grabinski stand vor ihnen und hatte die Augenbrauen zu drei Fragezeichen hochgezogen.

Paul zog seinen Presseausweis aus der Tasche und sagte, „Paul Backes, Gerichtsreporter aus Freudenstadt im Schwarzwald und das ist Herr Gregor, ein freier Mitarbeiter unserer Zeitung. Wir beschäftigen uns mit dem Mord an Dirk Bessler, es könnte da eine Spur in den Schwarzwald geben."

„Darf ich Ihren Ausweis nochmal sehen?"

Paul gab ihn ihr, und sie schaute ihn von vorne und von hinten an und reichte ihn dann zurück.

„Ja, kommen Sie doch mal rein, aber ich kann Ihnen gleich sagen, ich weiß nichts darüber, wir haben uns auch schon seit einiger Zeit getrennt."

Sie ging vor in die Küche, wo ein Tisch mit drei Stühlen an der Wand stand.

„Bitte!"

Paul und Franz setzten sich, und Rosi Grabinski fragte, ob sie etwas zu trinken wollten. Die beiden verneinten, und Paul erwiderte, sie wollten nicht lange stören.

„Und Sie wissen meine Adresse von dieser eifersüchtigen Tante, der Grit?" Offensichtlich redete sie nicht lange um den heißen Brei herum.

„Äh, ja, ob sie eifersüchtig war, können wir natürlich nicht sagen, aber sie meinte, Sie wohnten hier oben bei der Burg."

„Das war eine blöde Geschichte. Wegen der haben wir uns ja getrennt, ständig war sie hinter ihm her, ist um ihn rumgetanzt, Dirk hier und Dirk da, irgendwann war mir das zu blöd, ich weiß zwar nicht, ob sie wirklich was miteinander hatten, aber um sie rumgeturtelt ist er auch dauernd. Ich war ja manchmal auch mit reiten. Aber so ein Rumgemache brauch ich nicht. Was wollen Sie denn wissen?"

„Es gibt da Hinweise, dass es möglicherweise etwas mit einer Waffenfabrik im Schwarzwald zu tun haben könnte. Der Neckartenninger Maschinenfabrik, Abkürzung NM. Sagt Ihnen das etwas?"

„Kann sein, dass er das mal erwähnt hat. Aber das war so: Ihn hat sowieso nur eins interessiert: Geld! Sonst nichts. Er wüsste, wo es langgeht, hat er immer gesagt. Seit seinen Einsätzen im Irak und Libyen wüsste er Bescheid, wenn man nicht nach sich schaut, tut es keiner. Vielleicht hat er da mal was von irgendeiner Waffenfirma und deren Geschäften bemerkt, aber wie die hießen – keine Ahnung mehr. Genaueres kann ich ihnen nicht sagen! Tut mir leid. Er war immer mal wieder für ein paar Wochen weg. Aber das wollte ich gar nicht wissen, was das für komische Aufträge waren. Haben Sie sonst noch Fragen, ich wollte eigentlich gerade los, will noch schwimmen gehen."

„Und sonst hat er da nichts fallen lassen?"

„Nein, nein, ich muss ihnen ehrlich sagen, auch wenn Sie das vielleicht schockiert, der konnte zwar ganz nett sein, hatte so etwas Bubenhaftes, wenn er was von einem wollte, aber so groß ist die Trauer bei mir nicht. Natürlich ist man geschockt, aber der hatte wirklich nur eins im Kopf. Wahrscheinlich hatte er es auch nur auf den Hof abgesehen, keine Ahnung, ich glaube ich rede zu viel, wie gesagt und außerdem hatte er eine Schraube locker, irgendwie kaputt. Und wenn er wiedermal so einen Job hatte, war es hinterher noch schlimmer. Wie ein Roboter ist er dann rumgelaufen. Nein danke! Sonst noch was?"

„Sagen Ihnen die Namen Piet und Hansi eigentlich was?"

„Ja, das sind doch diese beiden ehemaligen Kollegen von Dirk oder?"

„Ja, von der Bundespolizei, sind wohl zusammen aus dem Dienst ausgeschieden oder wenigstens wegen der gleichen Sache, dieser Aktion in Libyen."

„Darüber weiß ich nichts, nur dass da irgendwas wohl komisch gelaufen sein muss. Und die sich reingelegt vorgekommen sind. Angeblich. Die waren früher mal ab und zu da, im Reiterstüble. Von der letzten Zeit weiß ich ja aber nichts. Und sonst?

„Nein, nein, alles klar oder wenigstens nicht mehr ganz so viele Leerstellen, aber vielen Dank für ihr offene Auskunft. Wir wollen ihnen nicht die Zeit stehlen."

Sie erhoben sich, schüttelten ihr die Hand, Franz Gregor hatte die ganze Zeit sowieso nur den stummen Zuhörer gespielt, und verließen die Wohnung.

Unten auf der Straße meinte er:

„Und jetzt könnte man eigentlich was zum Essen vertragen, was machen wir jetzt, wir könnten nun doch zum angenehmen Teil des Ausflugs kommen. Kennst du denn nicht irgendwo ein nettes Lokal, wo man vielleicht auch draußen sitzen könnte?"

Paul hatte auch nichts gegen eine solche Fortsetzung ihrer Ermittlungen und fuhr deshalb, nicht besonders abwechslungsfreudig, in Richtung Handschuhsheim und sie gingen ins „Alt Hendesse", in der Mühltalstraße in Handschuhsheim. Das war ihm die liebste Adresse, wenn er in Heidelberg war. Zwar war es noch etwas zu früh fürs Abendessen, aber es gab durchgängig warme Küche. Sie setzten sich in den Hinterhof und bestellten sich jeder ein Bier.

Später, nach dem Essen, als sie auf ihr zweites Bier warteten, meinte Franz Gregor:

„An Stelle der Kollegen würde ich mir ja mal die beiden Damen vornehmen. So flüchtig, wie sie gesagt hat, kannte diese Grit die Grabinski wohl doch nicht. Da könnte man mal nachhaken. Haben die aber vielleicht schon getan. Und deine zwei Spezialisten, warum interessiert die das eigentlich alles so?"

„Ja, frag ich mich auch des Öfteren. Nur, um sich selbst aus der Liste der Verdächtigen zu streichen, würde ich ja nicht noch zusätzliche Ermittlungen anstoßen oder? Das muss andere Gründe haben. Nur welche? Bin ich auch noch nicht dahintergekommen.

Zufälle

Oktober 1993

Warum er da hinfuhr, wusste er selbst nicht genau. Vielleicht weil er neugierig war oder ihn ab und zu eine Art Schuldgefühl plagte.

Vielleicht aber auch, weil er gerade nichts Besseres zu tun hatte.

Peter Koppel, in der Schulzeit nur K. genannt und nicht unwesentlich daran beteiligt, dass sein früherer Klassenkamerad Thomas Deichmann, genannt Dotter, ins Jugendgefängnis gewandert war, saß in seinem Jaguar und fuhr auf der Autobahn A8 von München nach Ulm, um Deichmann dort zu treffen. Sie hatten sich im „Heidi" verabredet, in der Gaststätte „Stadt Heidenheim" in Ulm, die er noch aus Schulzeiten kannte. Dort hatten sie sich manchmal getroffen. Früher. Der damalige Wirt hatte nichts dagegen gehabt, dass ein paar Halbwüchsige dort ab und zu ihren Hunger oder Durst stillten. Er war gespannt, ob die Portionen immer noch so riesig waren, wie damals, aber das war ja schon fast gar nicht mehr wahr, so lange war das her. Da konnte jetzt sowieso alles anders sein.

Ein schöner Morgen. Der Wagen schnurrte unter ihm dahin, die Autobahn lag vor ihm, und das Leben war sorgenfrei. Die Sonne schien, und der Tag versprach warm zu werden.

Vor einigen Tagen hatte Deichmann bei ihm angerufen und ihn um dieses Treffen gebeten. In Erinnerung an alte Zeiten. Er wusste nicht, woher Deichmann seine neue Adresse hatte, aber aus einigen anderen Bemerkungen im

Laufe des Gesprächs, „du hast doch jetzt Geld, bist ja nach dem Ding mit den Golfschlägern aus Taiwan groß in die Finanzwelt eingestiegen", konnte man fast den Eindruck gewinnen, dass Deichmann sich gut mit seinen Geschäften auskannte, gewissermaßen all die Jahre Informationen über ihn gesammelt hatte. Aber das war schon damals, vor zehn Jahren, klar gewesen, als er das erste Mal bei ihm aufgetaucht war, in Unterhaching.

Mit dem Moped, einen Kumpel hinten drauf, waren sie von Ulm nach München gefahren, um ihn zu besuchen! Zuerst hatte er gedacht, die wollten was von ihm, aber sie hatten sich nur von ihm „einladen" lassen und sind wieder davongerattert, mit der alten Kreidler. Vielleicht wollten sie ja noch zu jemand anderem, zurück wäre es wahrscheinlich ein wenig weit gewesen.

Und jetzt? Deichmann hatte zu ihm gesagt, dass er Geld bräuchte, weil er da eine gute Idee hätte, nicht geschenkt, nur geliehen! Das könne er ihm aber nur vor Ort erklären, ihm da etwas zeigen. K. glaubte ihm kein Wort, wahrscheinlich wollte er ihn nur anpumpen, aber wie gesagt, vielleicht war es nur Sentimentalität und die sowohl lustigen wie auch weniger lustigen Erinnerungen an die Zeit an der Ulmer Schule, die ihn dazu veranlasst hatten, zuzusagen.

Und außerdem, im Grunde hatte die Aktion von diesem Idiot von Dotter auch was Gutes gehabt. Dotter passte in der Erinnerung einfach besser als Thomas Deichmann. Da sich die wahren Hintergründe von Dotters Tat doch nicht ganz unter den Teppich kehren ließen, war er von seinen Eltern in dieses oberbayrische Internat gesteckt worden. Und dort hatte er die beiden anderen, Kerrweg und Planatvik, kennen gelernt.

Der Handel mit den Golfschlägern, den er zuerst mal alleine angekurbelt hatte, war schon mal nicht schlecht.

Nach der Methode „nicht kleckern, sondern klotzen", hatte er den taiwanesischen Unternehmer Dégúo Zang dazu überredet, neben den Markenschlägern auch eine Billigmarke auf den deutschen Markt zu werfen. Der hatte eingewilligt. Anscheinend hatte er Glück und die Gunst einer wie auch immer gearteten Stunde genutzt. K. hatte ein paar Briefe geschrieben, mit einem pompösen Firmenlogo versehen. Ende der Achtziger, Anfang der Neunziger war fast alles möglich, und schon hatten sie ein Vertriebsnetz aufgebaut, und der Rubel rollte. Wirklich interessant wurde es aber erst, als er mit Andy Kerrweg und Sergej Planatvik bzw. mit Hilfe dessen väterlicher Kontakte (die Russen hatten einfach viel Geld nach der Wende), in die Londoner Finanzwirtschaft eingestiegen war. Und jetzt mit ihrer eigenen Nummer war er gerade mal wieder in München, als Vertreter von Sambros Bank und ihrer eigenen kleinen schnuckeligen Beratungsfirma KKP-Capital.

Von der A 8 aus war das „Heidi" ja leicht zu erreichen. Er hatte zwar auch eine gute Karte, aber die hätte er im Grunde sowieso nicht gebraucht, er kannte sich doch immer noch gut aus. Von der Autobahn runter und auf der Heidenheimer Straße bis nach Ulm-Ost rein. Der 19 folgen und noch ein paar Schlenker, und jetzt musste er doch ein bisschen aufpassen, dann rechts in die Gaisenbergstraße und da war's ja auch schon. Das „Heidi". Sah aus wie immer, als wäre die Zeit stehen geblieben. Vorne die Bahngleise, der kleine Platz mit den Parkplätzen, rechts den Gang rein zu dem Biergarten, war schon damals eher ein Gärtchen, aber lauschig.

Aber komisch, die Rollläden waren zu, zumindest der am Eingang. Das wäre mal wieder typisch Dotter…!

Er stellte den Wagen auf dem Parkplatz ab und kletterte etwas behäbig aus dem Auto. Man war mit knapp vierzig auch nicht mehr der Jüngste, etwas schlanker wäre auch nicht schlecht, aber bei seiner Körpergröße konnte er die 110 kg gut vertragen. Er machte immer noch was her, eben kein Hänfling, sondern ein richtiger Mann.

Er stieg aus, umrundete das Auto und näherte sich dem Eingang. Die Öffnungszeiten waren nirgends zu entdecken, wahrscheinlich war der Rollo davor, aber das Heidi war offensichtlich zu.

Immerhin hing da in die Ritzen des Rollos gesteckt ein Zettel. Aufschrift:

„Bin im Zunfthaus.

Thomas"

Ja, ja, da waren sie auch ab und zu. Obwohl ein normales Speiselokal, das „Zunfthaus der Schiffleute", hatten sie sie auch dort manchmal getroffen, er wusste nicht mehr genau warum, da war irgendetwas mit einem Klassenkammeraden. Und es war ja ziemlich zentral gelegen und trotzdem ein wenig versteckt, in der Nähe eines Durchgangs durch die Stadtmauer zum Donauufer, nicht weit von der Stelle, wo die Blau in die Donau fließt.

Also dann zum Zunfthaus.

Er fuhr in das Fischerviertel und dort in ein recht neues Parkhaus. Das gab es damals noch nicht, da war er sich ziemlich sicher. Jetzt waren es nur noch wenige Hundert Meter zu Fuß.

Er stieg aus, schob die Krawatte zurecht und nahm die Jacke von hinten aus dem Wagen, zog sie an und schloss ab. Dann schlenderte er gemütlich durch die alten Gassen zum Zunfthaus. Er war schon lange nicht mehr hier gewesen, es gab keine Verwandten hier und warum sonst? Sein zentraler Lebensraum lag eher in München oder doch London? Aber trotzdem, vielleicht schade, obwohl das ja im Grunde nur ein kurzes Intermezzo hier gewesen war. Diese schiefen Häuser, dicht zusammengedrängt, hinter der Stadtmauer, es überkamen ihn geradezu melancholische Gefühle. Vielleicht hätte er sich etwas mehr zurückhalten sollen, aber was soll´s, vorbei war vorbei, sowieso schon eine Ewigkeit.

Da war es, das Zunfthaus. Vorbei an der Vaterunsergasse, und dann auf der linken Seite an dem kleinen Platz vor der Stadtmauer. Ein mächtiges fünfstöckiges Fachwerkhaus, hübsch hergerichtet, da hatte sich ziemlich viel in den letzten beiden Jahrzehnten getan. Das Haus war, wie viele seiner Nachbarhäuser, durch die Mitte geradezu abgeknickt, der rechte waagerechte untere Tragbalken wies schräg nach oben. Das musste im Innern ein Gefälle von zwanzig Zentimetern sein. Vor der Tür waren unter großen Sonnenschirmen etliche Tische aufgereiht, aber er konnte hier niemanden entdecken, der ihn irgendwie an diesen Thomas Deichmann erinnerte.

Die Tür stand offen und er ging durch den kleinen Vorraum zum ersten etwas seltsam fensterlosen Gastraum, der aber etwas Heimeliges hatte, vielleicht waren sie deshalb des Öftern hier gewesen. Nur ab und zu hatten sie sich auf der Empore in eine Ecke verdrückt, wo man nicht so gut beobachtet werden konnte.

Kurz vor zwölf war noch nicht so viel los.

Links an dem mittleren der drei Tische saß mit dem Rücken zur Tür eine einsame Gestalt vor einem Glas Bier an einem sonst leeren Tisch. Das konnte nur Dotter sein.

Koppel ging mit zwei, drei behäbigen Schritten auf den Mann zu, der ihm den Rücken zudrehte, klopfte ihm auf die Schulter und sagte „Hallo". Thomas Deichmann, der war es tatsächlich, drehte den Kopf zur Seite und schaute nach oben.

„Ah, hallo K. Schön, dass du kommst und mich nicht versetzt hast."

„Ja, das war doch selbstverständlich, darf ich mich setzen?

„Klar doch, ist das OK hier oder sollen wir nach oben gehen?"

„Nein, alles OK!"

K. setzte sich seitlich von Dotter und betrachtete ihn unauffällig.

So hatte er schon das letzte Mal ausgesehen. Immer noch der Parka. Ob das wohl noch der gleiche war wie vor zehn Jahren? Eigentlich waren die Dinger doch jetzt wirklich aus der Mode. Darunter irgendein helles Hemd und wahrscheinlich die obligatorische Jeans, wie üblich bei den Typen aus der links alternativen Szene. Vielleicht gehörte er jetzt in die Ecke.

„Willst du was trinken, zum Essen ist es wohl noch zu früh."

Koppel hätte ihm gerne widersprochen, ließ es aber.

„Geht auf meine Rechnung."

„Tu dir nur keinen Zwang an, alles locker!"

Aus irgendeinem Grund fing ihn der Typ schon wieder an aufzuregen, weckte Aggressionen in ihm, nach dem ersten Satz. Das waren genau die Gestalten, die auf seine Kosten lebten und nichts als Krawall im Kopf hatten. Bei den Demos Steine schmissen und auf die erstbeste Gelegenheit warteten, die Polizei zu provozieren und hinterher Zeter und Mordio schrien, wenn sie etwas abbekommen hatten.

„Na, mal raus mit der Sprache, " eigentlich bereute er es schon jetzt hierher gefahren zu sein, „was für ein Ding ist es denn, dass dir da vorschwebt."

„Naja" sagte Thomas Deichmann, anscheinend ein bisschen unsicher und strich sich die etwas längeren Haare hinters Ohr, „ist doch schon eine Weile her, dass wir uns das letzte Mal gesehen haben, aber ich dachte, ich nehm mal wieder den Kontakt zur dir auf, von dir kommt ja sowieso nichts."

„Na, du weißt, die Geschäfte, da bleibt kaum Zeit neben dem Hauptgeschäft, frag mal meine Frau! Wie steht´s bei dir eigentlich, Familie? Kinder?

„Kinder keine, aber bin seit ein paar Jahren verheiratet, mit Simone, weißt du noch, von der b."

„Was, mit der Simone von damals, stimmt das?"

„Ja, hat sich so ergeben."

So ergeben? Na, wer hätte das gedacht, der Dotter ist mit der Simone zusammen, immerhin! Aber das war doch auch so eine linke Tante.

„Auf jeden Fall ist doch schön, dass ich hier bin, dass wir uns mal wieder sehen. Unsere Beziehung war ja nicht immer so locker, hab da wohl ein bisschen übers Ziel hinausgeschossen. Was!"

K. lachte sein breites Lachen.

„Aber da haben wir ja schon das letzte Mal drüber gesprochen, wenn ich mich richtig erinnere. Ist schon wieder eine Weile her, wir sollten in Zukunft nicht so lange Zeit verstreichen lassen."

„Ja, meine ich auch, wäre schön, sich von Zeit zu Zeit zu sehen"

Dabei schaute er Koppel von der Seite an und strich sich wieder die Haare hinters Ohr. Koppel fühlte sich irgendwie ein wenig unwohl, dieser Dotter war gar nicht mehr so unsicher, wie er tat, oder doch? Er konnte Dotters Mimik nicht deuten.

„Aber jetzt mal raus mit der Sprache," – das hatte er doch vorhin schon mal gesagt, irgendwie machte ihn der Typ meschugge – „was für ein Projekt schwebt dir vor?"

Jetzt grinste Thomas Deichmann, „Ja, ich dachte, da du jetzt ins Investment Banking eingestiegen bist und auch noch gerade diese Toilettenpapier und Haushaltstücher Firma übernommen hast," –

Koppel schaute ihn etwas ungläubig an – „ also ich habe da ein paar Bilder dabei, das wäre ein gutes Projekt, aber wenn du willst, können wir nachher auch mal hinfahren, ist nicht weit."

Koppel hatte es die Sprache verschlagen, er schaute zu diesem Dotter, der hinter sich an die Stuhllehne griff. Dort hing eine Umhängetasche, eines dieser graubraunen Hippiedinger, und kramte darin herum. Schließlich zog er einen Fotoumschlag heraus, öffnete ihn und legte einen Stapel Bilder vor Koppel auf den Tisch.

„Das da, was sagst du dazu, schau´s dir mal in Ruhe an."

Koppel war jetzt vollkommen ratlos. Auf dem ersten Bild war eine Parkanlage zu sehen, dahinter vielleicht ein See? Das war doch der Ausee beim Tiergarten? Und so etwas, das aussah wie eine Minigolfanlage. Auf den anderen Bildern war tatsächlich das Kassen- und Gerätehaus des Minigolfplatzes zu sehen, mit Bewirtung wohl. Und die anderen Bilder zeigten Einzelheiten vom Platz.

Wollte ihn der Kerl vielleicht verarschen?

„Ja, äh, ein Minigolfplatz?"

„Das ist der Platz vom SSV Ulm 1846, der schönste Platz in der Stadt, in der Nähe der Donau, der ist zu vergeben, aber die wollen 5000 Mark Provision. Das hab ich nicht. Da hat meine Frau gesagt, frag doch mal deinen Freund da, diesen Koppel, der hat doch Geld!"

Koppel sah Dotter an und versuchte wieder herauszufinden, was dessen Mimik aussagte. Das war nicht unterwürfig, wie er es gewohnt war, wenn jemand Geld von ihm wollte, auch nicht hinterlistig, als wolle er ihn wirklich verarschen. Abwartend, das könnte es sein!

„Also ein Minigolfplatz?", er wollte noch sagen, „dafür holst du mich her", verkniff es sich aber.

„Wir wollen mal sehen, ob wir doch was zu essen bekommen!" meinte er stattdessen und schaute sich nach der Bedienung um.

Sie aßen etwas, K. eine Scheibe gekochtes Wammerl, also geräucherten Schweinebauch und vier Nürnberger Rostbratwürstchen und Thomas Deichmann Röstkartoffeln und Rindfleisch. Es waren immer noch so große Portionen wie früher. Anschließend fuhren sie hinaus zur Anlage und sahen sich dort etwas um, im Park, „die Au" genannt, und am Ausee. Die Vereinsgaststädte mit ihren Gesangsmuscheln sahen immer noch aus wie ein Relikt aus dem 19. Jahrhundert, da hatte sich nicht viel verändert. Vor allem natürlich die „Hundskomödie"! Dem weithin bekannten Wahrzeichen Ulmer Gastlichkeit. Peter Koppel überraschte sich selbst bei dem Gedanken, dass ihm eine solche Adresse noch in seiner Sammlung fehlte, das hätte doch was, sozusagen ein Vorzeigeobjekt. Da könnte er dann seine Geschäftspartner einladen, in die „Hundskomödie", was für ein Namen! Aber Ulm war einfach zu weit weg.

Sie wandten sich nach rechts zur Donau hin, erklommen die Festungsanlagen und schauten auf die Donau, die träge ihren fernen Zielen entgegenfloss. Dann gingen sie zurück zum Minigolfplatz, der am Anfang des Parks gleich linker Hand gelegen war. Das kannte Koppel natürlich alles, aber an die Minigolfanlage konnte er sich nicht mehr erinnern. Sie setzten sich an einen der Tische, bestellten sich jeder noch ein Bier, und Koppel zog dann noch einen kleinen Notizblock heraus und schrieb sich Dotters Kontonummer auf, „5000? Können wir machen!"

Bald darauf trennten sie sich. Thomas Deichmann blieb noch sitzen und Koppel ging ins Parkhaus zu seinem Auto und fuhr zurück nach München.

Freudenstadt

Paul Backes verließ die Redaktion in der Alfredstraße. Es war früher Dienstagnachmittag, knapp eine Woche nach dem Ausflug nach Heidelberg. Eigentlich wollte er in die Friedrichstraße. Er hatte dort vor einigen Wochen einen leerstehenden Laden entdeckt. Nachdem er herausgefunden hatte, wem das Haus gehörte, wollte er sich jetzt mit der Besitzerin, Frau Wössner, einer älteren Freudenstädter Witwe, treffen.

Schon seit längerem spukte eine Idee in seinem Kopf herum. Es wäre sicher nicht schlecht, noch eine Art zweites Standbein zu haben, auch wollte er ja nicht ewig mit der Schreiberei weitermachen. So ein kleines Antiquariat, das wäre doch nicht schlecht, das gab es in Freudenstadt nicht. Es hatte vor mehr als 20 Jahren einmal eine Buchhandlung gegeben, die hatte auch antiquarische Bücher verkauft. Und er liebte alte Bücher, vor allem irgendwelche größeren alten Sach- oder Reisebücher, mit vielen Illustrationen oder alten Fotos. Es war ihm natürlich klar, dass heutzutage der Großteil des Geschäfts über das Internet abgewickelt wurde. Da wurden ja alte Bücher kistenweise angeboten, für 1 €, das Kilo. Aber es gab natürlich auch einen Markt für seltenere Exemplare. Das große Geld ließe sich damit natürlich nicht machen, aber vielleicht langte es, um die Mietkosten hereinzubekommen, und er hätte dann auch in Zukunft, wenn er nicht mehr für die Zeitung arbeitete, einen Grund, nach Freudenstadt, in die Stadt, zu kommen. Es war zwar schön in Wälde und Gundelshausen, und er genoss es, durch die Wiesen und Wälder zu streifen, mit dem Hund oder manchmal sogar noch mit dem Pferd, aber die Stadt, auch wenn es nur dieses Städtchen Freudenstadt war, das war doch einfach etwas

Anderes. Mehr Menschen, mehr Leben, mehr Abwechslung. So war er auf die Idee mit dem Antiquariat gekommen. Außerdem könnte er auch noch einen Tisch und vier Stühle hineinstellen und wenn es eine kleine Küche gäbe, davon ging er jetzt mal aus, könnte er ab und zu einen Kaffee kochen und vielleicht verirrte sich ja ab und zu mal jemand in seinen Laden.

Jetzt wollte er sich mit Frau Wössner treffen, sie hatte ihm am Telefon nicht gesagt, wieviel Miete sie verlangte, er wusste nicht warum. Am Telefon klang sie wie eine alte Dame, die ihre Prinzipien hatte. Immer eins nach dem andern. Auf jeden Fall hatte er sich eine Grenze bei 400 € gesetzt, da würde er schon einige Bücher verkaufen müssen. Mal sehen, wie die Räumlichkeiten von innen aussahen und was sie haben wollte.

Er wollte sich gerade nach links wenden, da bemerkte er an der Ecke zur Brunnenstraße einen Mann, der kam ihm irgendwie bekannt vor. Er schien die Redaktion beobachtet zu haben. In der Geschäftsstelle seiner Zeitung in Freudenstadt gab es ja nicht sonderlich viel Publikumsverkehr, als Außenstelle von Horb. Aber ab und zu kam doch mal jemand rein und gab eine Anzeige auf. Dass jemand die Redaktion beobachtete, das war allerdings noch nicht vorgekommen, sonst wüsste er es.

Jetzt hob die Gestalt auf der anderen Seite die Hand und machte sich auf den Weg über die Straße. Der wollte wohl zu ihm? Was hatte das zu bedeuten?

Hansi! Der Mann vom Campingplatz in Heidelberg. Beinahe hätte er sich gegen die Stirn geschlagen.

„Mensch, wie kommen Sie denn hier her? Wir waren letzte Woche in Heidelberg und wollten Sie interviewen, aber da waren Sie nicht mehr da!"

„Na, zu Fuß! Ich hab ja Zeit. Dort ist's mir zu unsicher geworden. Wir können übrigens ruhig beim „Du" bleiben."

„Ja, klar, Paul."

„Ja, Hans, genannt Hansi, gestatten." Und er hob einen imaginären Hut vom Kopf und setzte ihn wieder auf. „Das war mir da zu unsicher. Ich glaube, die wollen mir da auch an den Kragen. Der Piet, hab ich dir schon das letzte Mal erzählt, hat sich auch verdünnisiert, Richtung Osten wollte er, vielleicht gäbe es da Arbeit, sicherheitstechnisch. Kann mir vorstellen, was die sichern wollen! Aber das ist mir zu gefährlich, ich bin ja nicht plemplem. Auf jeden Fall hab ich mir gesagt, hier im Schwarzwald, bin ich doch bestimmt ein bisschen sicherer und irgendwo eine billige Bleibe gibt's doch hier vielleicht auch?"

Paul staunte immer noch über den Ankömmling, fasste sich aber doch recht schnell:

„OK, OK. Wir werden mal sehen. Das muss man alles, glaube ich, in Ruhe besprechen. Ich habe jetzt allerdings einen kurzen Termin, dauert vielleicht eine halbe Stunde. Wir können über den Marktplatz gehen, dort kannst du auf mich warten. Da gibt es genügend Bänke, wo man sich in die Sonne setzen kann. Oder, du kannst in ein Café gehen, wenn du willst. Und verhaften werden sie dich wohl nicht gleich. Die Freudenstädter Polizei ist da nicht so streng."

Er schaute ihn unauffällig nochmal an, Hansi sah eigentlich ganz manierlich aus. Ohne Badelatschen, Bademantel, Badehose und Bierflasche, wie damals in Heidelberg, war er beinahe ansehnlich. Gewiss, diese Boxernase war schon ziemlich unverkennbar, aber so auffällig war sie auch wieder nicht, und ansonsten trug er ein helles, grün-blau kariertes, kurzärmeliges Hemd, darunter ein T-Shirt, Jeans und Wanderschuhe und auf dem Rücken einen Wanderrucksack. Darüber einen Anorak geschnallt. Das Ganze sah tatsächlich eher nach Trekker als nach heimatlosem Wanderer aus.

Hansi willigte ein und sie marschierten Richtung Marktplatz. Dort ließ er sich in der Nähe der Fontänen auf einer
Bank nieder.

Nach einer knappen dreiviertel Stunde war Paul wieder
da, Hansi hatte es sich inzwischen auf der Bank bequem
gemacht. Er hatte sich von irgendwoher, wahrscheinlich
aus dem Café Fontaine, einen Kaffee und eine Brezel besorgt und war gerade dabei sie zu verspeisen.

Das Ladengeschäft war ungefähr so, wie Paul es sich
vorgestellt hatte.

Die Häuser in der Friedrichstraße waren beim großen
Brand von Freudenstadt 1945, als das ganze Stadtzent-
rum von französischen Hilfstruppen angesteckt worden
war, stehen geblieben. Die französischen Truppen waren
auf ihrem Weg Richtung Stuttgart kurz vor Freudenstadt
von einer Gruppe Werwölfe, einer Art fanatisierten Bürger-
wehr, unter der Leitung eines SS – Mannes angegriffen
worden. Die französischen Hilfstruppen, in diesem Fall
wohl hauptsächlich Marokkaner, wurden von der französischen Heeresleitung oft an besonders gefährlichen Front-
abschnitten eingesetzt. Als eine Art Ausgleich ließ man sie
sich dann bei Gelegenheit ausagieren. Nach intensivem
Artilleriebeschuss war Freudenstadt von diesen Truppen
angezündet worden. Ungefähr 600 Gebäude, also fast die
ganze Innenstadt, brannten ab, 1400 Familien wurden ob-
dachlos. In den nächsten drei Tagen kam es zu hunderten
von Vergewaltigungen.

Das Haus in der Friedrichstraße war also eines dieser
alten, stehen gebliebenen Häuser.

Der Laden auf der Vorderseite verlief über die ganze
Breite des Hauses, ungefähr acht Meter. Dahinter schlossen sich eine Küche, wie er gehofft hatte, ein Lagerraum
und ein Klo an. Der Zustand war allerdings sehr einfach
und vom technischen Niveau der sechziger Jahre.

Frau Wössner wollte tatsächlich 350 € Pacht. Das war natürlich für den Stadtkern nicht viel, aber die Friedrichstraße ist eine wenig frequentierte Nebenstraße. Paul war sich auf einmal nicht mehr sicher, was sein selbst gesetztes Limit anbelangte und sie verblieben so, dass er es sich nochmal überlegen und sich melden würde.

Als er wieder bei Hansi anlangte, erzählte er diesem zunächst kurz, dass er sich gerade einen kleinen Laden angeschaut hätte, in dem er vielleicht eine antiquarische Buchhandlung mit Café Ecke einrichten wollte. Hansi war sofort Feuer und Flamme und wollte mit einsteigen.

„Bücher abholen, säubern, ausbessern und einsortieren, da könntest du doch bestimmt einen zweiten Mann gebrauchen. Ich habe mir mal angesehen, wie man den Einband von alten Büchern ausbessert, das ist gar nicht so schwer, man braucht nur ein bisschen Fingerspitzengefühl."

Paul schaute Hansi etwas erstaunt an. Das nötige Fingerspitzengefühl für das Auswählen des Reparaturmaterials, das Einschneiden und Kleben, hätte er ihm jetzt nicht unbedingt zugeordnet, aber man konnte sich da leicht täuschen.

„Aha, wenn es so weit kommt, können wir das noch mal darüber besprechen. Aber jetzt erzähl mal, warum bist du aus Heidelberg geflohen. Und dann sehen wir uns nach einer Unterbringungsmöglichkeit um. Dafür bräuchten wir aber ein ruhiges Plätzchen, vielleicht gehen wir ins Café Kuckuck, da hat man hinten seine Ruhe."

Sie gingen in das nahe Café Kuckuck, das außer Kaffee und selbstgebackenem Kuchen noch allerlei Schwarzwälder Spezialitäten anbot.

Kurz oberhalb der Polizeizentrale gelegen, waren sie schnell dort und verzogen sich ins Hinterzimmer.

Sie bestellten etwas Habhaftes, zwei Omelett mit Schinken und noch einen Kaffee für Paul und ein Bier für Hansi, und der begann seinen Bericht.

Piet und er hätten in letzter Zeit immer öfter den Eindruck gehabt, sie würden beobachtet. Einfach so ein Gefühl und vor allem würde ja nur noch weniger intensiv ermittelt. Man wisse ja, wenn bei einem Tötungsdelikt einmal vier Wochen verstrichen waren, gehe ja keiner mehr davon aus, dass in näherer Zeit noch ein Ergebnis erzielt würde. Auch würde er sich nicht trauen, den Kollegen in Heidelberg von seinem Verdacht zu erzählen, die würden ihn ja für verrückt halten.

An dieser Stelle berichtete Paul von ihrem ebenfalls fruchtlosen Versuch, in Heidelberg etwas heraus zu bekommen.

Hansi war darüber sowohl erfreut, dass Paul tatsächlich etwas unternommen hatte, als auch enttäuscht, dass nichts dabei herausgekommen war.

Danach begann er nochmal die Vermutungen zu wiederholen, die er Paul schon auf dem Campingplatz in Heidelberg unterbreitete hatte:

„Der Dirk hat da sicher irgendwas gewusst. Das wissen wir, weil er mal so eine Andeutung gemacht hat. Er würde sich nicht länger von irgendwelchen reichen Dämchen an der Nase herumführen, und von ihren Müttern beleidigen lassen, weil die Mädels es nicht bringen würden. Die hätten nämlich ganz was Anderes im Sinn als regelmäßiges Trainieren. Man müsste nämlich ein, zwei Stunden am Tag mit den Pferden arbeiten, mit jedem, und dann käme vielleicht etwas dabei heraus beim nächsten Turnier. Er hätte da eine Geldquelle aufgetan, dann hätte er das andere nicht mehr nötig. Dirk war ja auch des Öftern weg,

wer weiß was er da getrieben hatte, irgendwas Sicher-
heitstechnisches." Das konnte Paul zwar nicht beurteilen,
aber zumindest bestätigte Hansi so Rosis Informationen:

„Ja, das haben wir auch von seiner Freundin gehört."

„Ja, ja, sag ich doch! Und er hätte auch ganz neues Material, andere Informationen, mit denen man vielleicht etwas anfangen könnte. Gewiss man müsse vorsichtig vorgehen. Und so weiter. Hochgefährliches Zeug! Und ich
kann nur nochmal wiederholen, dass die den umgelegt haben und jetzt sind sie auf der Suche, ob er noch Unterstüt-
zer gehabt hat. Vielleicht haben sie uns ja damals schon
beschattet, als wir uns mal getroffen haben. Das letzte Mal
war ja nicht allzu lange, bevor er gefunden wurde."

„Da habt ihr euch nochmal getroffen?"

„Das war genau zehn Tage vorher. Das war so eine Art
Jahrestag unseres Einsatzes in Libyen. Eine tolle Zeit, wir
haben richtig gut verdient, so zwischen 10 - und 15 000 €
pro Mann. Gutes Geld war das. Das musste doch noch
mal begossen werden. Wir haben uns in Mannheim getroffen, im Eichbaum Brauhaus, eine super Adresse. Da waren wir auch ab und zu. Er hat finanziell etwas besser gestanden als wir.

Hans verstummte und schaute in sich selbst versunken
vor sich hin.

„Macht nix", meinte er dann, halb zu Paul und halb zu
sich selbst, „es muss weitergehen und irgendwie geht's ja
auch immer weiter. Prost!" Er hob das Glas und stieß mit
Pauls Kaffeetasse an.

„Prost!"

„Auf jeden Fall habe ich gedacht, ich mache mich besser
auch aus dem Staub, unauffällig. Was ist da besser als zu
Fuß!"

„Stimmt, wie lange hast du denn gebraucht?"

„Ach, das war keine Aktion, fünf Tage. Bruchsal, und wie hieß das, Karlsbad, dann Wildbad, dort war ich früher schon mal, mit meiner Angetrauten, lang ist´s her, und dann Baiersbronn, da unten im Tal. Gestern bin ich unterhalb von Freudenstadt, in so einem Tal, angekommen. Bin ja schon noch, was das Laufen anbelangt, ganz gut in Schuss.

Paul nahm an, dass er das Christophstal meinte.

„Und wo hast du da genächtigt?"

„Gestern? Bei einem Wildgehege. Dahinter. Ich hab eine gute Wander-App, da sieht man auch, wo Wasser ist. Praktisch. Da konnte man ganz gut schlafen. Und sonst auch im Wald oder in Hütten."

Paul staunte und warf einen Blick auf den Rucksack.

Der war wirklich relativ groß, sah recht professionell aus, mit allerlei Nebentaschen, die wohl mit dem nötigen Krimskrams gefüllt waren, und einen Schlafsack hatte er drunter geschnallt. Alles was der Mann so braucht zum Leben in der Wildnis – offenbar einschließlich Smartphone mit Wander-App.

„Wie war das mit dem Antiquariat? Wie real ist das denn?" Hansi brachte Paul wieder auf das Hier und Heute.

„Ach so, nicht sehr, wenn ich ehrlich bin, mal sehen, aber jetzt überlegen wir zuerst mal, wo man dich unterbringen könnte. Hier gibt es ja auch einen Campingplatz, da könnten wir ja mal fragen, ich kenn da jemand, vielleicht haben die auch ein bisschen Arbeit für dich."

„Ja, das wär doch gut. Und dann sehen wir weiter, vor allem auch mit den Ermittlungen!"

„Äh, ja. Da müssen wir vielleicht auch noch mal drüber reden!"

Sie fuhren mit dem Auto runter zum Campingplatz Langenwald, aber dort war keine Unterkunft zu bekommen. Und für Arbeiten hatten sie genügend eigene Leute.

Enttäuscht machten sie sich auf den Rückweg. Unterwegs fiel Paul ein, dass Bekannte von Toni auf der Bärenwiese einen Garten mit Hütte besaßen. Die Bärenwiese, eigentlich kein normales Kleingartenareal, sondern eine große Wiese nordwestlich von Freudenstadt, vor dem Wald gelegen, auf der einzelne verstreute Gärten sind, die von Freudenstädter Bürgern mehr oder weniger gepflegt werden. Zum Teil mit recht großen Gartenhäusern. Anna und Karl Stocker hatten einen solchen Garten und eine kleine Hütte darauf. Und jetzt war nahezu Sommer, also musste man keinen Schneeeinbruch befürchten, es wäre also dort durchaus auszuhalten.

Die könnte man doch fragen. Er rief dort an und tatsächlich, sie hatten keine Einwände dagegen, Hansi könne sich dort gerne für ein paar Wochen einquartieren, das würde schon gehen. Karl Stocker fügte noch hinzu, dass es allerdings keine Toilette gäbe, aber der nahe Wald sehr groß wäre, genauer „ungefähr sechzig Kilometer ohne Unterbrechung bis Pforzheim".

Sie trafen sich einige Zeit später am Nachmittag bei der Hütte. Inzwischen hatte Paul auch bei Toni in Wälde ein altes Fahrrad besorgt. Es gab sogar Wasser, zwar draußen vor der Hütte, an einem Wasserhahn, aber was wollte man mehr.

Anschließend fuhren sie noch zur Erlacher Höhe, einem Arbeitsprojekt für Langzeitarbeitslose. Und dort konnte er sich registrieren lassen und immer mal wieder nach Arbeit nachfragen.

Redaktionsgespräche

„Ich glaube, ich bräuchte da ein bisschen Verstärkung."
Pauls Kollege Frieder schaute etwas undurchsichtig und meinte:

„Auf mich kannst du immer zählen, ich bin für jede Schandtat zu haben, aber NM oder Heckler und Koch, das sind heilige Kühe! Und das Ganze klingt mir doch alles reichlich spekulativ."

Sie saßen in der Abstellkammer, so nannte Paul Backes seine und Frieder Müllers Behausung in der Redaktion. Paul hatte Frieder gleich am nächsten Morgen nach der Frühbesprechung gefragt, ob er mal fünf Minuten Zeit hätte.

Bevor er ihren Redaktionsleiter Lahnstein einweihte, wollte er gerne hören, was Frieder zur Sache NM wohl zu sagen hätte und ob er bei dem Versuch, ein Interview zu bekommen, mitgehen würde. Er dachte, es könnte trotz aller Zweifel nicht schaden, direkt im Bienenstock herum zu stochern, mal sehen, was dann passierte.

„Ja, ja, das ist mir schon klar." Paul hatte ihm zuvor in Kurzfassung die seltsamen Überlegungen und die daraus resultierenden noch seltsameren Aktionen des Herrn Hans Pekoviak geschildert. Inzwischen wusste er auch wie Hans mit vollem Namen hieß.

„Aber im Grunde geht es mir gar nicht so sehr um diese komische Geschichte, sondern wirklich eher um das Wirken dieser Firma nicht nur weltweit, sondern auch in dieser Gegend hier." So versuchte er gegenüber Frieder das Ganze zu verbrämen, obwohl es natürlich schon so war, dass Pauls manchmal auch gefährlicher Hang zu Absurdem oder gerade auch Spekulativen, ihn schon wieder gepackt hatte. So abwegig das Ganze auch sein mochte, eine Firma, jemand aus der Chefetage, der Dreck am Stecken hatte und dann überreagierte, wäre denkbar, soll schon mal vorgekommen sein! Und Dreck gab´s bei NM, wie auch bei H&K, sicherlich, davon war er überzeugt. Und zwar nicht nur in den Ecken, sondern auch ganz handfeste kriminelle Strategien und Vorgänge, von der unmenschlichen, im wahrsten Sinne mörderischen Seite ganz zu schweigen.

„Für mich erscheint das so, als ob eine Fabrik eine ganze Region in Sippenhaft nimmt. Natürlich bekommst du solche Antworten, wie „Wenn wir es nicht machen, dann machen es andere" oder „Wir müssen auch von etwas leben", wenn du die Leute in Oberndorf und Umgebung fragst, wie sie das Wirken der Firmen Heckler und Koch und NM finden. Immerhin hat dieser Filmemacher, der in den Achtzigern schon mal einen Film über Oberndorf und die Waffenproduktion gedreht hatte und jetzt diese Fortsetzung, ja festgestellt, dass sicher über 50% der Befragten in Oberndorf eigentlich gegen diese Produktion sind, wenigstens in der momentanen Form."

Frieder brummte, er kannte natürlich auch die beiden Filme von Wolfgang Landgraeber „Fern vom Krieg" und "Vom Töten leben". Zumindest die Berichte darüber, als der zweite Film im letzten Jahr in der Region, unter anderem auch in Oberndorf und Umgebung, gezeigt wurde, mit anschließender Diskussion mit dem Regisseur. Auch die lokale Presse hatte darüber berichtet.

Paul fuhr fort: „Mir kann keiner erzählen, dass das nicht ohne Gewissensbisse und Unbehagen abgeht, wenn man weiß, dass mit einem Teil der Waffen, die du da in Händen hältst, die durch deine Finger gegangen sind, die du zusammengebaut, beziehungsweise überprüft hast, dass mit diesen Waffen von irgendwelchen Guerilleros oder Kindersoldaten wahllos Gebrauch gemacht wird. Leute, Kinder,

Frauen, Männer, Soldaten oder Zivilisten, egal, erschossen, verletzt, verstümmelt werden. Das kann mir niemand erzählen. Natürlich gut weggepackt, in ein Kästchen in dein Unterbewusstsein. Außer vielleicht bei so ein paar Technikfreaks, denen das ganz egal ist, die die Präzision des Apparats reizt oder so was, was weiß ich. Gibt's bestimmt."

Paul hatte sich geradezu in Rage geredet, versuchte jetzt aber wieder nüchterner zu werden.

„Natürlich kommt dann gleich die Schwierigkeit der Konversion zur Sprache, der Umstellung auf zivile Produkte. Aber wieso ist das so schwierig? Weil man sich nicht drum kümmert, weil es nicht gefördert wird. Da büßt die ganze Region dafür. Mir kann wirklich keiner erzählen, und das kam im Film gut zum Ausdruck, dass das nicht belastend ist für die, die dort arbeiten. Das wäre doch ein ganz guter Aufhänger für eine Reportage, so könnten wir es auch dem Lahnstein verkaufen. Und ich hab das Gefühl, es wäre besser zu zweit dorthin zu gehen. Man kann nie wissen, was im Nachhinein nicht passt, man muss ja alles, was man schreibt belegen können. Am Ende kann man sich noch mit der Rechtsabteilung rumschlagen."

„Das ist möglich. Ist alles nicht ganz ohne Fallen und Untiefen. Klär das mit dem Lahnstein ab, bin mal gespannt, was der sagt, Wir können ja einfach versuchen, einen Termin zu bekommen. Mal sehen, ob das überhaupt klappt, die sind wirklich nicht sehr mitteilungsfreudig. Aber das mit der Konversion ist wirklich keine schlechte Idee. Und wenn da tatsächlich ein Termin dabei herausspringt, können wir uns nochmal zusammensetzen und besprechen, worauf du tatsächlich raus willst."

Heinrich Lahnstein war mal wieder etwas verwundert, wie man auf eine solche Idee kommen konnte, die Firma

NM über das Thema Konversion zu befragen und wand sich ein wenig.

„Ja, meinst du? Ist das nötig, gibt das was her?"

„Ja, es ist nötig und es gibt was her!"

Paul war nicht bereit, noch lang und breit über das Wieso und Warum zu diskutieren, das hatte er sich schon vor längerem abgewöhnt.

Wie gewöhnlich stellte sich Lahnstein auch nicht in den Weg und brummte eine Zustimmung. Normalerweise ließ er seine Kollegen machen. Aber Unterstützung sah auch anders aus.

Jetzt kam das schwierigere Unterfangen. Würde er überhaupt bis zur Pressestelle durchgestellt werden und würde tatsächlich jemand von der Geschäftsleitung bereit sein, mit ihm zu reden. Er wusste, dass NM nicht gerade als auskunftsfreudig bekannt waren. Bei dieser Produktpalette auch nicht besonders verwunderlich.

Aber vielleicht war es ja nur der Zufall oder ein günstiger Moment, er meinte sich auch daran erinnern zu können, vor kurzem gelesen zu haben, dass jemand in der Chefetage von NM es als Fehler bezeichnet hatte, so lange so wenig mitteilungsfreudig gewesen zu sei, auf jeden Fall wurde er tatsächlich zu einer Frau Bichler von der Pressestelle durchgestellt.

„Ich will mal sehen, was ich für Sie tun kann", war die Antwort, nachdem Paul sein Anliegen, „Konversion, Für und Wider, auch für die Region wichtig", knapp umrissen hatte.

„Allerdings will ich ihnen gleich sagen, dass CEO Kerrweg, unser Chief Executive Officer, zurzeit nicht im Hause ist. Aber unser NC, - Paul meinte sich daran erinnern zu können, dass das Network Contact bedeutete - Herr Peter Koppel, ist anwesend. Er ist ja zuständig für den Kontakt zwischen Geschäftsführung und Gesellschaftern und damit natürlich DER Mann für strategische Entscheidungen."

Paul hatte sich also richtig erinnert. Und vor allem, da waren sie ja vielleicht wirklich an den Richtigen geraten, einer, „der was mit den Aktionären zu tun hat", wie sich Hansi Pekoviak am Telefon ausgedrückt hatte.

„Und wenn ich Sie recht verstanden habe, weist ihr Anliegen in diese Richtung."

„Ja, genau", beeilte sich Paul ganz verdutzt zu sagen, „sicher, das wäre schön, wenn ein Gespräch zustande käme."

Herr Koppel konnte! Zumindest wurde ihm das von der persönlichen Assistentin so mitgeteilt, was für ein Wunder! Man vereinbarte einen Termin für den nächsten Freitag, also in drei Tagen, und bei der Pressestelle mussten dann noch einige sicherheitstechnische Fragen beantwortet werden, Namen, Autokennzeichen, Redaktionsleitung.

Ja, was wollte er denn nun wirklich? Darüber müsste er sich vielleicht tatsächlich selbst zuerst einmal klarwerden. Am Abend fuhr er zu sich nach Hause, nach Gundelshausen, er hatte das Gefühl, er müsse alleine sein, um ein wenig in sich zu gehen, wie er das nannte. War diese ganze Sache nicht doch eine Hutnummer zu groß, vor allem konnte er ihr eigentlich überhaupt gerecht werden, da war er sich nicht so ganz klar. Waffenhandel?! Das war nicht nur mit Sicherheit einer der bestgehüteten Geschäftsbereiche der Welt, wenn man das überhaupt so nennen konnte - Geschäftsbereich. Auch konnte man davon ausgehen, dass sicher nichts so war, wie es schien. Wenn man ein Zipfelchen des Teppichs, unter den diese ganzen Machenschaften geschoben wurden, hochhob, würde man darunter nur irgendwelche eifrigen Trolle finden, wie das jetzt passenderweise hieß, die am Vernebeln

und Vertuschen waren, alternative „Wahrheiten" verbreiteten. Und dahinter Strohmänner und Scheingeschäfte, die
am Ende nur einen winzigen Einblick gewährten.

Trotzdem, was nützte es zu grübeln, am besten war immer noch, einfach einen Schritt vor den anderen zu machen. So würde man schon feststellen, ob das zu groß war
oder nicht. Er nahm sich in Ruhe nochmals seine Auf-
schriebe von der ersten Recherche vor und wollte versuchen, sich eine Strategie zurechtzulegen.

Die Fakten waren ihm zwar noch vom ersten Mal geläu-
fig, aber allzu schnell verdrängte man, dachte lieber nicht
daran:

Die so genannten Handfeuerwaffen, las er nochmal, waren weltweit DAS Massenvernichtungsmittel Nummer
Eins. Nicht Bomben oder Granaten, Minen oder Panzer-
geschosse, sondern Gewehre und Pistolen. UND wieso
tauchen die Waffen deutscher Firmen an so vielen oder
man könnte auch sagen, an allen Krisenherden der Welt
auf? Bei den Soldaten der fürchterlichsten Kriegsverbre-
cher, bei Banden, paramilitärischen Verbrechern, Drogenbaronen und Diktatoren, in Afrika, Lateinamerika und
Asien, überall auf der Welt.

Und das, obwohl der Verkauf und Export von Waffen in
Deutschland streng geregelt war. Es gab das Kriegswaffenkontrollgesetz, die Waffenkontrollämter, den Bundessicherheitsrat, der alles absegnen musste, jede Ausfuhr, jeder Weiterverkauf, jede Lizenzvergabe, jeder Bau einer
neuen Fabrik im Ausland, sei das nun in den USA oder
Saudi-Arabien. Es konnte also nur bedeuten, dass es ein
klares Problem mit der deutschen Rüstungsexportkon-
trolle und der Kontrolle des Endverbleibs dieser Waffen
gab.

Aber wollte er das diesem Herrn Koppel um die Ohren
schlagen? Das würde keine Wirkung zeigen. Damit würde

er nicht das erste Mal konfrontiert. Und, der Waffenhandel war ein bombiges Geschäft. Damit konnte viel Geld verdient werden. Wenn der Verkauf nicht stagnierte.

Eine Firma, die nur Waffen verkaufte, musste natürlich dafür sorgen, dass der Absatz nicht stockte, koste es, was es wollte. Da wurden Gesetze auch schon mal hintergangen oder gebrochen und Schlupflöcher gesucht. Das war vielleicht nicht so in Zeiten gesicherter Großaufträge, aber sobald die auf sich warten ließen, sah die Sache bestimmt anders aus. Davon war Paul überzeugt.

Aber der Skandal bestand und besteht nicht oder nicht nur in der Vielzahl vermutlicher Gesetzesbrüche: Gewehre in Libyen, bei Gaddafis Palastwache. In Georgien, als 2008 georgische Soldaten in Südossetien einmarschierten, einem Gebiet, von dem man gerade noch weiß, dass es im Kaukasus liegt. In Mexiko, in mehreren von Mafia- und Drogenbaronen kontrollierten Provinzen. Und sonst wo auf der Welt. Der Skandal bestand auch darin, dass deutsche Regierungen anscheinend der Meinung waren, auf die Waffenproduktion und den Export angewiesen zu sein, obwohl ihre Bedeutung für den Gesamtexport und für die Beschäftigungszahlen geradezu minimal ist. Deutschland hat es geschafft mit dieser Haltung der drittgrößte Waffenexporteur weltweit zu werden, siebzig Jahre nach dem Zweiten Weltkrieg.

Aber da war die Geschäftsleitung der Firma NM wirklich der falsche Adressat. Also wirklich wieder zurück, zur Konversion. Warum begibt man sich in eine solche Abhängigkeit zum reinen Waffenhandel, das waren auch strategische Entscheidungen, da steckte ein Wille oder besser der Unwille etwas verändern zu wollen dahinter. Damit könnte er ja anfangen. Und dann?

Konfrontation, was sollte es! Er konnte ja nichts verlieren. Nachfragen, Verdacht äußern: „Aus sicherer Quelle wissen wir, dass ein Todesfall in der Nähe von Heidelberg, es handelt sich um einen ehemaligen GSG 9 Beamten, der in Waffenausbildungen in Libyen involviert war, mit der Firma Heckler und Koch und NM in Verbindung gebracht wird." Und mit ihm! Aber das würde er vielleicht eher weglassen. War ja doch alles ziemlich nebulös! Nur mal mit dem allgemeinen Verdacht arbeiten, das würde genügen. Und sehen, was dann passierte!

Damit gab er sich vorläufig mal zufrieden. Er stand auf und ging hinaus in seinen Felsenkeller, um sich etwas zu trinken zu holen, man durfte sich nur nicht verrückt machen lassen. Egal mit wem man es da zu tun hatte! Er war ja von der Presse und hatte insofern zumindest einen gewissen Schutz, wenigstens noch in Deutschland.

Als er das am nächsten Tag gegenüber Frieder Müller ungefähr so zusammenfasste, setzte der zwar eine etwas sorgenvolle Mine auf, hatte aber prinzipiell nichts dagegen. „Ist der Ruf erst mal ruiniert …", meinte er dann doch grinsend. „Warum nicht mal ein bisschen provozieren, mehr als rausfliegen können wir nicht. Wenigstens werden sie wohl kaum juristische Schritte einleiten, wegen Rufschädigung, wenn wir zum Beispiel ein paar Zahlen veröffentlichen über die Produktion und die Opfer. Jede Form der Öffentlichkeit ist für solche Firmen eher schädlich. Auch Rechtsstreitigkeiten, hoffen wir mal!"

Paul war sich da zwar doch nicht ganz so sicher, aber das behielt er lieber für sich.

Hansi hatte sich in der Zwischenzeit anscheinend eingelebt. Als Paul am Abend nach Hause fuhr, machte er einen kleinen Umweg und holperte um die Baustelle zum neuen Freibad herum, zu Hansis neuer Behausung. Er erzählte ihm von seinem Vorhaben, aber das schien ihn gar nicht mehr sonderlich zu interessieren. Er wollte lieber nochmals auf die Sache mit dem Antiquariat zu sprechen kommen. Das schien ihm gefallen zu haben. Aber darüber konnte ihm Paul nichts Neues berichten, das hatte er vorläufig mal etwas zurückgeschoben auf seiner Dringlichkeitsliste. Er war sich auch sicher, dass der Laden nicht so schnell einen Pächter finden würde, zu viele Läden standen in Freudenstadt leer.

Grundsätzlich hatte Hansi aber natürlich nichts dagegen, dass man der Firma NM mal einen Besuch abstattete. „Nur, " gab er zu bedenken, „fang dir da nur nichts ein. Nicht, dass da noch jemand auf uns aufmerksam wird, der's nicht soll."

Paul war jetzt doch etwas irritiert:

„Jetzt hör mal nur nicht die Flöhe husten, wer soll da schon auf uns oder auf dich aufmerksam werden? Wird schon werden!", meinte er, behielt aber auch hier seine eigene Unsicherheit und seltsamen Gefühle für sich.

Als er wieder im Auto saß und auf der Höhe des Friedhofs war, in der Friedrich-List-Straße, hinter dem beruflichen Schulzentrum, hielt er nochmals am rechten Seitenstreifen an, schaltete den Motor ab und schaute geradeaus durch das Windschutzfenster.

Hier hinten war außerhalb der Schulzeit kein Mensch unterwegs. Wenn er noch geraucht hätte, wäre er wahrscheinlich ausgestiegen und hätte sich eine Zigarette angezündet.

„Ja, zum…" Was sollte das jetzt? Natürlich fühlte er sich gegenüber Hansi nur mäßig verpflichtet. Diese ganze Geschichte war einfach zu vage und gab zu wenig Ansatzpunkte, um vielversprechend zu sein. Aber irgendwie hing es ja doch ein wenig mit dieser traurigen Figur Hans Pekoviak zusammen, der zwar auch irgendwie undurchsichtig war, aber auch irgendwie traurig, dieser Gestrandete, der vielleicht ziemlich unbedarft als Mitläufer in irgendwelche krummen Waffen- oder sonstigen Geschäfte hineingeraten war oder doch mehr wusste, als er preisgab. Und sich deshalb zumindest halbwegs aus der Öffentlichkeit verabschiedet hatte, aus einem geregelten Leben, und jetzt eine Art provisorisches Dasein führte. Egal wie überzogen eventuelle Ängste da sein dürften. Oder dachte er da zu positiv, war er zu leichtgläubig? Allerdings mit dieser Sache in Libyen hatte das wohl wenig zu tun, das war zu lange her. Das musste schon aktueller, konkreter sein. Aber für ihn war das ein Ansatzpunkt, wenigstens ein Zipfelchen des Teppichs. WENN er den denn hochheben wollte. Er wusste es nicht.

Ein Interview

Paul hatte natürlich schon unzählige Leute interviewt. Zeugen, Beteiligte, Opfer, Geschädigte, Staatsanwälte, Richter, Behördenvertreter. Da ging es allerdings eher weniger um Mord und Totschlag. Dafür umso mehr um Diebstahl, alles was unter den großen Begriff der Eigentumsdelikte fiel, Körperverletzung, um komische Nachbarschaftsstreitereien, zumindest gefühlte Behördenschikane, Verkehrsdelikte, Umweltvergehen, Beleidigungen, Streitigkeiten mit Eltern, Lehrern, Schulen, und um alles, was das menschliche und tierische Konfliktfeld so hergab.

Aber Waffenhändler waren bisher noch keine dabei gewesen, das heißt, das stimmte auch nicht so ganz. Er hatte ja selbst geholfen, wenigstens vereinzelte Exemplare aus dem rockermäßigen Bandenmilieu hinter Gitter zu bringen und die waren ja bekanntermaßen waffentechnisch auch ziemlich aufgerüstet. Aber das waren ja nahezu Freizeitkriminelle, wenn man sie mit der gewerbsmäßigen Produktion und dem Handel von Kriegswaffen verglich, soweit es sich in Richtungen wie zum Beispiel in Libyen, Georgien oder Mexiko bewegte, in die Firmen wie NM und ähnliche Vertreter dieses Industriezweigs verwickelt waren. Dass da kriminelle Energie am Werk war, musste man auf Grund nahezu gesicherter Erkenntnisse annehmen, obwohl das im Normalfall nur schwer gerichtlich nachweisbar war. Das änderte aber nichts an der Tatsache, dass da fleißig geschoben, verkauft und vertuscht wurde.

Paul überlegte sich kurz, was er anziehen sollte, beließ es aber bei der normalen Alltagskluft, Jeans, Sweatshirt, Baumwolljacke. Und der Blick in den Spiegel, um seine angegrauten Haare in eine einigermaßen vertretbare Form zu bringen, zeigte auch nur, wie immer, diesen leicht verknitterten Mann, Anfang sechzig, der wieder mal zu wenig geschlafen und schon einmal ein fröhlicheres Gesicht aufgesetzt hatte. Er schnitt sich deshalb selbst ein paar Grimassen und fragte sich, was da wohl wieder auf ihn zukommen würde.

Der Termin war für 10 Uhr dreißig anberaumt, also fuhr er nach dem Frühstück in die Stadt, um Frieder Müller abzuholen. Auf dem Rückweg unterrichtete er ihn kurz über seine mal wieder nicht vorhandene Feinplanung. Immerhin konnte er damit punkten, dass er sich tatsächlich für den Beginn einige Fragen aufgeschrieben hatte:

- regionaler Aspekt,
- keine alltägliche Produktion, wie z.B. bei Kloschüsseln,
- Exportabhängigkeit,
- neueste Entwicklungen und Projekte,
- Fördermöglichkeiten für Konversion,
- Häufigkeit der gerichtlichen Auseinandersetzungen und ihr Einfluss auf das Betriebsklima und die Geschäfte

„Und dann kommen wir irgendwie auf den Toten in Heidelberg zu sprechen!"

Paul stellte fest, dass er trotzdem mal wieder Frieders skeptischen Blick erntete. Ob er das verdient hatte?!

Sie fuhren von Freudenstadt über Loßburg durch 24 – Höfe. Immer wieder genoss er die Fahrt über die Hochebene mit den vereinzelten Höfen. Vor Oberndorf an HK vorbei. Dann weiter in die Stadt und am Neckar entlang.

Kurz vor 10 Uhr 30 passierten sie das Ortsschild von Neckartenningen und standen gleich dahinter vor einer martialischen Zaun- und Toranlage, offensichtlich an der richtigen Adresse.

Herr Koppel war ein großer Mann, mit kurz gestutzten grauen Haaren, ein bisschen Fett auf den Rippen und einer rot geblümten Krawatte.

Paul schätze ihn so um die sechzig, also ungefähr wie sie beide und er fragte sich, wie so oft bei Leuten seines Alters, wo er wohl damals gewesen war, in den Siebzigern? Hatte er da auch schon Geschäfte gemacht, während die anderen auf die Barrikaden gingen?

Wahrscheinlich! Und die Erinnerung war bekanntlich sowieso kein verlässlicher Kronzeuge. Die große Mehrheit verhielt sich sicher auch damals schon abwartend, schielte auf eine Karriere bei der CDU, indem sie sich dem RCDS, dem rechten, CDU – nahen Studentenverband, anschloss oder interessierte sich schlicht und ergreifend nicht für Politik.

Sicherlich hatte so einer wie dieser Koppel schon früh die Kontakte geknüpft, mit deren Hilfe er den Lebensstil finanzieren konnte, den man ihm heute nachsagte. Aber hatte er wenigstens selbständig einiges auf die Beine gestellt oder war er nur einer dieser zahllosen Strohmänner, die sich dafür hergaben, für irgendwelche russischeren, bulgarischen, ukrainischen Oligarchen das Aushängeschild zu spielen?

Mit der Privatisierung des ehemaligen sozialistischen Staatseigentums oder schon vorher mit den entsprechenden Kontakten konnte viel Geld verdient werden. Wie neuerdings in China. Paul war gewappnet!

Sie saßen in einem großen Eckraum, mit Blick über das Firmengelände. Noch nicht mal in einem Konferenzzimmer, sondern Koppels Position in der Leitungsebene entsprechend in seinem eigenen Büro und nippten an Kaffee und Traubensaft, jeder, wie ihm beliebte. Sie schauten sich kurz an: Klar, die vertrauliche Attitude. Ihnen sollte Bedeutung zugesprochen werden. Wir hier in der Region gehören doch zusammen, sind gewissermaßen doch schon halbe Freunde!

Koppel hatte sie begrüßt und hereingebeten, nachdem er sie tatsächlich selbst im Vorzimmer abgeholt hatte. Beinahe hätte Paul erwartet, dass er jetzt auch noch „Kommt doch rein, setzen wir uns", gesagt hätte, aber das wäre vielleicht doch ein wenig zu plump gewesen. Sie nahmen an einem kleinen Konferenztisch Platz.

Paul und Frieder hatten kurz Zeit, während er die Getränke orderte und drei Worte mit der Vorzimmerdame gewechselt hatte, in das für sie bereitgelegte Informationsmaterial zu schauen. Das meiste kam ihnen bekannt vor, es entsprach ungefähr der Online-Präsentation, die sie sich natürlich angesehen hatten:

Über die Produkte:

„Für Militär und Behörden":
Unter *„Maschinengewehre"* kann man folgendes lesen:
M27 | Uneingeschränkt in Geschwindigkeit und Beweglichkeit
Mit der Entwicklung des Bundeswehrausrüstungskonzeptes „Infanterist der Zukunft (IDZ)" soll die Durchsetzungsfähigkeit des Soldaten durch ein neues Bewaffnungskonzept erhöht werden. Aus diesem Grund wurde ein leichtes und kompaktes Maschinengewehr mit großer Feuerkraft gefordert. Es sollte von nur einem Soldaten geführt werden können und in schwer zugänglichen Gebieten wie auch urbaner Umgebung volle Mobiliät gewährleisten. Wesentliche Bauteile des M27 bestehen aus glasfaserverstärktem Kunststoff. Der Anwender erhält dadurch eine leichte Waffe mit hoher Leistung bei geringem Wartungsaufwand.

*Das M27 ist perfekt geeignet für infanteristische Aufga-
ben im abgesessenen Kampf. Optimal in der Handha-
bung, im Gewicht und der Feuerdichte im Kampf sowie für
ein schnelles, präzises und durchschlagskräftiges Einzel-
feuer im Fernkampf.*

Oder die Historie:

*„**Chronik**:
„1952 | Gründung der Neckartenninger Maschinenfabrik
GmbH.
NM wird 1952 von Peter Huber, Sebastian Eckschmidt
und Lars Edighofen gegründet. Zu Beginn produziert das
Unternehmen auch Ersatzteile für Haushaltsmaschinen
und Fahrräder. Als einer der wenigen deutschen Betriebe
darf NM auch schon vor der Wiedereinführung der Bundeswehr Waffen und Ersatzteile für Polizei, Bundesgrenz-
schutz und die alliierten Besatzungstruppen herstellen.“*

Und sogar ein Katalog für den **Onlineshop** durfte nicht
fehlen: Bekleidung, Accessoires und Ausrüstung, wo man
zum Beispiel eine Pistolentasche oder einen Anhänger in
Form einer MPN3 erstehen konnte, für die dann im weiteren Produktfeld mit folgendem Text geworben wurde:

*„Die MPN3 repräsentiert eine neue Generation von leis-
tungsgesteigerten Maschinenpistolen und erweist sich als
perfekte Ergänzung zu Sturmgewehr und konventioneller
Maschinenpistole. Als echte persönliche Verteidigungswaffe entwickelt, übertrifft sie das von der NATO aufge-
stellte Anforderungsprofil bei weitem.“*

Wunderbar! Persönliche Verteidigungswaffe! Sozusagen für den privaten Gebrauch!

Nachdem Koppel sich entschuldigt hatte, dass er noch kurz hätte etwas abklären müssen, hatten sie sich dann tatsächlich zunächst mal über die Region, die Bedeutung der Firma für Neckartenningen, Oberndorf und Umgebung, also auch für Loßburg, Betzweiler-Wälde und Dornhan unterhalten. Er wusste offensichtlich, wo sie wohnten.

Dann kam man tatsächlich auf die Bedeutung der reinen Waffenherstellung zu sprechen, was das für die Mitarbeiter bedeutete:

„Gewiss, wir sind uns da der Verantwortung voll bewusst, die wir für unsere Mitarbeiter übernehmen. Wir haben ein personell gut ausgestattetes Personalmanagement, wobei wir unter Personalführung nicht zuletzt auch Präventionsmanagement mit einem Schwergewicht sowohl auf der psychischen wie auch der physische Gesundheit verstehen. Nicht zuletzt ist uns der Kontakt zu den örtlichen Kirchen wichtig, wie auch zum Neckartenninger Islamischen Rat."

„Aber wäre es in diesem Zusammenhang nicht wichtig, zum Beispiel in einen Konversionsprozess einzusteigen, um von der reinen Waffenherstellung wegzukommen?" Paul versuchte, sich dem eigentlich interessanten Terrain zu nähern.

„Gewiss", offensichtlich ein Lieblingswort Koppels, „das ist ein Themenfeld, das bei uns ganz besondere Aufmerksamkeit genießt. Allerdings müssen wir mit Bedauern feststellen, dass weder von Landes- noch von Bundes- oder EU-Seite zurzeit Förderungen möglich sind, wir sind aber laufend in Verhandlungen. Das ist uns ein großes Anliegen."

Man unterhielt sich noch eine Zeit über das Thema Konversion, Hindernisse und Risiken. „Die Märkte sind in

Deutschland aufgeteilt, da kann man, wenn man sich einen Namen im *Defence-Segment* gemacht hat, nicht einfach darauf hoffen, dass das mit Nähmaschinen auch gelingt, wir haben ja eine Verantwortung für unsere Mitarbeiter. Aber wie sie sicher wissen, beteiligen wir uns an einem Projekt von Heckler und Koch in den USA, zunächst in Columbus, Georgia, ein Werk zu starten, nur für den Sport- und Jagdbereich, das ist gewissermaßen eine weitere Möglichkeit für unsere Mitarbeiter, mit vielfältigsten Umsetzungsmöglichkeiten mit Arbeitsplatzgarantie in der Heimat." Koppel war offensichtlich mit sich zufrieden!

„Herr Koppel", Paul versuchte, nach diesen geschliffenen Ausführungen, dem Geplauder eine etwas andere Wendung zu geben, „uns ist es ein besonderes Anliegen, nun aber doch auf ein aktuelles Problem zu sprechen zu kommen."

Koppel war ganz Ohr und Konzentration.

„Wie sie sicher wissen, fiel der Name NM in Zusammenhang mit einem ungeklärten Todesfall in der Nähe von Heidelberg, wie wir aus namhafter Quelle erfahren haben."

Nämlich Hansi, Hans Pekoviak, mit Namen, das behielt er aber für sich.

Koppel zuckte noch nicht einmal mit der Wimper oder mit den Haarspitzen.

„Nein, tut mir leid, da müssen sie mir ein wenig nachhelfen."

„In Heidelberg wurde der ehemalige GSG 9 – Beamte Dirk Bessler tot aufgefunden. Die näheren Umstände lassen auf ein Gewaltverbrechen schließen. Bessler war in den Jahren nach der Jahrtausendwende als Polizeitrainer in die Ausbildung Libyscher Sondereinheiten verwickelt, die nicht mit seinem Dienstherrn abgesprochen waren. Nicht zuletzt deshalb quittierte er dann den Dienst."

„Nun und inwiefern hat das nun etwas mit der Firma NM zu tun?"

Koppel war immer noch ganz neutrales Interesse, ein Mann von Verantwortung.

„Diese Schulungen fanden ungefähr zeitgleich statt mit der Anbahnung von Waffenlieferungen der Firma Heckler und Koch durch einen der Söhne des libyschen Diktators Muammar Gaddafi, jener Waffen, die nach dem Tod Gaddafis 2011 in dessen Palast sichergestellt wurden, und die dort hätten nicht sein dürfen. An diesen Lieferungen war ja auch die Firma NM mit ihrem M27 beteiligt." Paul ruderte etwas in der Gegend herum, aber der Zweck heiligte ja die Mittel, wenigstens manchmal.

„Diese Lieferung stammt, wie sie sicher wissen, aus einer Lieferung, die 2003 mit Genehmigung deutscher Behörden für Ägypten bestimmt gewesen ist. Wie sie nach Libyen gelangten, ist uns nicht unbekannt. Wir haben es stets unterstützt, dass die Bundesregierung deswegen ein Auskunftsersuchen an Ägypten gestellt hat. Es bleibt also unklar, was das mit dem Todesfall dieses ehemaligen Beamten zu tun haben könnte."

Da hatte jemand immer und zu jeder Zeit die notwendigen Argumente parat, wenn jemand unbequeme Fragen stellte. Was höchstwahrscheinlich des Öftern vorkam. Paul ärgerte sich. Aber wahrscheinlich war sowieso nicht mehr zu erreichen gewesen. Trotzdem ein Besuch war es wert, allein um sich ein Bild von diesen Typen zu machen. Jetzt hieß es nur sich irgendwie gut aus der Affäre zu ziehen.

„Die zeitliche Parallele ist auffallend, die Waffen hätten nicht dort sein dürfen und die Ausbilder hätten nicht ausbilden dürfen. Und die Waffen, die im Normalfall bei solchen Trainings verwendet werden, werden von den Ausbildern mitgebracht. Oder sie waren schon vor Ort. So

114

oder so, das kann nicht mit der Zustimmung der entsprechenden Dienststelle geschehen sein, sondern es kann sich nur um Waffen handeln, die von NM direkt kamen."

Das war zwar eine Nebelkerze, aber vielleicht half sie.

„Wenn das tatsächlich so gewesen wäre, wäre uns das aufgefallen. Wir hätten unverzüglich reagiert und die verantwortlichen Mitarbeiter zur Rechenschaft gezogen – das hätte Kündigung und eine Anzeige wegen Verstoß gegen die Ausfuhrbestimmungen bedeutet. Aber lassen Sie mich noch etwas sagen", Koppel lehnte sich mit einer leicht enttäuschten Miene im Sessel zurück, „ich bin in der Tat enttäuscht, dass dieses Gespräch diese Wendung genommen hat. Man hat schon des Öftern den Eindruck, wir sind der Prügelknabe der Nation. Und dass Sie ebenfalls bereit sind in dieses Horn zu blasen, habe ich nicht erwartet."

Er war jetzt ganz Empörung, wie konnten sie!

„Wir tun nur unsere Pflicht, es ist unsere Aufgabe, wenn nötig auch unbequeme Fragen zu stellen. Wir geben ja dadurch auch Ihnen die Möglichkeit, auf unerwartete Vorwürfe von dritter Seite zu reagieren. Es kann doch nur in Ihrem Interesse sein, auf dem Laufenden zu bleiben."

Was du kannst, kann ich auch!

„Ich denke wir sollten an dieser Stelle trotzdem das Gespräch beenden, Frau Brieskorn, meine Vorzimmerdame, wird sie nach draußen begleiten. Vielen Dank meine Herren, ich darf mich verabschieden. Es warten noch weitere wichtige Termine."

Koppel war aufgestanden und hatte den letzten Satz im Stehen zu ihnen gesprochen.

Das Gespräch war beendet, es blieb ihnen nichts Anderes übrig, als sich ebenfalls zu erheben.

Paul und Frieder packten die Schreibutensilien ein, schüttelten Koppel die Hand und Frau Brieskorn begleitete sie wie angekündigt hinaus.

Als sie draußen waren und zum Auto gingen, bemerkte Frieder: „Irgendwo da oben sitzt der Sicherheitsdienst und beobachtet uns. Wäre schon mal interessant zu erfahren, was das für Gestalten sind."

Sie stiegen ein und fuhren vom Parkplatz. Als sie auf die Bundesstraße Richtung Oberndorf einbogen, meinte Paul: „Dreh dich doch mal um und schau, ob wir verfolgt werden, könnt ja sein."

„Ja, dann hätten wir wenigstens ETWAS Verwertbares!", brummte Frieder.

Dotter

Frühjahr 2005

Dotter, genauer Thomas Deichmann, saß vor seinem Minigolfhäuschen in Wolfach und überlegte mal wieder, wie er hierhergekommen war. Vielleicht weil ihn seine Liebe hatte sitzen lassen und nach Frankreich abgetrudelt war. Zumindest war das von hier aus etwas näher als von Ulm. So könne er es sich vielleicht erklären.

Sie könne es nicht mehr ertragen, hatte sie gesagt, sie sei ja selbst schon nicht so lustig, da bräuchte sie einen solchen Trauerkloß wie ihn weiß Gott nicht.

Er hatte das hingenommen, wie er immer alles hinnahm. Was blieb ihm andres übrig, er wusste, er liebte sie und das genügte doch. Und sie liebte ihn auch, irgendwo, da war er sich sicher, aber jetzt hätte sie mal frische Luft gebraucht und wäre ab nach Frankreich. Fünf Jahre war sie da jetzt schon. Und er dachte immer noch, vielleicht kommt sie ja zurück. Irgendwie bekloppt.

Le Puy, kannte das jemand? Anscheinend schon, da arbeitete sie nämlich jetzt als Fremdenführerin. Offensichtlich hatte sie damals besser aufgepasst als er, sein Französisch reichte nämlich geradeso zum Einkaufen.

Es regnete und deshalb hatte er eigentlich mal wieder zu!

Aber er hatte trotzdem geöffnet. Da konnte er sich wenigstens hier vor seine Bude setzten und in Ruhe seine Zeitung lesen. Die Sonnenschirme waren groß genug, da hatte man genügend Platz, ohne Gefahr zu laufen, nass zu werden

Wolfach im Kinzigtal, hier redeten die Leute irgendwie anders als bei ihm zuhause in Ulm. Schon fast alemannisch. Er verstand sie kaum.

Aber was soll´s, heute hatte es sogar schon in der Zeitung gestanden, er wusste das ja schon länger, dank seiner geheimen Kanäle!!

K. ist bei der Neckartenninger Maschinenfabrik eingestiegen. Hatte er es doch gewusst. Das Arschloch, da passte er hin.

Vorher dieser Billigwerkzeughersteller Bongartz, das hätte er ihm auch sagen können, dass das nichts wird.

Aber jetzt hatte er zugelangt. Woher das Geld stammte? So ganz konnte er sich keinen Reim daraus machen, er wusste ja viel, aber das war ihm doch nicht so ganz klar. Obwohl, eigentlich stimmte das ja nicht. Das Geld kam daher, wo es schon immer hergekommen war. Von diesen Russen. Wie hieß der eine nochmal, Pla.., irgendwas mit Pla.. oder Plo.., der hatte doch sogar in London in derselben Straße gewohnt und in den gleichen Kreisen verkehrt!

Ihm war eigentlich nie langweilig, da war immer etwas geboten. Jetzt also diese Waffenfabrik. Heute Abend würde er das dann gleich mal abheften.

Und dieses andere Arschloch, der Bruder seiner Liebsten, was machte der, vielleicht war er ja einer von denen im Irak, rannte jetzt wahrscheinlich da in der Wüste rum und passte auf deutsche Botschaftsangehörige auf. Vielleicht hatten die da auch noch ein paar Privatgeschäfte am Laufen. Hatte er mal gesagt, dass das vorkommt. Naja, so eine richtig Bestätigung war das nicht. Er hat es nicht VERNEINT, als er ein bisschen nachgebohrt hatte. Bei einer dieser Diskussionen, nach ein paar Flaschen Wein!

Aber immerhin, vielleicht, wenn es um Waffen ging, vielleicht könnte er den Dirk ein bisschen ausfragen, der hätte doch sicher zumindest Informationen, wie das funktionierte mit diesen Waffenschiebereien. Das war sicherlich kein seltenes Ereignis, dass ein paar M20 oder M27, so hießen die jetzt, in die falschen Hände gerieten. Man baute irgendwelche Waffenfabriken in Lizenz, zum Beispiel in Saudi-Arabien oder Pakistan, beziehungsweise verkaufte die Lizenz für die Herstellung dazu, und ist dann ja natürlich nicht mehr Schuld, wenn die Waffen auf Abwege geraten. Praktisch.

Da musste er einfach dranbleiben, vielleicht brachte das ja mal was!

Thomas Deichmann rappelte sich auf, ging rüber zu seiner Bude und schloss ab. Vielleicht sollte er wirklich Kontakt zu Dirk aufnehmen, wenn das mit Simone vorbei war, musste das ja nicht heißen, dass sie beide, er und Dirk, nun auch nicht mehr miteinander sprachen. War natürlich schon ein Weilchen her. Er hatte sich aber doch immer ganz gut mit dem verstanden, also warum nicht. Na gut, der war bei der Sondereingreiftruppe, aber sonst war er doch ganz in Ordnung. Der stieß sich auch nicht an ihm, an seiner Teilnahme an den Friedensdemos, also was soll´s, versuchen konnte man es ja mal!

Er lief zurück zu seiner Bude.

Jetzt wohnte er schon seit drei Jahren in diesem Wolfach, hinterm Bistrokaffee Flößerpark, in einem kleinen Häuschen, wie er immer sagte.

Im Grunde hatte er es gar nicht so schlecht getroffen, als ehemaliger Knacki und Halbalkoholiker. Mit dem Minigolfplatz, das war damals eine richtig gute Idee gewesen. Eigentlich aus purem Blödsinn, er wollte ja eigentlich nur sehen, wie der reagiert!

Dann bot der ihm tatsächlich Geld an. Was musste der für ein schlechtes Gewissen haben, oder vielleicht wollte er ihn auch einfach nur loswerden, besaß zu viel Geld. Auf jeden Fall hatte er sich das damals wirklich überlegt, der Platz in Ulm war natürlich viel zu teuer, aber ein paar Jahr später fand er dann den Platz hier. Das Geld war zwar weg gewesen, aber Simone half ihm ja dann doch nochmal. Die mochte ihn ja vielleicht wirklich noch. Mal sehen!

Zuhause angekommen, nahm er das Telefon, suchte die Nummer raus und rief Dirk Bessler an.

Dirk Bessler, GSG 9 Beamter aus Leidenschaft, lag mit dem Bauch im Dreck, als das Handy klingelte. Er legte das G36 zur Seite und nestelte das Handy aus der Seitentasche seiner Schutzweste und schaute darauf, wer das sein konnte. Die Nummer sagte ihm nichts.

Er steckte es wieder weg und wartete, bis er das Kommando bekam. Noch vor wenigen Wochen war er im Irak gewesen. Nach diesem Botschaftseinsatz in Bagdad war das hier doch etwas Anderes. Das war ihm doch ein wenig an die Nieren gegangen. Was da alles passiert war, wie zum Beispiel der Wagen hinter ihnen in die Luft geflogen war. Zwei Kameraden hatten daran glauben müssen. Da ist so ein Sprengtrainingscamp im Westerwald doch ein bisschen gemütlicher, auch wenn er jetzt hier im Matsch lag. War ihm aber sowieso lieber als diese dauernden Strategietrainings. „Wie verhalten Sie sich als Führungsperson, wenn Sie mit ihren Leuten unter Beschuss geraten?"

Wenn er sowas schon hörte, alles Sesselfurzer!

Er hatte das Sprengen von Felsen geübt, die Sprengladung war angebracht und das würde einen schönen Bums geben, wenn der Brocken auf den Weg fiel. Das hatten die sicher mit Absicht gemacht, dass sie so eine Moorgegend ausgesucht haben, wo man dann zwangsläufig im Matsch lag, wenn man in Deckung gehen musste.

Aber machte nichts, Hauptsache nicht die Langeweile des Bereitschaftsdienstes. Warten, warten, warten.

Dirk Besslers Vater war bei der Bahnpolizei gewesen. Inzwischen war er tot. Hatte sich totgesoffen. Für Dirk Bessler war es schon seit frühester Jugend klar, er wollte ein richtiger Polizist werden. Immer, wenn sein Vater nachhause gekommen war und zunächst nur lakonisch bemerkt hatte, „Hatten mal wieder einen Selbstmörder!", schaute seine Mutter ganz besorgt. Zunächst war ihm nichts anzumerken, aber später fiel Dirk Bessler dann auf, dass der Vater in den Folgewochen noch mehr soff als sowieso schon. Deshalb RICHTIGER Polizist! Als Dirk dann das erste Mal von Mogadischu gelesen hatte, war klar, da wollte er hin, zur GSG 9. Die Helden von Mogadischu hatten die Geiseln befreit, ohne dass es eigene Opfer gegeben hatte. Nur eine Stewardess und ein GSG 9 Beamter waren verletzt worden, aber drei der vier Terroristen waren tot. Ab da waren Ulrich Wegener und seine Mannen seine Helden. Und er, Dirk Bessler, hatte es tatsächlich geschafft, dort angenommen zu werden.

Bessler bekam den Befehl und löste die Sprengung aus. Es machte plop und - nichts geschah. Eigentlich hätte der Felsen sich jetzt nur um neunzig Grad in die Höhe drehen und dann nach unten auf den Weg rollen sollen. Ein bisschen Dreck war herumgeflogen, und es sah so aus, als ob sich der Felsen nicht bewegt hätte.

Er wartete die vorgeschriebene Zeitspanne und ging dann vor, um nach dem Rechten zu sehen.

Er hatte die Ladung wohl doch nicht so gut angebracht. Irgendwie war er in letzter Zeit nicht bei der Sache! So ein Anfängerfehler. Die Wirkung hatte sich nach den Seiten verflüchtigt und ein Loch in den Boden gerissen, der Brocken lag nun noch etwas tiefer, als zuvor.

Irgendwas musste er falsch gemacht haben oder, es war schlicht und ergreifend der falsche Felsen. Würde ja auch nicht gerade gut aussehen, wenn das mal wieder danebengegangen war. Egal! Nochmal versuchen!

Nachdem er sich am Abend aus der kiloschweren Ausrüstung gepellt hatte, fiel ihm wieder der Telefonanruf vom Morgen ein. Er nahm das Handy heraus und rief zurück.

„Thomas Deichmann, bist du es Dirk?"

Bei Dirk Bessler ratterte es im Oberstübchen, Thomas? Was wollte der denn? Das war doch der Ex seiner Schwester.

„Ja. Hallo, Thomas, wie geht´s, was gibt´s?

„Ja. Hallo! Bist du in Deutschland?"

„Natürlich bin ich in Deutschland, außerdem, wenn ich es nicht wäre, dürfte ich es dir sowieso nicht sagen!"

„Ach so ja, hatte ich ganz vergessen."

Der glaubte das wohl auch noch!

„Aber wo bist du denn gerade stationiert, das kannst du mir doch sagen, seid ihr immer noch in St. Augustin, bei Bonn?"

„Ja, aber zurzeit bin ich gerade im Westerwald, bei einem Lehrgang, aber um was geht es denn, um Simone?"

„Nein, nein. Um etwas ganz Anderes. Wann bist du denn mal wieder hier unten, das heißt, ich wohne jetzt in Wolfach, an der Kinzig, hab da einen Minigolfplatz."

„Ja, hab ich gehört, hat sie mir erzählt, hat dir ja wohl Geld geliehen. Die Idealistin. Hat einfach ein zu gutes Herz."

„Ja, das war auch wirklich toll von ihr. Also, wann kommst du denn mal wieder in den Süden? Das heißt, ich könnte dich auch mal da oben besuchen, kann ja ruhig mal ein paar Tage zu machen."

„Ja, wenn du denkst, aber um was geht es denn?"

„Tja, das ist gar nicht so leicht zu beschreiben. Und am Telefon, ich weiß nicht, man hört da ja so einiges, dass das auch nicht mehr sicher ist."

„Das Telefon? Ja warum soll das nicht sicher sein, du bist doch kein Geheimnisträger oder sowas, dann vielleicht!"

„Man kann ja nie wissen, weiß du denn..., ... ach ist ja auch egal. Es geht um Waffen!"

„Um Waffen? Wie, um Waffen? Wo man welche herbekommt oder was?"

„Nein, ja, doch, aber nicht so, wie du denkst, natürlich nicht, sowieso nicht, eher so allgemein! Um Waffenhandel nämlich."

„Na, ist auch besser, was? Hab ich gerade auch gedacht." Dotter hörte Dirk Bessler am Telefon ein bisschen lachen. „Da war doch mal was oder?"

„Ja, aber das ist ja wirklich schon lange her und das war ja damals etwas Anderes, das war ja nur, weil der ..., ach du weißt das ja, weiß ja jeder, und letzten Endes wegen meinem Alten."

„Haben dir das die Psychos erzählt?"

„Ja, nein. Weiß auch nicht, das ist halt passiert."

Wo waren sie denn jetzt gelandet, da wollte er ja nicht unbedingt hin.

„Lass dir nur nichts einreden, das war, weil die dich immer fertiggemacht haben."

„Aber so ganz verkehrt lagen die vielleicht doch nicht, mein Alter war echt ein Arschloch und irgendwie hab ich immer gedacht, dass ich dem mal eine heimzahle, wenn ich kann. Aber dann hat es ein Anderer abbekommen, sozusagen, hatte der auch verdient."

„Ja, kann sein, ist ja auch egal, hast ja deine Strafe abgesessen. Aber sag mal, die Waffe, hast du die eigentlich noch, die haben sie ja nicht gefunden."

„Nein, die hab ich in die Donau geworfen, ist vielleicht schwer, sie da zu finden."

Die Notlüge kam ihm immer noch flüssig über die Lippen.

„Übrigens mit meinem Alten, der war ja bei der Bahnpolizei, war das auch immer so ein Ding, hab ja auch gewusst, wo die Waffe war, das war eine FN Browning, hat er immer in die Schreibtischschublade gelegt, wenn er sie mal aus irgendwelchen Gründen mit nach Hause gebracht hat."

„Nein, also ja, also da drum geht es nicht. Du warst doch im Irak. Mir geht es da um den ganzen Nahen Osten, welche Kontakte gibt es da, woher kommen die und wer steckt da dahinter?"

„Na, ob ich da der Richtige bin, weiß ich auch nicht."

„Doch, glaub ich schon, du also, die GSG 9, Bundeswehr sowieso, Feldjäger, aber auch Polizei, da gab es doch immer mal wieder Kontakt zu verschiedenen Sicherheitsfirmen, schon in den 70ern und 80ern, die hatte doch immer wieder mit Aufträgen im Nahen Osten zu tun."

„Das war wohl vor meiner Zeit!"

„Ja, aber auch heute!"

„Hm!"

„Wann bist du denn wieder zuhause, wie gesagt, ich könnte ja mal vorbeikommen."

„Nächste Woche, ab da bin ich zuhause, hängt halt von den Dienstplänen ab, wo wir gerade im Einsatz sind, ich kann mich ja mal melden. Ich ruf dich an, wenn's passt. Weiß zwar nicht, ob ich dir da helfen kann, aber man könnt sich ja mal wieder treffen!"

„Das wäre toll, rufst du an, machst du das?"

„Ja, versprochen!"

Thomas Deichmann legte den Hörer auf. Das war ja besser gelaufen, als er gedacht hatte. Mal abwarten, ob der tatsächlich anrief und, wenn nicht, könnte er sich ja nochmal melden.

Er ging in sein Schlafzimmer, zu seinem Wäscheschrank, öffnete ihn und holte hinten aus dem obersten Regalbrett, hinter den Hemden, die Schuhschachtel hervor.

Mal sehen, ob sie noch da war. Nur mal reinsehen!

Sie lag noch da!

Verschwunden

Er war weg! Verschwunden!
Paul Backes hatte sich einige Tage nicht um Hans Pekoviak gekümmert.
Ab und zu hatte er nämlich das Gefühl, er dürfe diesen
Schlendrian, diese selbst gewährten Voraltersteilzeit, nicht
zu sehr einreißen lassen, sondern auch mal wieder etwas
zum täglichen Zeitungsgeschehen beitragen, damit es
nicht so auffiel. Themen gab es ja genug. Die Mafia im
Schwarzwald, die leidige Polizeireform, seine Kollegen
hatten beschlossen, dass sie auch in sein Ressort fiel,
Brandstiftung, Museumsdiebstähle, die anstehende Ver-
handlung gegen eine Neonazi-Internet-Plattform, die Ge-
setzesverschärfung des Antiterror-Pakets auf der einen
wie die Baden-Württembergische Abschiebepraxis auf der
anderen Seite
Und, und, und...
Darüber war ihm gar nicht aufgefallen, dass er Hansi seit
einiger Zeit gar nicht mehr gesehen hatte.
Aber vielleicht war es auch einfach nur eine Ahnung, auf
jeden Fall fuhr er einige Tage nach dem Interview mit Koppel mal wieder raus zu den Schrebergärten auf der Bärenwiese, um „Hallo" zu sagen. Dort war aber alles verrammelt, niemand da. Das Fahrrad lehnte zwar an der Hütte,
aber die Tür war verschlossen. Er schaute durch eines der
Fenster, drinnen sah alles aufgeräumt und unbewohnt
aus.
Sofort fühlte er sich schuldig. Er hätte doch schon früher
nach Hansi Pekoviak schauen sollen, sich auch noch
mehr nach einer Beschäftigung für ihn umschauen können. Aber Hansi hatte das gar nicht gewollt, sondern gemeint, das bekäme er schon selbst in den Griff. Er wisse,

wie man das macht, sei ja nicht auf den Kopf gefallen, Parkhauswächter, Kaufhausdetektive, Sicherheitsleute von Sammelunterkünften würden immer gesucht. Da könnte er ja auch schon einiges vorweisen.

Allzu schnell hatte Paul sich damit zufriedengegeben, obwohl Hansis Rucksack, als er in Freudenstadt eingetrudelt war, ja nicht gerade so aussah, als ob er darin seine Bewerbungsunterlagen mit sich herumtragen würde. Allerdings, im Grunde genügte da ja heutzutage schon ein USB-Stick, auf dem alles als PDF-Datei abgespeichert war. Entschuldigungen, dass er nicht nach ihm gesehen hatte, waren immer schnell parat. Trotzdem oder gerade deshalb, er machte sich Vorwürfe.

Aber er konnte sich nicht vorstellen, dass Hansi so einfach wieder verschwand, ohne ihm vorher Bescheid zu sagen. Das sah ihm nicht ähnlich.

Und tatsächlich, als er nach seiner Stippvisite auf der Bärenwiese nochmal in der Redaktion vorbeischaute, war Post für ihn da. „An den Redakteur Paul Backes" ein Briefumschlag mit einem Zettel darin, aus einem Notizblock herausgerissen, und mit der Post verschickt! Von wo? Wusste man nicht. Von einem Briefzentrum. Immerhin eine Nummer stand ja darauf: 79.

Paul schaute mal in die Liste der Briefzentren, 79 war Freiburg, was wollte der denn da?

Der Zettel verriet es ihm:

„Hallo Paul Backes!

Auf Grund verschiedener Beobachtungen bin ich zu der Überzeugung gekommen, dass ich auch in Freudenstadt nicht sicher bin, das ist noch alles viel zu dicht an Heidelberg. Vor allem denke ich, vielleicht sollte ich doch einfach schauen, dass ich etwas in die Hände bekomme, das mir

einen Vorteil verschafft. Von D. habe ich eine Adresse, ich meld mich, wenn etwas dabei herauskommt.
Vielen Dank nochmal
H.

PS: Pass auf, die sind überall, auch im Schwarzwald."

Paul schaute leicht irritiert die Rückseite an, vielleicht gab es ja noch mehr Infos? Nichts!
Reichlich kryptisch das Ganze.
„Etwas in die Hände bekomme, was mir einen Vorteil verschafft." Was sollte das denn sein und vor allem vor wem?
Mal wieder war klar, Hans Pekoviak wusste viel mehr, als er sagte. Offensichtlich war aber auch, da gab es jemanden, vor dem er Angst hatte und das war nicht irgendwie die Firma NM oder deren Werkschutz. Das glaubte Paul nicht. Man befand sich immerhin in Deutschland und nicht in irgendeiner Bananenrepublik, wie zum Beispiel der Türkei, oder Mexiko, wo Menschen verschwanden, entweder im Gefängnis oder gleich tot, verbrannt und verscharrt.
Womit er wieder beim Thema war! Inzwischen war ja bekannt geworden, dass die paramilitärischen Einheiten, die in Mexiko am Verschwinden der 40 Studenten beteiligt waren, unter anderem mit Waffen von deutschen Herstellern ausgerüstet waren.
Vielleicht war Deutschland doch eine Bananenrepublik, wo Waffengeschäfte abgewickelt wurden, die offensichtlich nicht mit dem Grundgesetz vereinbar waren, und trotzdem, zumindest in der offiziellen Geschäftspraxis, von höchster Stelle, dem Bundessichheitsrat, gedeckt wurden und ...
Ja, was, und?

128

Natürlich mit dem entsprechenden Personal durchgeführt wurden. Ohne Skrupel, ohne Rücksicht auf Verluste, ohne Bedenken wegen der zu erwartenden Kollateralschäden. Wenn er das so zu Ende dachte, bekam er erstens Gänsehaut, weil diese Logik so unausweichlich war und auch so brutal. Und zweitens eine Wut! Das wollte man doch nicht, das wollte auch er, Paul Backes, nicht.

Aber die Geschäftsleitung der entsprechenden Firma wusste davon ja nichts, das musste ohne ihr Wissen geschehen sein, dann war ja alles gut! Gott sei Dank! Oder?

Aber da schaute man lieber weg, die Geschäftsleitung und die Öffentlichkeit, und er auch, lieber sich nicht damit beschäftigen. Deutschland, der Exportweltmeister!

Und dann, wer waren sie denn, ein Ex-Polizist und ein Lokalredakteur einer kleinen Provinzzeitung.

Wenn sie wenigstens etwas in den Händen hätten, das stimmte, hatten sie bisher aber nicht. Aber Hansi wollte sich ja etwas „beschaffen"! Wollte aber auch er das? Paul Backes, seines Zeichens, was auch immer...

Paul war zu seinem Schreibtisch gegangen, hatte sich auf seinen Stuhl gesetzt und schaute nach draußen, auf die Alfredstraße.

Zum Glück war Frieder nicht da, vor ihm hätte er das Schreiben ja nicht verheimlichen können und der hätte ihm was erzählt, dass er endlich die Finger davonlassen sollte. Das war doch alles viel zu groß für sie. Was sollten sie denn da auch schon herausbekommen! Und dieser Tote in Heidelberg? Das würde ziemlich sicher im Sand verlaufen. Wenn in den ersten beiden Wochen kein Ergebnis erzielt wurde, war die Wahrscheinlichkeit, dass der Mord aufgeklärt würde, fast gleich null, außer es gäbe irgendein Zufallstreffer, aber daran glaubte Paul nicht. Da waren Profis am Werk gewesen, da half meist kein Zufallstreffer.

Vor seinem Fenster fuhr ab und zu mal ein Auto vorbei, im Moment waren es ein paar mehr, wegen dieser Baustelle Richtung Loßburg und Straßburg, aber sonst verirrten sich ja nur Einheimische hier hin. Alles ruhig soweit in Freudenstadt, keine besonderen Vorkommnisse.

Komm schon Paul, beruhige dich wieder!

Er schnappte seine Tasche und stapft aus der Redaktion auf die Straße, Luft schnappen!

Was jetzt? War überhaupt was?

„Ich meld mich, wenn da was dabei herauskommt."

Was sollte denn dabei herauskommen. Wahrscheinlich könnten das im besten Fall irgendwelche Papiere sein, die einen Zusammenhang mit ..., ja mit was...mit einem Mordauftrag...wohl kaum. Darüber gab es ja wohl eher keine schriftliche Auftragserteilung, wie zum Beispiel, „Bitte könnten Sie das mal übernehmen, könnten Sie sich mal um den Herrn sowieso kümmern", - das wohl eher nicht. Aber vielleicht einen Beleg für die Geschäftspraktiken der Herren in der obersten Etage, etwas, was man nicht auf irgendwelche Außendienstmitarbeiter abwälzen konnte, die man entlässt, wie im Fall Mexiko.

Merkwürdig auch, dass gegen die Journalisten, die die Mexikoverbindungen der deutschen Waffenfabriken aufgedeckt hatten, mittlerweile von der Staatsanwaltschaft München ermittelt wird, wegen der Veröffentlichung von Dokumenten! Offensichtlich war es auch nicht ganz ohne Risiko, sich dem Thema Waffenhandel journalistisch anzunehmen.

Frankreich

Das Telefon piepte. Das hieß, heutzutage musste man ja sagen, das Telefon gab die Anrufmelodie wieder, und zwar die, mit dem schönen Namen Horizon, was immer das bedeuten sollte, nicht Horizont, sondern ...zon, mit langem o wahrscheinlich. Paul Backes hatte es noch nicht einmal geschafft verschiedene Töne für verschiedenen Anrufergruppen zu installieren, für alle das gleiche, Horiseeen eben.

Er nahm an, es war Hansi, natürlich, wer auch sonst. Das hatte er sich doch gedacht, dass er nicht zum letzten Mal von Hans Pekoviak gehört hatte.

Paul saß auf dem Freudenstädter Marktplatz im „Kaffee Pause" und nahm ein zweites Frühstück zu sich: Kaffee und Butterbrezel.

Mal sehen, was Hansi diesmal wollte?

„Du, ich steh hier in Ottmarsheim, im Elsass, Rue du Général de Gaulle, steht hier. "

Paul hörte schon die Nachtigall trapsen, das hätte er auf jeden Fall zu Frieder gesagt, wenn der da gewesen wäre, auf was wollte der hinaus?

„Ich komm nicht weiter, das ist hier total die tote Hose, kein Verkehr, das ist einfach zu weit. Ich muss nach Le Puy, da könntest du mich doch fahren!"

„Äh, ... fahren, nach Le Puy? Das ist doch irgendwo im Zentralmassiv, das sind doch mindestens fünf-, sechshundert Kilometer, sonst ist aber alles in Ordnung? Und vor allem, was willst du denn da?"

Paul sah sich schon wieder zu einem seiner Horrortrips aufbrechen. Anscheinend hatte er ein Faible für Leute, die eine Vorliebe dafür hatten, sinnlos in der Gegend herumzufahren und dann zu guter Letzt, kam auch noch dusseliger Weise etwas dabei heraus. Das war sicher auch wieder so eine Konstellation. Hans Pekoviak!? Und Paul Backes! Aber vielleicht brauchte er das, dieses Amerika-Feeling, die endlose Weite und die Straße vor sich. Aber hier war er ja in Alt-Europa und da hatte man nur Kurven vor sich.

„Was willst du denn da?"

„Papiere besorgen, ich hab dir doch gesagt, ich brauche etwas in der Hand. Dirk Bessler hat mir eine Adresse gegeben, dort soll ich hinfahren, wenn ihm was passiert, das ist seine Schwester. Die kenne ich auch ein bisschen. Dort hätte er was hinterlegt."

Papiere – hinterlegt – aha!

„Warum falle ich eigentlich immer auf solche Typen wie dich herein oder stolperte über sie, anscheinend hab ich da einen spezielle Riecher, " hätte er beinahe gesagt, ließ es aber und außerdem, diesmal war es ja Pako gewesen, Tonis Hund, also war er ja unschuldig.

„Also in Ottmarsheim bist du, das ist doch irgendwo bei Mulhouse oder? Da in der Nähe?"

„Ja, ich bin ein Stück gelaufen, aber das war einfach zu langsam. Deshalb bin ich dann getrampt, über Kehl und Breisach, aber jetzt komme ich nicht mehr weiter, hab schon hier übernachtet, draußen im Wald, Gott sei Dank ist ja gutes Wetter, aber dann war Schluss. Wär vielleicht doch besser auf der Autobahn geblieben, aber das war mir zu gefährlich, vielleicht sieht mich da jemand."

Paul hatte manchmal schon das Gefühl, als ob bei Hansi im Oberstübchen doch nicht mehr alles so ganz richtig funktionierte. Aber andererseits, das mit den Papieren war ja vielleicht doch nicht ganz uninteressant.

„Warum schickt sie die denn nicht?"

„Nein, das geht nicht, er hat gesagt, ich soll sie abholen, sonst könnte jemand auf ihre Adresse kommen und dann wäre sie auch gefährdet"

„Aha, und wir sind dann nicht gefährdet."

„Nein, du nicht, dich kennt doch niemand."

Da war Paul sich mittlerweile nicht mehr so ganz sicher, bei all der Paranoia. Wenn es da überhaupt irgendjemand gäbe, der irgendjemand verfolgt. Aber dieser Dirk Bessler war tot! Ganz unzweifelhaft. Also war eine gewisse Besorgnis nicht von der Hand zu weisen.

„Na dann, aber ganz so schnell geht das nicht," hörte er sich sagen und war sich nicht ganz sicher, ob er das wirklich gesagt hatte, aber anscheinend doch, weil es gleich weiterging, „ich müsste zunächst mal hier in der Redaktion abklären, ob ich die nächsten drei – vier Tage gebraucht werde." Wurde er überhaupt gebraucht? „Also, wenn ich hier so drei, vier Tage wegkönnte, würde ich mich nochmal melden. Und dann müsste ich natürlich meiner Frau noch Bescheid sagen, die erzählt mir wahrscheinlich was, das muss ich irgendwie hinkriegen. Und alles zusammen packen. Also vor heute Abend, heute Nacht, kann ich nicht da sein."

„Ja, klar doch, Mensch Mann, du machst das? Tatsächlich?"

„Ja, mal sehen, wie gesagt, versprechen kann ich nichts, da sind noch einige Fragezeichen zu klären, aber wie gesagt, mal sehen, ich meld mich, auf der Nummer da?"

„Ja, ich hab so ein Notfallladegerät dabei, bin immer erreichbar."

„Klar!" Paul vergaß manchmal, dass er es mit einem ehemaligen Einsatzpolizisten zu tun hatte, zwar ein wenig abgerutscht, aber immer noch mit allen möglichen Fähigkeiten und Kenntnissen ausgerüstet. „Ich meld mich."

Er drückte ihn weg.

Was war das denn nun schon wieder, hatte er sich eben überreden lassen, ca. zwölfhundert Kilometer in der Gegend herumzugondeln?

Offensichtlich!

Die Kollegen und Lahnstein waren nicht wirklich ein Hindernis, etwas anders war es mit Toni. Sie zweifelte ein bisschen an seinem Verstand, um es kurz auszudrücken.

„Mal kurz in die Auvergne? Weil das gerade um die Ecke liegt?"

Natürlich hatte sie mal wieder viel genauer wie er parat, wo das war und wie weit. Aber anscheinend hatte auch sie das Gefühl, dass er das mal wieder bräuchte, ein wenig in der Gegend herumzufahren, auch wenn die Notwendigkeit nicht so direkt auf der Hand lag. Dieses Zurück in den Schoß der Familie, auch wenn es ja nur meist sie und er waren, und Pako natürlich, den durfte man nicht vergessen! Die Kinder kamen nur ab und zu mal vorbei. Trotzdem, das war vielleicht für ihren Einsiedlerkrebs, wie sie ihn manchmal grinsend auf die Schippe nahm, doch eine ziemliche Umstellung, nach zehn Jahren mehr oder weniger Junggesellendasein.

Insofern bremste sie dann doch ihre Einwände, obwohl das in der Gegend Rumfahren ja doch eher die Dimension einer halben Expedition hatte.

Von der faktischen Seite konnte sie dann sogar so etwas wie Verständnis signalisieren. Immerhin könnte die Möglichkeit, etwas gegen NM in die Finger zu bekommen, denn darum könnte es ja gehen, doch nicht so uninteressant sein. Egal, was man dann damit macht. Auch wenn sie die Wahrscheinlichkeit tatsächlicher Erkenntnisgewinne ähnlich gering einschätzte wie er. Das hatte er ihr auch nicht verschwiegen.

134

So hatte Paul Hans Pekoviak nochmal angerufen und Bescheid gesagt, dass er zuerst noch nach Hause, nach Gundelshausen, müsse, um einige Sachen zu holen und sich dann auf den Weg machen würde, mit dem Auto natürlich, zunächst nach Freiburg und dann Richtung Frankreich, Mulhouse.

Hoffentlich hielt seine alte Karre das aus, mit ihren 250 Tausend Kilometern auf dem Buckel.

Er hatte Toni schon zu Hause angetroffen, mittlerweile war es schon fast zwei Uhr, sie hatten noch etwas gegessen, und er fuhr nun zunächst nochmal zu sich den Berg hinauf, die zwei Kilometer, diese kurze Distanz, die ihre Behausungen die ganze Zeit nur getrennt gewesen waren.

Er packte Kleidung, sein altes Zelt, Schlafsack und Toilettensachen zusammen - war er fürs Zelten nicht eigentlich schon zu alt - aber wahrscheinlich würden sie zwei- bis dreimal übernachten müssen und sicher war sicher. Dann startete er. Bis Freiburg waren es circa zwei Stunden. Zuerst das Kinzigtal hinunter, Alpirsbach, Schenkenzell, Schiltach und Wolfach. Dort kam man der eigentlichen Heimat des Bollenhuts, dem Wahrzeichen des Schwarzwalds, Gutach und seiner unmittelbaren Umgebung, schon etwas näher. Als immer noch Neu-Schwarzwälder, als der er sich oft fühlte, nahm er für sich in Anspruch, doch etwas nüchterner auf dieses ganze Schwarzwald-Getümel blicken zu können. Und dieser Blick fiel des Öfteren nicht so positiv aus, wie es die Markt- und sonstigen Strategen gern hätten.

Der zum weltweiten Symbol für den ganzen Schwarzwald hochstilisierte Bollenhut war nämlich eigentlich nur dort zu finden, in den Seitentälern der Kinzig, in Gutach, Kirnbach und Reichenbach, und nicht überall im ganzen Schwarzwald.

Und vielleicht wäre ein G36 – Sturmgewehr besser als Symbol geeignet. Überall Waffen- beziehungsweise Militärtechnik! Mercedes in Gaggenau – Militärfahrzeugtechnik, H&K, NM und Mauser in Oberndorf, Handfeuerwaffen, und Junghans in Dunningen - Seedorf, Zünder für IRIS und RAM, zwei Raketen-, beziehungsweise Raketenabwehr Systeme. Alles Schwarzwald oder unmittelbar im näheren Umfeld. Und andere „Produkte" mehr. Das wäre doch passender. Der Schwarzwald, das Land der Tüftler und Techniker! Als Wappen ein G36.

Dann kamen Hausach und Haslach, wo es dann links ab, vorbei am Finsterkapf, einem der nach Westen vorgelagerten Schwarzwaldköpfe, Richtung Elzach und weiter nach Freiburg ging. Diese ganzen ...-achs hießen übrigens nichts Anderes als ..."-bach", hatte er mal gelesen. Wiesen also in ihrer Häufigkeit auf nichts anderes als die vielen Bäche hin, die hier aus den Schwarzwaldhängen zur Kinzig flossen. Manchmal brachte er es doch tatsächlich fertig, sich auch mit Interesse ganz ohne Kulturkritik mit dem Schwarzwald zu beschäftigen.

Es war nun schon fünf, als er auf der Autobahn an Freiburg vorbeifuhr und sich auf den Weg nach Ottmarsheim machte.

Ausland, fremdes Land, schon war er wieder beim nächsten Thema, Autobahn - Philosophiererei! Obwohl es ja nur etwas mehr als drei Stunden Fahrzeit waren. Das hatte doch immer die Wirkung von „weit weg von zu Hause", „in der Fremde". Gleich fühlte man sich nicht mehr so eingebunden, so den täglichen Zwängen verhaftet, mehr auf sich selbst gestellt, für sich selbst und nur für sich selbst verantwortlich.

Paul glaubte im Grunde, dass das Leben mehr oder weniger trivial war. Angst, Freude, Liebe, Hoffnung, Schmerz,

Tod, Neubeginn, alles bediente mehr oder weniger vorgefasste Verhaltensmuster oder Leitsätze, die als Verhaltensrichtschnur dienten. Manchmal geradezu diametral entgegengesetzt. Einerseits „Ich bin mir selbst der Nächste", „Wenn du nicht nach dir schaust, tut´s sonst keiner.", „Das Leben ist ein Kampf, mach dir nichts vor!", „Wenn sich einer an dein Boot klammert, stoß ihn zurück!", bekanntermaßen sinngemäß der erbauliche Wahlspruch eines der beiden Brüder McDonalds, Begründer der gleichnamigen Schnellrestaurantkette. Diese Lebensweisheit hatte der auf jeden Fall als Quintessenz seiner persönlichen Lebenserfahrung einmal von sich gegeben. Oder andererseits, „Du musst Rücksicht nehmen!", „Sieh auf die anderen!", „Man muss einfach helfen!", „Nimm dich nicht so wichtig!", „Mehr sein als scheinen!", „Man zeigt es nicht!". Alles eine Art von Merksprüchen, nach denen man sein Leben oder das Handeln ausrichtet. Oft doch mehr oder weniger trivial. So auch „in der Fremde sein" oder „Mal raus aus dem Trott!", das war für Paul Lebenselixier, raus aus dem Hamsterrad, den täglichen Verpflichtungen, Zwängen, der Verantwortung für die Freunde, Verwandten, Familie. Das war alles an den meisten Tagen im Jahr selbstverständlich und auch zufriedenstellender Lebensinhalt. Und er hatte darunter gelitten, als das für einige Jahre getrennt war, zerstört, das gemeinsame Leben in der Familie. Aber immer wieder musste er auch raus, auch wenn es nur für kurz war. Vielleicht war ja die ganze Detektivspielerei - momentan war es ja schon fast politische Recherche oder gar „Investigativer Journalismus!!" - nur der Vorwand, um raus zu kommen.

So zog es ihn auch immer wieder ins Elsass, eine Art nahes Fluchtziel. Vielleicht weil die Elsässer auf eine spezielle Art schon immer draußen waren, sie gehörten eher nur sich selbst, waren ein spezieller Menschenschlag.

Denn das Elsass war von seiner Geschichte her besonders prädestiniert, „draußen" zu sein.

Das Elsass hatten in den letzten 500 Jahren immer wieder die Nationalität gewechselt, von Deutschland nach Frankreich und wieder zurück.. Vom 17. Jahrhundert bis Napoleon übernahm zwar Frankreich mehr und mehr die Oberhoheit über die elsässischen, deutschsprachigen Fürstentümer links des Rheins, sie gehörten aber nicht zur Zollunion Frankreichs, sondern konnten eher eigenständig verwaltet werden. Mit Napoleon änderte sich das. Das Elsass, eigentlich die Fläche zwischen Rhein und dem Vogesenkamm, gehörten nun voll zu Frankreich, bis zum deutsch-französischen Krieg, 1870/71, wonach es dann von Deutschland besetzt und wie eine Kolonie auch nach militärischen Gesichtspunkten verwaltet wurde. Alle Behörden wurden in den oberen Rängen mit den verhassten Preußen besetzt, die auch nichts Besseres zu tun hatten, als den Elsässern preußische Tugenden beibringen zu wollen! Ganz schlimm wurde es dann im 1. Weltkrieg. Die Elsässer mussten auf deutscher Seite kämpfen, möglicherweise gegen Verwandte und Freunde auf der anderen Seite, wobei sie ja mit diesem Konflikt aus ihrer Sicht nichts zu tun hatten. Krieg im Namen eines Vaterlands oder im Namen eines Patriotismus, dem die Elsässer (und auch die Lothringer, für sie galt das gleiche) von jeher äußerst skeptisch gegenüberstanden. Nicht wenige desertierten oder begingen Selbstmord.

Nach dem 1. Weltkrieg kam das Elsass dann wieder zu Frankreich, vor allem die älteren Leute sprechen aber bis heute deutsch, beziehungsweise, besser gesagt, elsässisch.

An diesen Grenzregionen, wie es das Elsass eine war, konnte man gut die Notwendigkeit eines geeinten Europas ablesen, an dem aber neuerdings wieder so viele etwas auszusetzen hatten. Nicht zuletzt die Waffenproduzenten, aber auch ihre Vertreter in den zuständigen Ministerien, waren daran interessiert, dass man sich nicht zu sicher fühlte, in einem geeinten Europa! Gott sei Dank tat ja zurzeit wieder Russland so einiges dafür, als der FEIND angesehen werden zu können! Da konnte man sich als harmloser Waffenfabrikant nur wieder die Hände reiben!

Paul hatte die A5 auf der deutschen Seite genommen, an Freiburg vorbei bis Neuenburg am Rhein und war jetzt über dem Rhein in Frankreich. Er folgte der D39, einer Route départementale, einer Landstraße, bis zu einer Kreuzung, an der es rechts nach Fessenheim ging, dem Standort des baufälligsten französischen Atomkraftwerks, das immer noch in Betrieb war. Er musste aber nach links jetzt schon Richtung Ottmarsheim. Bald passierte er das Ortsschild. Kurz darauf kam ein kleiner Platz mit einer alten Glocke in der Mitte eines Rondells. Dort saß Hans, wie er es Paul beschrieben hatte, auf einer der Bänke, die sich im Halbkreis um die Glocke scharten, mit einer größeren Pappschachtel neben sich.

Paul grüßte vom Auto aus, schaute sich ein wenig in der kaum befahrenen Straße um und bog dann in eine kleine Gasse hinter dem Platz ein, drehte und stellte den Wagen dort auf die rechte Seite. Er stieg aus und ging zu Hansi, sagte „Hallo" und setzte sich auf die andere Seite der Schachtel. Darin befanden sich, wahrscheinlich aus dem nahen Supermarkt, die Reste seines Abendessens. Hansi brummte auch irgendetwas vor sich hin, es klang wie, „Hallo, da bist du ja endlich!"

Paul sagte, „Ja, da bin ich!" und griff nach der Rotweinflasche, die schon geöffnet auch noch auf der Pappschachtel stand und fragte: „Darf ich?" Hansi brummte wieder irgendwas und Paul nahm einen Schluck und kurz darauf noch einen, schmeckte gar nicht schlecht. Kurz hatte er überlegt, ob er das wollte, aus derselben Flasche trinken wie Hansi, war man sich inzwischen schon so vertraut? Aber ihm war keine Möglichkeit eingefallen, das zu umgehen, also dann eben aus derselben Flasche.

Anschließend wollte er sich aber doch etwas genauer nach dem Anlass zu diesem etwas plötzlichen Aufbruch erkundigen. „Also du hast dich verfolgt gefühlt und deshalb bist du weg aus Freudenstadt?"

„Ja. Eindeutig. Ich habe bei euch vor der Redaktion auf dich gewartet, bzw. wollte mich mal wieder sehen lassen, und da war ein Wagen, der war auf Beobachtung!"

„Ein Wagen, auf Beobachtung?"

„Ja, ich bin ja nicht blind, ich kenn mich da aus. Die saßen da drin, zu zweit, vor eurer Redaktion, das war eindeutig. Die haben dich observiert!"

„Observiert? Wer soll das gewesen sein?"

„Ja, auf jeden Fall nicht der Werksschutz, wenn das mal klar ist. Das waren andere Leute, Profis, keine Amateure."

„Aha und woran erkennt man das?

„Das sieht man halt, das kann ich dir nicht erklären, da musst du dich mal ein bisschen näher dorthin begeben, wo geschossen wird, dann weißt du das. Und außerdem, der Werksschutz, der hätte versucht das nicht so aussehen zu lassen, denen war das aber ganz egal."

„Nur weil da zwei Leute in einem Auto vor der Redaktion gesessen haben, sind das Überwachungsprofis oder so etwas."

„Ja!"

Paul wurde nun doch etwas komisch zumute ob dieser stoischen Gewissheit. Aber dann hätte es ihnen in der Redaktion doch auch auffallen müssen. Aber da hat niemand etwas von einem komischen Auto verlauten lassen!

„Tja, nun, hm. Kann ja sein. Aber jetzt, wo soll es hingehen, nach Puy? Weißt du, wie weit das ist, und hat diese

Schwester, die wir da besuchen sollen, wie du am Telefon gesagt hast, auch eine Adresse?" Paul erschrak selbst ein bisschen, als er so etwas wie Empörung durchhörte, dafür war es jetzt allerdings zu spät.

Hansi Pekoviak war darüber auch nicht weiter berührt, sondern antwortet ganz sachlich:

„Le Puy. Auvergne. Le Puy en Velay. Avenue Jean Moulin. Da lebt die Simone, Dirks Schwester. Ist Fremdenführerin oder so was."

Paul Backes war über diese Auskunft einigermaßen erstaunt, damit hatte er eigentlich nicht gerechnet, dass er sogar eine Adresse hatte. Entsprechend blieb er auch zunächst eine Antwort schuldig, fuhr aber nach einer kurzen Pause doch fort:

„Und was wollen wir von ihr oder was ist so wichtig, dass du glaubst, wir sollten uns das besorgen und auch noch extra dahinfahren und es nicht schicken lassen?"

Hansi schaute ihn schon beinahe konsterniert von der Seite an, so als wolle er erwidern, dass das jetzt aber etwas viele Fragen auf einmal waren, sagte aber nichts dergleichen, sondern fuhr fast belehrend fort:

„Jetzt machen wir zuerst mal noch eine kleine Pause und ich erklär dir das. Wenn es einen Sinn ergibt, fahren wir, wenn nicht, lauf ich eben weiter, das dauert zwar eine Weile, aber ich habe sowieso gerade nichts Besseres vor, und das Geld reicht auch noch ein bisschen, dann muss ich eben selber weitersehen."

Fast gar keine Erpressung, dachte Paul, sagte aber dann, indem er sich um einen etwas ausgeglicheneren Tonfall bemühte:

„Also gut, ich hol mir auch da drüben noch was zum Vespern und dann können wir reden."

Als er um die Ecke zum nahe gelegenen Spar Super-markt ging, bog dort gerade ein ziemlich aufgemotzter rie-siger Audi Geländewagen auf den Parkplatz und hielt in einer der Parkbuchten. Französisches Kennzeichen. Einer der beiden Insassen stieg aus, Paul hatte mit Absicht et-was langsam gemacht, um den Wagen beobachten zu können, und ging vor ihm her, ebenfalls ins Innere des La-dens. Kannte er diesen Wagen? Paul erstand ein Pärchen Elsässer Landjäger, ein Baguette, ein bisschen Ziegen-hartkäse und sogar etwas für den Nachtisch, eine Crème brûlée, mit Plastiklöffel! Die war ihm im Vorbeigehen ins Auge gesprungen. Und noch ein Sixpack Kronenburg Bier, man konnte ja nie wissen. Wasser hatte er dabei. Somit war er für alle Eventualitäten gewappnet.

Als er sich wieder zu Hansi auf die Bank setzte, sagte der:

„So, dann kann ich ja jetzt auch mal was essen, habe gedacht du kommst gar nicht mehr, aber alleine essen macht nur halb so viel Spaß."

Gerne nahm er auch, bevor sie sich später wieder dem Wein widmen könnten, ein Bier von Paul, sie aßen eher wortkarg ein bisschen vor sich hin, obwohl Paul eigentlich weder die Muße noch den Hunger dazu hatte, aber gut Ding musste offensichtlich Weile haben und dann begann Hansi, nachdem er fertig gekaut hatte, die Lage mal kurz zu skizzieren, wie er das nannte:

„Also, der Dirk hat oder hatte, muss man wohl jetzt sa-gen, oder? Also der hatte eine Schwester, die ist vor ein paar Jahren vor ihrem Alten nach Frankreich abgehauen. Dachte wohl, das sei besser so, warum, weiß ich auch nicht so genau. Die hatte schon immer ein Faible für Frankreich. Hat wohl auch in den Siebzigern schon eine Zeit dort gelebt, irgendwo auf dem Land, in so einer Ge-meinschaft. So hat sie das wenigstens bezeichnet, wenn

142

ich mich da richtig erinnere, ist wohl irgendwie ein bisschen das Gegenteil von ihrem Bruder." Paul war etwas erstaunt über die Detailkenntnis, möglicherweise lag da auch eine etwas nähere Bekanntschaft oder ein etwas größeres Interesse zur Grunde, zwischen Hansi und dieser Schwester, der älteren Schwester des ehemaligen Kollegen, Truppführers, Kumpels, Freundes oder was auch immer!

„Und der hat der Dirk wohl irgendwelche Unterlagen gegeben. Wenn mir was passiert, hat er mir vor einigen Monaten mal gesagt, als wir mal wieder so eine Art Veteranentreffen hatten, dann gehst du dahin, da sind Papiere, die kannst du vielleicht auch zu Geld machen. Das hätte was mit der M27 und unsauberen Geschäften zu tun. Mehr nicht. Zu Geld machen! Ich dachte gleich, bei dem piepts wohl, will der sich vielleicht mit der Chefetage von dieser Waffenfirma anlegen, der hat sie doch nicht alle. Aber er hat das so gesagt, also sind wir ihm das - glaub ich - schuldig, uns das mal anzusehen!"

Paul schaute ihn zuerst etwas unsicher an, ob noch etwas käme und meinte dann: „Ein bisschen genauer, um was für Papiere es sich dabei drehen könnte, geht es wohl nicht. Das ist alles, was du weißt?"

„Balkan, irgendwas mit dem Balkan!"

„Wie, mit dem Balkan, Georgien? Das ist ja eigentlich nicht Balkan! Aber die Waffen in Georgien, die sind ja wohl auf jeden Fall über nicht genehmigte Kanäle nach Georgien gelangt."

„Weiß nicht, ja vielleicht, er hat sich da nicht näher ausgedrückt."

„Vielleicht die Waffennummer? Wart mal, ich schau nochmal nach, ich hab da was in Erinnerung, da war was mit den Waffennummern."

Paul ging hinüber zum Auto und holte sein Tablet. Er hatte angefangen, wichtige Details auf seinem Tablet abzuspeichern, fast widerwillig musste er anerkennen, dass dessen Nützlichkeit nicht zu leugnen war. Was hatten sie früher eigentlich nur ohne sie gemacht?

Er blätterte durch seine Dateien, da war es:

Notizen, die er sich nach der Lektüre von Jürgen Grässlins Buch „Schwarzbuch Waffenhandel" gemacht hatte: Die Sturmgewehre, die im Bürgerkrieg in Georgien aufgetaucht waren, dürften ohne Zweifel aus illegalen Quellen stammen, auch bei der Beschaffung von Waffennummern sind H&K und NM grundsätzlich nicht behilflich, haben kein Interesse daran, die Kanäle aufzudecken, durch die die Waffen gewandert sind, USA!??" So hatte er es sich aufgeschrieben.

Er las das Hansi vor und bohrte nochmal nach:

„Hat das vielleicht damit zu tun? Mit diesen Nummern? Ist damit vielleicht was faul, vielleicht ließe sich damit nachweisen, dass da Ausfuhrlisten gefälscht wurden, das wäre doch was?"

„Ja, vielleicht, aber keine Ahnung, mehr hat er nicht gesagt."

Le Puy

Sie waren losgefahren und hatten es ca. um zehn Uhr abends bis an die Saône, etwas nördlich von Lyon, geschafft. Toissey hieß der kleine Ort. Paul hatte Lust, zu schauen, ob es diesen Campingplatz noch gab. Dort hatte er sicher vor fast zwanzig Jahren zusammen mit der Familie auf dem Weg nach Südfrankreich auf einem kleinen zugewachsen und angenehm unaufgeräumten Campingplatz übernachtet. Der Campingplatz verfügte über ein in den Fluss hineingebautes Schwimmbad, durch eine Betonmauer, die in den Fluss gebaut war, nebst drei Meter Sprungbrett. Es hatte einen kleinen Kanal gegeben, der neben dem Platz in die Saône floss und dort hatte er aus einem nicht mehr nachzuvollziehenden Grund längere Zeit einem Angler zugesehen. Vielleicht weil dieser Angler, mit seinem danebenstehenden R4 für ihn dieses französische Lebensgefühl widerspiegelte, das ihm damals als so erstrebenswert erschienen war. Und aus weiß Gott welchem Grund hatte er den Namen des Ortes behalten, vielleicht auch deshalb, weil er und Toni vor kurzem darüber gesprochen hatten und in Wahrheit war sie es gewesen, die den Namen noch kannte und er hatte ihn sich dann neu wieder eingeprägt. Auf jeden Fall waren sie oft nach Innerfrankreich gefahren, irgendwohin, an einen Fluss oder See oder sogar bis an den Atlantik. Die Deutschen leben, um zu arbeiten, und die Franzosen arbeiten, um zu leben. So platt dieser Spruch vielleicht war, er hatte damals einen Einfluss auf sie gehabt und zumindest spielerisch hatten sie das ein- oder andere Mal darüber gesprochen, sich irgendwo in der Auvergne oder sonst wo ein altes Bauernhaus zuzulegen und dorthin umzusiedeln. Aber erstens hatten sie damals das nötige Kleingeld nicht, zweitens hatte er zumindest vordergründig Angst, wegen seiner bescheidenen Französischkenntnisse, aber außerdem hatten sie sich gerade im Schwarzwald niedergelassen und konnten dort von Tonis Lehrerinnengehalt und seinen paar Journalistengroschen ganz gut leben. Das war wohl der wirkliche Grund. Aber speziell für Paul war es so gewesen, dass es auch Frankreich war, das diesen ganzen Nazi-, Kriegs- und Nachkriegsbalast nicht so mit sich herumtragen musste, wenigstens nicht in dieser lähmenden Art wie Deutschland. Dieser bornierten Schaffigkeit und politischen Kleinkrämerei und Ängstlichkeit, die er manchmal noch bis heute zu spüren meinte. Hauptsache gute Geschäfte und diese angebliche Vollbeschäftigung, deren vergleichsweise besseres Abschneiden gegenüber Frankreich doch nur aus Zahlentrickserei bestand.

Deshalb Frankreich, z.B. Toissey.

Den Campingplatz gab es noch und er machte in der Dämmerung einen größeren und aufgeräumteren Eindruck, als er es in Erinnerung hatte. Das Ufer des Kanals war in Form gebracht worden und machte nicht mehr den verwunschenen, verwilderten Eindruck wie damals. Auch in Frankreich hatten sich die Zeiten geändert. Der Platz hatte allerdings schon zu, er hätte ja sein kleines Zelt dabei gehabt, aber daneben war eine Gaststätte, „La Guinguette", „Gartenwirtschaft", die hatten günstige Zimmer und machten ihnen noch den Rest eines Choucroute Garnie warm, mit Würsten garniertes Sauerkraut, natürlich mit Riesling aufgekocht, das roch man, das war zwar elsässisch, aber vielleicht kamen die Wirtsleute ja von dort.

Sie saßen noch eine Weile mit dem Wirt zusammen, nachdem er sie gefragt hatte, ob sie Deutsche seien. Als sie das bejahten, die Frage war wohl auch eher rhetorisch gewesen, weil sie ja schon zuvor den Anmeldebogen ausgefüllt hatten, begann er sofort von seiner Armeezeit im

Schwarzwald zu schwärmen, in Oberkirch, bei der Direction du Matériel 2e Corps d'Armée als Fahrer. Die Armee sei Scheiße, „merde", aber Deutschland so schön, très magnifique. Seither fahre er auch immer einen deutschen Wagen, einen Volkswagen, jetzt sei es ein Tiguan, gesprochen Tigüen, der sei wunderbar, vor allem für die Fahrt in die Weinberge. Da hätten sie noch ein paar kleine, von der Familie seiner Frau, in der Nähe von Macon, dem Weinbaugebiet Pouilly-Fuissé. Das sagte zwar weder Paul noch Hansi etwas, aber nachdem sie sich in ihrem Radebrech - Französisch doch sehr interessiert gezeigt hatten, stand im Nu eine Flasche Beaujolais auf dem Tisch und es wurden noch einige Gläser mehr. Dabei ging es dann um so wichtige Dinge wie deutsche Autos, deutsche Frauen und deutschen Wein, komischerweise von der Mosel, der sei auch nicht schlecht.

Am nächsten Tag ging es hinauf ins Massif Central.

Das Frühstück hatte es schon um 8 Uhr gegeben und kurz drauf waren sie aufgebrochen. Paul nahm ab Lyon wieder eine Landstraße, weil er keine Lust hatte noch mehr Mautgebühren zu bezahlen. Und es waren ja auch nur noch knapp 200 Kilometer. Zunächst fuhren sie ein verwunschenes Flusstälchen entlang, dem Vallée du Gier, durch unzählig viele Hügel, etliche malerische Orte, einer eindrucksvoller als der andere. Oft schlängelte sich das Flüsschen aber auch tief unter der Straße. Und ab St. Etienne konnten sie auch die parallel verlaufende Autoroute verlassen und dem Oberlauf der Loire folgen. Eine richtige Urlaubslandschaft, zum Wandern und sich's gut gehen lassen. Das ging Paul gerade durch den Kopf, als sich bei ihm plötzlich eine nicht unwichtige Frage geradezu aufdrängte:

„Weiß die Schwester von deinem Ex-Kollegen eigentlich, dass wir kommen, ist sie überhaupt da?"

Er hätte noch anfügen können, wohnt sie noch dort, lebt sie überhaupt noch, unterließ es aber.

„Ja, nicht so direkt!"

„Was heißt nicht so direkt."

„Ich hab sie mal angerufen, sie hat aber aufgelegt."

„Super! War das überhaupt die richtige Nummer?"

„Simone Deichmann, den Namen wird's ja wohl nicht so oft in Le Puy geben."

Man könnte fast meinen, Hansi wäre das erste Mal fast ein wenig kleinlaut. Fast!

Le Puy, Le Puy-en-Velay mit vollem Namen, Durchgangsort der Pilgerstrecke, dem Jakobsweg, nach Santiago de Compostella, ein geradezu phantastisch unwirklicher Anblick mit seinen Basaltkuppen und den darauf thronenden Blickfängen: Der Kirche Saint-Michel d'Aiguilhe, heiliger Michael auf der Nadel, auf dem einen und auf einem anderen Kegel, eine Madonna, eine 16 Meter hohe Statue der Notre–Dame de la France, die um 1856 aus dem Metall von 213 während des Krimkrieges bei Sewastopol erbeuteten Kanonen gegossen wurde und heute rosa angemalt ist. Ansonsten viel grauer Stein und an Mietskasernen erinnernde Bauten, die sich den Hang zu den Kegeln hinaufzogen. Man wusste nicht, ob man den Blick auf das Stadtpanorama bewundern oder beängstigend finden sollte, vor so viel klerikaler Symbolik, spektakulär war er allemal. Sie umrundeten die Stadt halb, vielleicht könnten sie ja später nochmal eine kurze Besichtigungstour starten, um den Beistand der Schwarzen Madonna in der Kathedrale zu erbitten, das konnte sicher nicht schaden, da die Schwarzen Madonnen ja als besonders wundertätig galten.

Da sie sowieso unangekündigt kamen, blieb ihnen nichts anderes übrig, als einfach zu der Adresse zu fahren, die sie hatten, und ihr Glück zu versuchen. Wenn sie nicht da wäre, könnte man es ja immer noch später zunächst telefonisch versuchen.

Die Straße lag etwas außerhalb von Le Puy, auf einem Hügel. Man kam an einer Moschee vorbei und musste eine Sackgasse hineinfahren. In einiger Entfernung rauschte die Autoroute vorbei, war aber kaum zu hören. Entlang einer langen Fundsteinmauer kam man zu einem Haus, das sich mit einem etwas niederen scheunenartigen Anbau dicht an der Straße entlang ersteckte. Direkte Nachbarn gab es keine. Im Garten Obstbäume, zum Ende des Gartens eine etwas abbröckelnde, niedere Mauer. Ein verwunschener Eingang führte unter einem Rosentorbogen hindurch. Sie waren stehengeblieben, hatten ihren Wagen auf die rechte Seite, auf einem geschotterten Randstreifen, hinter einen betagten Renault Twingo, abgestellt, waren ausgestiegen und standen nun vor diesem Eingang.

Sie gingen unter dem Bogen hindurch und drei Stufen zu einem kleinen Vordach vor der Haustür. Sie klingelten. Niemand öffnete.

Für sich

Hansi drehte sich um, ging die Treppe wieder hinunter und links um das Haus herum. Er stapfte voraus, so, als ob er schon einmal da gewesen wäre. Vielleicht zehn Meter hinterm Haus unter einem Baum standen ein Tisch und drei Stühle. Der Garten war leicht nach vorne zur Stadt geneigt und man hatte einen guten Blick auf Kathedrale und Marienstatue, in mitten einer weiten Ebene. Und irgendwo da hinten in der Stadt floss die Borne, ein kleines Flüsschen, in die Loire. Auf einem der Stühle, von ihnen abgewandt, saß eine Frau, auf den ersten Blick in Pauls Alter, so Mitte bis Ende fünfzig, und hatte gerade, weil sie etwas gehört hatte, ein Buch auf den Tisch gelegt und sich zu ihnen herumgedreht.

„Hansi", sagte sie eigentlich wenig überrascht, „hab mir schon gedacht, dass du irgendwann hier auftauchst", und stand auf.

Er ging zu ihr und umarmte sie etwas tapsig und unbeholfen, so, als täte er das nicht so oft, jemanden umarmen.

„Hallo", sagte Paul und stellte sich einem Impuls folgend mit dem Vornamen vor.

„Simone", erwiderte sie auch ohne zu zögern auf eine warmherzige, bedächtige Art.

Sie musste einmal sehr schön gewesen sein, war es immer noch. Leicht gebogene mittelgroße Nase, ein voller Mund und große Augen. Den langen grauen Haaren sah man noch an, dass sie einmal blond waren. Sie hatte sie mit Hilfe einer hölzernen Haarspange hinter dem Kopf zu einem lockeren Knoten zusammengenommen. Ansonsten trug sie Jeans, Sandalen, ein dunkelrotes T-Shirt und darüber, obwohl es später Vormittag war und schon recht warm, eine dunkle Strickjacke. Ihrem Gesicht sah man an, dass sie schon viele auch unliebsame Erfahrungen gemacht hatte, sich aber eine gewisse Gelassenheit bewahrt hatte, sie grinste sogar ein wenig in Erwartung einer weiteren Erklärung, mit erhobenen Augenbrauen, sagte aber nichts, sondern wartete.

„Ja, äh, ich freu mich, dich zu sehen", fuhr daraufhin Hansi fort, ähnlich verlegen, wie die Umarmung ausgefallen war, „ist schon eine Weile her." Und nach einer kurzen Pause:

„Das mit Dirk weißt du sicher schon?"

„Ja", sagte sie einfach und „der Depp, aber er hat ja auch nie mehr Boden unter den Füßen bekommen!" So, als ob es sich um etwas handelte, das schon vor langer Zeit geschehen war und sie schon länger damit abgeschlossen hätte. Hansi erzählte Paul später auf der Rückfahrt, dass Dirk Bessler eine Jugendstrafe abgesessen hatte, wegen Autodiebstahl, 16 Jahre alt war er damals gewesen, Fahren ohne Fahrerlaubnis und schwerer Körperverletzung. Sie hatten zu viert, Dirk und ein Kumpel, sowie zwei Mädchen von Dirks Reitverein, nachts nach einer Party das Auto von Dirks Eltern genommen, er war gegen einen Baum gefahren und eines der beiden Mädchen, die hinten im Wagen gesessen hatten, war schwer verletzt worden. Das Urteil war vielen als zu hoch erschienen, und Dirk hatte einige Tests über sich ergehen lassen müssen, als er sich dann ausgerechnet für die Polizeilaufbahn beworben hatte, obwohl die Jugendstrafe natürlich gelöscht worden war. Das Abitur hatte er vorher mit Ach und Krach noch nachgemacht.

In diesem Zusammenhang hatte Hansi übrigens auch erzählt, dass seine eigene Laufbahn bei der Bundespolizei so ähnlich begonnen hatte. Zwischen 16 und 18 hatte er auch eine ziemlich üble Zeit gehabt, sie waren eine wilde Clique gewesen, und nach einigen Sauf- und sonstigen

Eskapaden hatte er einige Zeit nach der Mittleren Reife beschlossen, es vielleicht doch mal bei der Polizei zu versuchen, da wäre er dann wenigstens gut aufgehoben, bevor das Ganze noch ein übles Ende nahm, so hatte er sich ausgedrückt. Da er aus der Nähe von Bonn kam, Köln Gleuel, Bergmannssiedlung, anscheinend musste man wissen, was das bedeutete, lag es nahe, es bei der Bundespolizei zu versuchen. In Swisttal bei Bonn gab es eine Ausbildungsstätte. Und als aktiver Fußballer hätte er auch keine großen Probleme mit der Aufnahmeprüfung gehabt. So war das gekommen: Über sonstige Begleiterscheinungen familiärer Art, Partnerinnen und so weiter, wollte er lieber „den Mantel des Schweigens wallen lassen."

Über die spezielle Geschichte Dirk Besslers wusste Paul natürlich zum Zeitpunkt des Gesprächs noch nichts und er war schon ein wenig erstaunt, über Simones abgeklärte, distanzierte Reaktion auf den Tod ihres Bruders. Vielleicht hatte sie den Schmerz ja auch gut versteckt, es gab ja genügend esoterische Weisheiten, die solche Reaktionen begünstigten, „er hat nur die Gestalt gewechselt und ist noch bei uns" zum Beispiel, und wenn man sich hier umschaute, konnte man solche Assoziationen haben. Im Garten verstreut gab es ein Keltenkreuz, mehrere Metallskulpturen und eine Art kleiner Gebetsgrotte mit einer Marienfigur über einer kleinen Quelle, schon beinahe kitschig, aber so zugewachsen, dass es schon wieder schön aussah. Und der Bach schlängelte sich in seinem natürlich belassenen Bachbett durch die Wiese, von Büschen gesäumt. Auf jeden Fall hatte Paul das Gefühl, sie befänden sich, seit sie diesen Garten betreten hatte, in einer anderen Welt.

Sowieso hatte man ja oft den Eindruck, sich nach einer langen Autofahrt nach der Ankunft wie in einer anderen Wirklichkeit wiederzufinden. Man hat zunächst Mühe, zu begreifen, dass die Bewegung im Auto nun an ihr Ende gekommen ist und man wieder festen Boden unter den Füßen hat. Außerdem war die Fahrt mit Hansi ja auch nicht unbedingt sehr locker gewesen, die Gespräche mitunter etwas schleppend, mussten immer mal wieder in Gang gebracht werden oder sie schwiegen sowieso nur beide vor sich hin oder Hansi schlief auf seinem Beifahrersitz. Und jetzt diese Gartentür und dann der Garten und diese Aussicht. Wo waren sie denn da gelandet?

Noch während er die beiden beobachtete und sich versuchte, einen Reim vor allem aus ihrer Reaktion zu machen, verschwand aber auf einmal dieses abgeklärte Gesicht und sie sagte eher leise und mit verhaltener Stimme zu Hansi: „Dabei war er doch mein kleiner Bruder und ich hätte auf ihn aufpassen müssen! Aber er hat das ja auch nicht zugelassen." Das klang nicht nach Pathos oder in eine Rolle geschlüpft, sondern eher nach einem Rückblick in längst vergangene Zeiten, als sie noch Kinder waren und die Welt überschaubar. Nach einer kurzen Pause fuhr sie fort: „Auch die Sache, wegen der er damals hier war und mir diese Papiere dagelassen hat, auch wieder so ein Irrsinn."

Hansi sagte nun auch mal wieder etwas: „Ja, deswegen sind wir ja hier, er hat uns gewissermaßen geschickt. Das ist übrigens Paul Backes, ein Journalist aus der Nähe von Oberndorf am Neckar, der versucht da Licht in die Sache zu bringen."

Erst jetzt schien sie Paul richtig wahrzunehmen, schaute ihn kurz an und gab ihm die Hand und fuhr dann eher wieder an Hansi gerichtet fort:

„Oberndorf, ist das nicht in der Nähe von Wolfach im Schwarzwald, wo Thomas jetzt wohnt?"

„Thomas, welcher Thomas?"

„Thomas, mein Ex-Mann."

„Ach, der Dotter, ja richtig, den gibt's ja auch noch!"

„Ja, was heißt hier, den gibt's ja auch noch, der hat Dirk ja die ganze Geschichte eingebrockt. Denke ich wenigstens. Die haben ja damals eine Zeit dauernd zusammengehockt. Das war vielleicht ein Paar! Thomas hat doch dauernd Informationen gesammelt, über diese Waffenfabrik. Und Ähnliches. Wahrscheinlich hat das was damit zu tun, ich habe keine Ahnung. Kann mir keinen Reim daraus machen."

Pause.

„Wartet, ich gehe es mal holen. Das heißt, wir quatschen die ganze Zeit irgendein nebulöses Zeug, ihr wollt vielleicht auch etwas trinken, wie seid ihr eigentlich hierhergekommen, habt ihr Hunger, wollt ihr hier übernachten?"

Sie war aufgewacht, hatte diesen Kokon aus Distanziertheit abgestreift. Möglicherweise führte sie ja ein ziemlich ruhiges beschauliches Leben, als Fremdenführerin in Le Puy, mit ihrem Haus, dem Garten und mit dieser meditativ mystischen Aussicht von ihrem Sitzplatz aus, so als ob sie immer hier säße und über das Land schaute. Aber Paul musste auch aufpassen, dass er sich nicht in nebulösen Vorstellungen verlor, angesichts dieser Frau und dieser Landschaft, das, was sie angedeutet hatte, war ja eigentlich schon mehr, als er erhoffen konnte. Es gab tatsächlich irgendwelche Papiere mit irgendwelchen Informationen und sie wollte sie auch noch loswerden und anscheinend am liebsten gleich. Und es gab einen Kontaktmann, diesen Thomas, wahrscheinlich Deichmann, wie sie, und Dotter mit Spitznamen, komisch! Der hatte diese Informationen vielleicht aus weiß Gott welchen Gründen besorgt. Auf jeden Fall hat er sie besorgen können. Oder er war nur der Ideengeber gewesen, das wäre ja auch möglich. Dass Dirk Bessler sie selbst besorgt hatte.

Simone war durch eine rückwärtige Tür ins Haus gegangen und die beiden waren alleine draußen geblieben und hatten sich mit Schulterzucken und dem gegenseitigen stillschweigendem Einverständnis, na mal sehen, was der Tag noch bringen würde, nur nichts überstürzen, hingesetzt und warteten.

„Dieser Dotter, wer ist das oder warum sammelt der Informationen."

„Das ist so ein Spinner, so ein Parka –Typ, der ist in den Siebzigern, Achtzigern stehen geblieben. Wie gesagt, der Ex – Mann von Simone. Keine Ahnung, was die an dem fand. Die hatte schon immer so eine Schwäche für solche Gestalten, Verlierer, Weltverbesserer, die meinen, wenn die Revolution kommt, wird alles besser. Das heißt, das war bei dem auch nicht so, der hat einfach sein Ding gemacht, so vor sich hin. Bisschen viel vor sich hin, deshalb ist das glaub ich auch auseinander gegangen, der hat sich eigentlich für nichts anderes interessiert als für seine Materialsammlung. Hat herumtelefoniert, im Internet recherchiert, mit irgendwelchen anderen Spinnern Infos ausgetauscht, aber immer ganz geheimmiskrämerisch, ganze Ordner voll, hat nichts rausgelassen. Aber anscheinend doch, mal sehen, was das für Zeug ist. Beziehungsweise von wem das eigentlich stammt."

Simone kam mit einem Tablett in den Händen und einem dünnen Aktenordner unter den linken Arm geklemmt wieder heraus und stellte das Tablett auf den Tisch und legte den Ordner daneben.

Als sie anfing Tassen und Teller zu verteilen, sie hatte auch noch einen kleinen französischen Napfkuchen dabei, wollte Paul ganz übereifrig nach dem Aktenhefter greifen, „darf ich?", sie legte aber ihre Hand darauf und sagte:

„Warte einen Moment!"

Dann goss sie Kaffee ein und schnitt mehrere Stücke vom Kuchen ab.

„Ich möchte, dass ihr etwas wisst. Ich habe mir das schon einmal angesehen. Aber ich kann nichts damit anfangen. Da steht was von Ukraine drin und ansonsten nur Nummern und Abkürzungen. Aber weil Dirk etwas von Thomas erwähnt hat, dass der ihn auf die Idee gebracht hätte, und dass das gefährliches Zeug sei und er deshalb dafür ein Versteck gesucht hätte, habe ich dann doch mal bei Thomas angerufen und gefragt, ob bei ihm alles in Ordnung sei. Er hat getan, wie immer. Alles in Ordnung, alles ruhig hier, sein Minigolfplatz läuft auch so, ich bräuchte mir keine Sorgen wegen Dirk machen, das hätte nichts mit ihm zu tun. Ich glaube ihm das aber nicht. Entweder er macht sich was vor oder es ist ihm egal. Ich weiß nicht, was schlimmer ist. Nach dem Inhalt der Papiere habe ich ihn nicht gefragt, ich wollte das nicht wissen. Eigentlich ist es ja nur ein Blatt. Und ich weiß auch nicht genau, ob er überhaupt darin verwickelt war, bekommen hab ich die ja von Dirk, er hat das mit Thomas nur erwähnt. Vielleicht war der auch gar nicht direkt daran beteiligt. Ich weiß es nicht. Aber ich möchte, dass ihr mal zu ihm fahrt und euch mal umseht. Ich weiß selbst nicht, was dabei herauskommen soll, aber vielleicht könnt ihr ja doch etwas erfahren, was dabei hilft, die zu überführen, die das getan oder veranlasst haben. Das ist nur so ein Gefühl, nichts Konkretes, dass das etwas mit beiden zu tun hat. Jetzt könnt ihr das mal anschauen, vielleicht sagt es ja euch etwas."

Sie hatte ihre Hand weggezogen und setzte sich.

War das jetzt ein Auftrag? Paul hatte sich ja auch schon des Öftern gefragt, was das eigentlich solle, seine Nachforschungen über den Tod eines Mannes, den er nicht kannte, der ihm ja auch egal sein könnte, der ja sein Leben sicherlich mehr als einmal riskiert und die Gefahr und auch ein mögliches schlimmes Ende miteinkalkuliert hatte. War das zunächst die Neugier gewesen, über diese etwas seltsamen Gestalten, über die er da gestolpert war, nicht gerade die Art Leute, mit denen er es normalerweise zu tun hatte, die zu seinem Freundeskreis gehörten. Und hatte sich dann erst, als er begonnen hatte, sich mit der Materie zu beschäftigen, eine echte Empörung eingestellt, über die Praxis dieser Waffenverkäufe. Dass diese Leute nach außen so tun konnten, als seine sie normale, unbescholtene Geschäftsleute, die irgendein Produkt verkauften, in Wirklichkeit aber Händler des Todes waren. Ihm lagen ja normalerweise solch pathetischen Vergleiche nicht, aber das war ja genau ihre Profession, man konnte es nur schwer nachweisen, aber sie verkauften Waffen, an wen und wohin es immer möglich war, gleich welche Konfliktherde damit immer aufs neue angefacht und am Leben gehalten wurden. Mit der scheinheiligen Billigung einer politischen Riege, die an der Spitze dieses, seines Staates standen. Vielleicht, vielleicht war das der Grund dafür, hierher, an diesen Ort gefahren zu sein.

Nummern

Hansi war schneller als er gewesen, hatte den Ordner an sich genommen, ihn aufgeschlagen und ein einzelnes Blatt herausgenommen. Er schaute es kurz an, und legte es dann in Pauls Richtung auf den Tisch. Reaktion? Keine!

Paul wand sich zunächst noch mal an Simone, die links von ihm saß und sie beide eher etwas skeptisch anschaute.

„Hm", sagte er vernehmlich, „wir werden sicherlich mal mit Thomas reden. Ich kenn ihn ja nicht, und wenn ich eure Reaktion richtig deute, hat man den Eindruck, als ob er vielleicht nicht so mitteilsam wäre. Aber wir werden es auf jeden Fall mal versuchen und vor allem versuchen abzuschätzen, ob es da auch eine Gefährdung gibt, oder nicht."

Paul war sich zwar nicht darüber im Klaren, wie das gehen sollte, aber er hatte das Gefühl, es Simone zumindest schuldig zu sein! Zumindest die Absicht erkennen zu lassen. Vielleicht war das nicht unbedingt fair, er wusste aber auch nicht, was er sonst sagen sollte, als Reaktion auf ihre Bitte.

Dann hob er das Blatt auf und schaute es sich an.

Oben drüber stand:

„Ukraine"

Das dürfte sich wohl auf den aktuellen Konflikt zwischen den Separatisten und der ukrainischen Regierung und deren Armee beziehen.

Darunter stand aber:

„BW > A."

Und dann eine lange Reihe Zahlen. Wahrscheinlich Waffennummern, soweit konnte er sich das auch zusammenreimen. Aber die anderen Buchstaben, keine Ahnung.

„Weißt du was das bedeutete?"

„Das sind Gewehrnummern, das ist mal klar, aber der Rest sagt mir auch nichts."

Schweigen. Ob das stimmte? Paul war sich da auf einmal nicht mehr so ganz sicher. Im Grunde war er sich auch über die Motivation Hansis nicht so ganz klar. Was sollte das heißen: „Etwas in die Hände zu bekommen", wie er es in seinem Schreiben an ihn in Freudenstadt bezeichnet hatte. Als Reaktion auf das Gefühl der Bedrohung, als Schutz vor der Bedrohung. Als Schutz vor wem? Oder war er eher einem Mittäter aufgesessen, der ihn für seine Zwecke einspannte, selbst an diese Papiere kommen wollte? Diese Idee war ihm schon vor einiger Zeit gekommen. Beinahe von Anfang an, seit dem Telefonanruf, saß sie in seinem Hinterkopf und der Zweifel blieb auch jetzt, als er das Blatt nochmals anschaute.

Am Nachmittag ging dann Paul in das Städtchen und ließ Simone und Hansi alleine. Er hatte keine Ahnung welcher Art die Beziehung der beiden war oder ob sie überhaupt eine hatten, ob es mehr war, als dass man sich einige Male auf irgendwelchen Festen, Geburtstagsfeiern oder ähnlichem, getroffen hatte. Er hatte gesagt: „Ich glaube, ich verkrümele mich mal für eine Weile", und war hinunter gefahren. Vielleicht war das gar nicht verkehrt, sie ein wenig sich selbst zu überlassen und ihm kam es auch zupass, etwas Abstand zu bekommen.

Er fuhr runter zur Borne, dem Flüsschen, an dem Le Puy lag. Simone hatte ihm gesagt, wo man Parkplätze finden könnte, dort in der Nähe eines kleinen Parks klappte es auch tatsächlich. Er ließ den Wagen stehen und ging weiter zu Fuß ins Zentrum.

Er bestaunte die Klöppelware in den Schaufenstern, eine Spezialität der Region, und lief dann weiter zur Kathedrale. Man musste lange steile Treppen erklimmen, um auf den Kirchberg zu gelangen und war schon fast erschöpft, wenn man oben angelangt war. Dann, wenn man durch das mit ornamenthaften Mosaiken verzierte Portal geschritten war, ging es im Inneren weitere Treppen hinauf, wie zu einem höheren Stockwerk oder einer Empore, eine Konstruktion, die er so noch nie irgendwo gesehen hatte. Alles war auf die Altarskulptur, eine schwarze Madonna, ausgerichtet.

Die Kirche aus dem 13. Jahrhundert war wohl im 19. Jahrhundert sehr unsachgemäß restauriert worden. Aber die eigentümliche Wirkung dieser dunkeln Madonna, die hinter dem Altarraum thronte und von oben auf die Gläubigen und die Touristen herabblickte, blieb trotzdem erhalten. Der goldene Mantel schwebte wie ein Zelt um sie herum, auf Bauchhöhe schaute Jesus mit Krone heraus, wie bei einem Kängurujungen. Maria selbst trug auch eine mächtige Krone auf dem Kopf und ihr fast schwarzes Gesicht selbst strahlte in einem dunklen Lächeln vor sich hin und behielt sein Geheimnis für sich.

Er setzte sich etwas entfernt auf eine Bank und ließ einige Zeit verstreichen. Seine Gedanken kreisten nochmal um diese Personen und ihre nicht ganz durchsichtigen Beziehungen, ihre Absichten und seine Rolle dabei, konnte sich aber auch kein besseres Bild machen. Alles war eher nebulös, verschleiert. Und er hatte schon etwas Sorge, dass er unbeschadet aus dieser Geschichte wieder herauskam. Der Audi fiel ihm wieder ein, er schob den Gedanken aber wieder beiseite. Überhaupt, was sollte schon viel geschehen, sie waren hier weitab vom Schuss in

Frankreich, sie würden jetzt einfach wieder zurückfahren und diesem Dotter, Thomas Deichmann, einen Besuch abstatten, vielleicht würden sie ja dort etwas mehr über diese Liste erfahren, inwieweit die Firma in Oberndorf dadurch erpressbar war. Um irgend so etwas musste es sich ja wohl handeln. Aber Dirks Tod, diese Hinrichtung, passte trotzdem nicht recht dazu, einfach zu heftig.

Er döste oder meditierte, je nach Sichtweise, noch ein wenig vor sich hin und verlies dann wieder Kathedrale samt Jungfrau Maria und begab sich in eine kleine Kneipe, die noch einen winzigen Tisch in der Nähe der Toilettentür frei hatte, und bestellte dort zunächst ein Bier und etwas später noch einen Espresso. Dann fuhr er wieder zurück, mal nachsehen, ob sich bei Simone und Hansi irgendetwas bewegt hatte.

Hatte sich nicht. Zumindest sah es nicht so aus. Sie saßen im Garten. Simone saß am Tisch und las in ihrem französischen Roman. Dem Coverfoto zu Folge war es eher kein belletristisches Werk, den Titel konnte er nicht übersetzen. Und Hansi saß unter einem Baum und hatte eine Flasche Bier in der Hand.

Objektive Tatsachen

Sie hatten bei Simone übernachtet. Das Innere des Hauses war eher spartanisch eingerichtet, einige schöne, alte Schränke, auch in der Küche, keine Einbauküchenmöbel, und ansonsten weiß gekalkte Wände, einfache Möbel, wenig Bilderschmuck, aber einige Blumen in den Fenstern und viele Bücher und Zeitungen auf den Tischen, in den Schränken, auf den Fensterbrettern. Anscheinend war sie doch nicht so weltabgewandt, wie diese Einsiedelei vermuten ließ. Sie hatten allerdings nichts über ein männliches Wesen erfahren können, vielleiht wollte sie das auch nicht.

Simone hatte ihnen gesagt, dass sie um zehn Uhr eine Führung hätte, dann müssten sie verschwunden sein.

Das waren sie dann auch. Kurz vor zehn verließen sie das Haus durch den Hintereingang. Noch einmal kurz durch diesen Garten, den Blick über die Aussicht streifen lassen, dann stiegen sie in Ihren Wagen, drehten und fuhren davon. Sie sahen noch, wie Simone ebenfalls in ihren alten Renault Twingo stieg und ihnen folgte. Kurz vor dem Zentrum bog sie nach links ab und war verschwunden.

Paul fuhr zunächst weiter Richtung Innenstadt und dann zur N88 und dann verließen sie die Stadt auf dem gleichen Weg, wie sie gekommen waren. Sie schwiegen die meiste Zeit vor sich hin, redeten nur das Nötigste. Circa eine halbe Stunde nachdem sie gestartet waren, sie waren eher alleine auf der Straße, kam von hinten ein großer Renault mit französischem Kennzeichen angeschossen. Er überholte, blieb aber auf der Höhe des Fahrers neben ihnen. Paul erschrak und schaute nach links zu dem neben ihnen fahrenden Wagen. Ein junger Mann, kurzgeschoren, schaute ihn mit stoischer Miene an und hielt von innen etwas hoch. Paul am Steuer war so geschockt, dass es eine Zeit dauerte, bis er realisierte, um was es sich da handelte, was ihm da vor die Nase gehalten wurde: Eine Maschinenpistole, offensichtlich und wahrscheinlich eine echte.

Der Typ im Auto signalisierte ihnen, dass sie bei der nächsten Möglichkeit doch rechts rausfahren sollten. Er setzte sich vor sie und fuhr eine Ausfahrt hinaus, dann am Ende links ab und über eine Brücke. Danach rechts in ein Landwirtschaftssträßchen. Paul hatte nicht den Eindruck, dass er einen Fluchtversuch wagen sollte und unterließ es dementsprechend. Andererseits, wenn sie es auf sie abgesehen gehabt hätten, wären sie jetzt wohl sowieso nicht mehr am Leben. Hans Pekoviak sagte eigentlich auch nicht viel.

Der Renault hielt vor ihnen, zwei Typen stiegen aus, ähnlichen Kalibers, bodygebildet, kurze Haare, und nicht sehr freundlich. Der eine, der schon vorher mit der Waffe gewedelt hatte, tat das wieder und gab ihnen zu verstehen, dass sie aussteigen sollten.

Als sie das getan hatten und Hansi um den Subaru herumgekommen war, trat der Mann mit der Waffe schnell auf ihn zu und hieb ihm den Ellenbogen in den Magen. Hansi wurde kreidebleich und klappte zusammen.

Der andere trat vor Paul und sagte nur: „Les Papiers, vite!"

Das konnte Paul verstehen.

Er öffnete die Tür, nahm die Aktenmappe heraus und händigte sie den beiden aus.

„Du wissen, was das bedeutet", radebrechte der eine der beiden. Das wusste er!

Der Waffenmensch hatte wohl den Eindruck, man müsse das Gesagte noch unterstreichen und stach mit einem

Kampfmesser in den vorderen rechten Reifen des Subarus, als ob das irgendwelche Bedeutung gehabt hätte, dann saßen sie wieder in ihren Wagen und waren auch schon gleich darauf verschwunden. Vorbei war der Spuk, und Paul stand immer noch neben seinem Wagen und fragte sich, ob das tatsächlich passiert war oder nicht. Aber Hansi wimmerte vor sich hin.

Paul wollte ihm hochhelfen, aber der konnte sich schon wieder aufrichten und schnaufte nur noch ein wenig, halb gebückt, die Hände in die Seite gestemmt.

Paul machte sich daran den Reifen zu wechseln, während Hansi anfing unter dem Subaru herum zu fingern. Paul wusste eigentlich nicht, was er da tat, wollte es auch gar nicht wissen. Dann zog Hansi plötzlich unter dem hinteren rechten Radkasten ruckartig etwas heraus und hielt es Paul hin. Eine kleine rechteckige schwarze Box mit einem Kabel daran. „Da, schau her, das ist das Ding, musste ja irgendwo sein."

Sogar Paul erkannte, mit was sie es da zu tun hatten, das war ein GPS Peilsender. Ortung auch über große Entfernungen! Insofern klärte das vielleicht auch, wieso kein Audi, sondern ein Renault: Diese Leute hatten mehrere Teams, egal um wen es sich da handelte.

„Naja, dann ist ja wenigstens das klar", sagte er dann, sonst aber nichts. Ihm war nicht danach.

„Ja, und wenigstens haben sie uns nicht umgelegt, vielleicht war das ja nur ein Ausrutscher in Heidelberg, auf jeden Fall, jetzt waren sie doch richtig nett oder?", kommentierte Hansi die Situation. Dann ließ er das Ding fallen, wie eine heiße Kartoffel, und zertrat es mit dem Absatz.

Kurz bevor er mit dem Radwechsel fertig war, fiel Paul allerdings siedend heiß noch etwas ein. Er pulte sein Handy aus der Tasche und rief Simone an, die hatte ihnen ihre Handynummer gegeben.

Sie ging dran, im Hintergrund hörte man leichtes Gemurmel,

„Un moment, s'il vous plaît!" Dann sagte sie vom Handy weg nochmal etwas auf Französisch. Dann konnte sie sprechen.

Bei ihr sei alles in Ordnung, sie habe nichts beobachtet, antwortete sie dann auf die Frage, wie es ihr ginge. Und ja, sie würde sich ein wenig umsehen, ob ihr etwas auffalle und wenn sie das Gefühl hätte verfolgt zu werden, ginge sie zur Polizei. Sie würde gestalkt, würde sie sagen. So einfach klang das bei ihr, nachdem ihr Paul das mit dem Überfall erzählt hatte. Es klang fast wie, geschieht euch Recht, was müsst ihr euch auch mit solchen Sachen abgeben. Er sagte ihr noch, dass er in den nächsten Tagen nochmal anrufen würde, um sie zu fragen, wie es ihr ginge, dann trennten sie das Gespräch.

Hansi hatte daneben gestanden, eher unbeteiligt, und zugehört. Dann sagte er:

„Die haben ja was sie wollten, also wird sie wohl nicht in Gefahr sein. Aber wir haben es auch, ich habe es bei Simone kopiert und die Kopie unter das Reserverad gelegt." Davon hatte Paul nichts mitbekommen.

Kurz ging ihm allerdings durch den Kopf, wenn sie nun noch so ein Ding angebracht und alles mitgehört hatten? Vielleicht ginge das ja auch irgendwie, so genau kannte er sich da nicht aus! Aber man sollte vielleicht nicht misstrauischer sein als angebracht, es wird schon gut sein.

Dann fuhren sie weiter Richtung St. Etienne, Rhône, Mâcon, Besançon und Deutschland, diesmal ohne Übernachtung. Irgendwann am Tag meinte Hansi auf die Frage, was er nun vorhabe, er könnte ja jetzt doch wieder in seine Datsche auf der Bärenwiese einziehen, die wär ja nicht so schlecht. Und wer immer das gewesen war, beziehungsweise diesen Überfall in Auftrag gegeben hatte, da bestünde ja jetzt wohl nicht mehr so eine akute Gefahr. Aber immerhin hätte er ja mit seiner Vermutung, seinen Gefühlen, Recht behalten. Und sie diskutierten noch ein wenig darüber, wer es tatsächlich auf sie abgesehen hatte oder auf diese Unterlagen. Der Werkschutz von NM auf jeden Fall nicht. Französisch sprechend und irgendwo in Frankreich.

Schon im Dunkeln kamen sie dann in Freudenstadt an, Paul hatte die Autobahn genommen, die Paar Euro waren ihm dann doch egal, das heißt, es addierte sich dann schon zu einer ganz netten Summe, bei sieben Eurocent pro Kilometer waren das bei etwas über 400 Kilometer ungefähr 30 Euro, aber man kam einfach doch schneller vorwärts. Dann fuhr er nach Wälde, in ihr kleines Schwarzwaldtälchen, und berichtete Toni von den Ergebnissen.

Verwüstete Dörfer

Natürlich nicht vergleichbar mit den Zerstörungen des zweiten Weltkriegs, aber der Krieg war in die Ukraine zurückgekehrt. Und wieder waren es Nationalisten auf allen Seiten, aufgeputscht von ganz andern Mächten, denen es um andere Dinge ging als um so etwas wie nationale Zugehörigkeit, Blutsbande und kulturelles Erbe. Es ging ums Geschäft, ums Ölgeschäft, ums Gas, um Verkehrswege, Einfluss auf Verbindungen über Land und auf dem Wasser und auch um verletzte Eitelkeiten, alte Rechnungen, verschobene Machtgefüge und natürlich um die Spielchen der Waffen- und Öllobbyisten und ihre Fürsprecher bei den Großbanken, in allen Parlamenten und Regierungen, die ihrerseits kein Interesse an friedlichen Lösungen hatten, sondern immer nur daran waren, die Konflikte am Köcheln zu halten, die Absatzmärkte für ihre Produkte zu erhalten. Ehemalige Richter, die kein Problem damit hatten, sich nach ihrer beruflichen Laufbahn von den Firmen kaufen zu lassen, gegen die sie einmal verhandelt hatten oder Parlamentarier, die sich nicht zu schade dafür waren, üppige Wahlkampfunterstützung von der heimischen Waffenindustrie zu erhalten.

Von all dem wusste Piet, Hansis Kollege vom Campingplatz in Heidelberg, nichts, als er in irgendeinem Dorf an der Grenze des Gebiets zwischen der Ukraine und dem Gebiet der Separatisten, westlich von Donezk, aus dem Auto kletterte und hinter einem seiner Kollegen her stolperte, der zu einem am Rand des Dorfes gelegenen Kontrollposten lief, um die Wachen dort abzulösen. Eine knappe Woche war er jetzt schon hier.

Eher wegen seiner Beschäftigungsnachweise, weniger wegen seines gesunden und robusten Aussehens, davon

167

konnte nämlich nicht die Rede sein, hatte Piet es geschafft, ins Einsatzgebiet U zu gelangen, wie es als Geschäftskürzel hieß. Über einen Kontaktmann in der Schweiz, einen ehemaligen Blackwater-Söldner, und dessen Verbindungen kam er doch noch zu einer Verpflichtung. Die waren zwar allesamt rechtsradikal und damit hatte er nichts am Hut, aber Hauptsache mal wieder nach vorne. Aber jetzt hatte er eigentlich schon genug, so hatte er es sich nicht vorgestellt. Die machten ja auch vor Zivilisten nicht halt, ganze Landstriche waren zerstört und verwüstet. Zum Teil, manche Dörfer waren auch nahezu unberührt.

Auf den Dörfern kamen die Leute eher noch besser zurecht. Mancherorts lebten sie vor dem Krieg auch nicht viel anders, man produzierte im Garten und auf kleinen Feldern von der Hand in den Mund oder für das wenige Viehzeug, das man hatte, Hühner, Hasen, Ziegen und manchmal eine Kuh.

Und dann hatte er wieder Kinder gesehen, die aus Kellern krochen, die mehr an Erdlöcher erinnerten, um draußen zu spielen. Meist mit irgendwelchen zu Waffenattrappen umfunktionierten Holzstücken, Möbelresten und ähnlichem waren sie zwischen den Ruinen herumgesprungen und hatten Krieg gespielt.

Und oft harrten nur noch ein paar Alte aus, die lieber hier starben, als nochmal umzuziehen. Strom und Heizung waren defekt, oft gab es nur noch einen Brunnen im Garten.

Eine Alte stand am Zaun und schimpfte. Er schnappte ein paar Brocken auf und wusste, dass das „Schießen" und „krank" hieß, so viel hatte er schon mitbekommen.

Sie ließen sie stehen und liefen weiter.

Und heute gab es hier eine Beerdigung. „Seine" Leute hatten mit Mörsern geschossen und eine Stromleitung durchtrennt, die hatte zwei Kinder getroffen. Und dabei hatte er gedacht, hier sei es nicht mehr so gefährlich, inzwischen hatte er nämlich beschlossen, dass er vielleicht doch lieber überleben wollte.

Vorne angekommen wurde ihnen zu verstehen gegeben, dass nichts los gewesen war. Die fröhlichen Mienen ließen allerdings darauf schließen, dass sie einige „Wegezölle" erhoben hatten, offensichtlich hatte es sich gelohnt.

Einige Zeit später kam ein etwas besserer Wagen mit drei Leuten angefahren, ein Mercedes T-Modell, Allrad vom Feinsten, wie die Werbung hieß, oder so ähnlich. Sicher ein ziviles Militärfahrzeug. Bald merkte Piet, dass zumindest einer der Drei ein deutscher Journalist war, die kamen wohl überall hin. Aber Piet hielt lieber seinen Mund und ließ die andern reden. Nach einigen Verhandlungen und der geschäftlichen Einigung konnten die drei weiterfahren.

Piet schaute ihnen hinterher. Das war doch die falsche Richtung, nach Westen ging es doch in die Heimat.

Am Abend ging es fünf Kilometer zurück zu dem Dorf, in dem sie sich in einigen Häusern einquartiert hatten. Das war eines der Dörfer, die wenig abbekommen hatten, bis jetzt! Wie das hier so oft war, Zerstörung und „normaler" Alltag dicht neben einander. Da wurde sogar noch die Straße gefegt. Wie sie allerdings an die Häuser, in denen sie untergebracht waren, gekommen waren, konnte man sich nur zusammenreimen. Wo waren die ehemaligen Bewohner? Er hatte da so einige Horrorstories gehört, wollte darüber aber nicht so gerne nachdenken.

Im Obergeschoss war die sogenannte Kommandantur. Er überlegte sich gerade, wo er etwas zum Trinken herbekommen könnte, da stand dieser Kroate in der Tür, einer vom Slawischen Regiment, und meinte in gebrochenen Deutsch:

„Komme mit! Job für morgen!" und verschwand nach oben.

Piet folgte ihm in den oberen Stock. Zuerst kamen sie in eine Art Wartezimmer, ganz so, als wäre das hier eine Zahnarztpraxis. Dort lungerten drei Gestalten in Kampfmontur auf den Stühlen herum. Die drei hatte er hier noch nie gesehen. Was ihn ein bisschen stutzig machte, waren die sauberen Uniformen, in einem Fall schien sie sogar noch unbenutzt zu sein, und die Wolfsangel Runen, die die drei auf den Ärmeln trugen und auf dem Barett. Manche Mitglieder des Regiments trugen auch solche Runen und andere Neo-Nazi Symbole. Bei den dreien sah das aber alles neu aufgenäht und irgendwie kostümiert aus. Auch fiel ihm auf, dass zumindest einer wohl schon über 50 sein musste.

Das Nachbarzimmer war auch offen und der Kroate rief von drinnen. „Reinkomme!"

Piet ging hinein und traf dort auf Marco, den Kroaten und den Kommandanten, diesen Scherpara, wie der wohl hieß, das hatte er schon mitbekommen. Der thronte hinter einem protzigen Schreibtisch und grinste ihn an, wie wenn er einen Gewinn gezogen hätte.

„Du können englisch?"

„Ja, klar, haben wir gebraucht bei unseren Einsätzen."

„Gutt. Du morgen passe auf, dass dene nix passiert und habe ein paar schöne Abschüsse. Marco gehe mit und zeige dir Artillerieabteilung. Bringe guttes Geld."

Urlaub

Koppel war jetzt schon an Grenoble vorbei und der dunkelrote Jaguar schnurrte vor sich hin. Er liebte diese Fahrt durch die Französischen Alpen, ab und zu gönnte er sich das, fuhr mit dem Auto und flog nicht nach Marseille, wenn er ans Mittelmeer wollte, nach Hyères, zu seiner Yacht. Da nahm er dann sogar den Umweg durch die Alpen in Kauf. Er war guter Laune. Er hatte einige Angelfreunde eingeladen und er freute sich schon darauf, ihnen seinen neuesten Geheimtipp einzuschenken, einen guten Côte du Rhône, und seine Yacht vorzuführen. Die Yacht mit seinen beiden neuen Caterpilar V8 Dieselmotoren mit 500 PS. Der Umbau hatte ihn zwar eine Stange Geld gekostet, aber es hatte sich gelohnt. Doch, das Boot war jetzt ein Schmuckstück. Eigentlich hätte er damit an einer der Yachtregatten teilnehmen können, aber dafür fehlte ihm in den letzten Jahren doch die Zeit. Das Geschäft forderte seinen Tribut. Gott-sei-Dank hatte sich in den letzten Monaten doch einiges zum Guten gewandt, sonst hätte er sich vielleicht doch noch von seinem Schmuckstück trennen müssen, seiner Isabella, natürlich nach seiner Frau benannt. Aber wenn er ehrlich war, wusste er nicht, von wem er sich schneller verabschieden würde, wenn es hart auf hart käme. Immerhin wusste er ganz genau, dass Planatviks Schwester ein Auge auf ihn geworfen hatte, nachdem deren Mann durch nicht näher geklärte Umstände in dem Libyen-Desaster verschwunden war. Solche Beziehungen durch familiäre Banden zu vertiefen hätte nützlich sein können.

Aber das war ja jetzt nicht mehr nötig. Nachdem diese durchgeknallte Verteidigungsministerin durch die Gerichte in ihre Schranken verwiesen worden war. Und das Frankreichgeschäft war auch so gut wie unterzeichnet. Dann könnten sie in Zukunft auf solche Peanuts wie diesen Mexikodeal verzichten. Da hatten sie auch Glück gehabt, dass das an diesen beiden Außendienstlern, Frau Mürrisch und Herr Aufgeblasen, hängen geblieben war, das hätte ins Auge gehen können. Naja, ganz war es ja noch nicht vom Tisch, aber mal sehen, da würde ihnen schon noch was einfallen.

Ab und zu musste er auch noch an diesen Depp von Dotter denken, Dotter, der Mann mit der Waffe, Dotter der Sammler, Dotter, der Mann mit dem Minigolfplatz. Aber allzu sehr beschäftigte ihn das nicht, wer zu viel grübelt, der kam nur auf dumme Gedanken, den vergaß das Leben auch, so war das nun mal.

Und dann noch diese Sache mit der Erpressung. Wie konnten die das nur so missverstehen. Legten den um! Schwachköpfe, nie hätte er sich mit denen einlassen sollen. Aber Geschäft ist Geschäft und wenn's mal klemmt, dann frisst man auch mal Scheiße, was soll's, war ja wohl gut gegangen. Wie konnte der auch so blöd sein, selbst schuld. Ein Erpressungsbrief mit dem Postzentrum Darmstadt. Und er musste ja irgendwas mit privaten Auslandseinsätzen zu tun haben, da hat er doch gleich mal bei seinem Geschäftspartner aus Bensheim nachfragen lassen, die konnten ihm schnell weiterhelfen. Und Blackwater, die standen ja noch in seiner Schuld, wie konnten die damals auch so dämlich mit geheimen Geschäftsunterlagen umgehen, dass diese Projektidee an die Öffentlichkeit kommen konnte!

Aber dieses Interview mit den beiden Journalisten aus Freudenstadt? Das war ein Fehler gewesen, die falsche Zeitung, er hätte es wissen müssen. Aber jetzt nicht grübeln, das vermieste ihm die ganze Laune!

Er genoss diese langen Autofahrten, sich mal richtig ausfahren und dass Isabella ihn in den letzten Jahren allein seinem archaischen Hobby, wie sie das nannte, nachgehen ließ, war ihm, wie gesagt, gerade recht.

„Kleine Jungs, kleine Fische,
große Jungs, große Fische."

Nette Sprüche hatte sie da immer drauf. Manchmal war er sich nicht so ganz darüber im Klaren, ob sie sich nicht über ihn lustig machte.

Er wurde von einem dicken Audi Q7 überholt. Er kam von hinten angeschossen, setzte sich dicht hinter ihn, überholte, scherte wieder dicht vor ihm ein und schoss dann davon. Was sollte das denn? Was waren denn das für Idioten! Und das Auto! In diesem Dreckdesign auch noch. Das war ja wirklich eine Bestie, wahrscheinlich ein V8er, dem Motorengeräusch nach zu urteilen. Potenzgehabe! Wollte der ihn etwa herausfordern? Nie und nimmer würde er sich auf so etwas einlassen. Und auch der Wagen, einfach zu prolomäßig fand er, zu vulgär.

Ein paar Stunden später war er unten und bog in den Hafen ein. Das war vielleicht nicht die erste Adresse, seine Freunde wunderten sich immer ein bisschen, Hyères, aber für ihn war das der Geheimtipp, das was er wollte. Er war ja nicht irgendwer, Hinz oder Kunz, die nach St. Tropez oder Cannes gingen, den Rummel bauchte er nicht, lieber ein bisschen stilvoller und damit unter seines Gleichen. Und diese Inseln mit ihren kleinen Dörfern, er fand, die waren schon etwas Besonderes. Da war man dann wirklich vom Massentourismus abgeschnitten.

Auf dem Boot ankommen, das war für ihn immer ein besonderer Moment, da fühlte er sich wie ein anderer Mensch.

Diese Kampagnen in Deutschland, diese Missgunst und diese moralischen Oberapostel. „Der Mördermanager", na und? Anderswo auf der Welt hätten sie damit nicht solche Probleme. Und seinen Anstecker, NM, in den USA würde er gefragt werden, wo man den bekommen kann, in Deutschland erntete er damit komische Blicke.

Er stellte den Wagen in die Tiefgarage in der Nähe des Yachtclubs, nahm seine Tasche heraus und ging zu seinem Boot. Als er die Straße überquerte und die lange Parkbole nach hinten zum äußersten Kai entlanglief, stand da der gleiche Q7, der ihn unterwegs überholt hatte! Das gleiche Design, der gleiche Wagen.

Oder war das Quatsch? War er in der letzten Zeit vielleicht doch etwas nervös geworden. Er bildete sich das nur ein, von diesen Angeberautos gab es ja mehr als genug.

Trotzdem schaute er im Vorbeigehen kurz hinein. Drinnen lümmelten zwei Gestalten, aber er wollte sie ja nicht anglotzen. Schnell vorbei.

Als er in seinen Kai einbog, sah er, dass die beiden ausgestiegen waren und hinter ihm herkamen.

Er hatte jetzt auf einmal ein flaues Gefühl in der Magengegend. Idiotischerweise musste er plötzlich an seine Waffe denken. Die lag zu Hause im Waffenschrank. Aber genützt hätte ihm das sowieso wenig, er wusste nicht, ob er sie auch benützt hätte.

Rasch erreichte er das Boot und ging über die Rampe auf das Deck. Die beiden hatten jetzt aufgeholt, wollten wohl tatsächlich zu ihm? Wenige Augenblicke später standen sie auch vor der Rampe und lächelten ihn hämisch freundlich an.

Jetzt bemerkte er, dass der rechte eine dünne Mappe unterm Arm trug. Das war auch der, der ihn jetzt als erster ansprach: „Herr Koppel? Hallo", mit leicht schweizerischem Akzent „Wir haben da eine persönliche Sendung für sie!"

„Wie gewünscht", meinte jetzt der andere. „ich glaube diesmal wird es keinen Grund zur Reklamationen geben. „Wir wünschen ihnen noch einen schönen Urlaub."

Die Mappe flog mit einer lässigen Handbewegung auf die Rampe, beide machten eine halb militärische Bewegung mit dem Zeigefinger zur Stirn und dann drehten sie sich um und ließen ihn stehen.

Das war's. Er hatte noch keinen Ton herausbekommen. Er stand nur da und schaute wie ein Depp. So blöd war er sich schon lange nicht mehr vorgekommen. Was sollte das? Immer dieses martialische Getue und diese Show-einlagen. Darauf konnte er eigentlich ganz gut verzichten. Aber irgendwie hatten sie ihn ja auch am Wickel.

Nach einiger Zeit ging er zurück zur Rampe, hob die Mappe auf, er ahnte, was darin sein würde, wendete sich um und ging endgültig an Bord.

Der Bär

Es war eine Woche nach Paul Backes und Hans Peko-
viaks Rückkehr aus Frankreich Das Wetter hatte umge-
schlagen. Zuerst war es ja unsagbar heiß gewesen und
jede wie auch immer geartete körperliche Tätigkeit hatte
sofort den Wunsch nach einer Dusche ausgelöst. Dann
verdichtete sich aber die Atmosphäre und es kam zu hef-
tigen Gewittern, die allerdings oft lokal sehr begrenzt waren. Es konnte sein, dass es über Loßburg regnete und
über Freudenstadt schon nicht mehr. Und kurz darauf war
es richtig ungemütlich geworden. Es regnete dauerhaft, ta-
gelang. Offensichtlich auch in Wolfach.
Der Minigolfplatz machte einen ziemlich trostlosen Eindruck. Niemand anwesend. Die meisten Schirme waren
zugeklappt, Thomas Deichmann, Paul und Hansi saßen
unter dem großen Partyzelt, das links an das Versor-
gungs- und Kassenhäuschen angebaut war. Und ein leichter Regen tröpfelte gerade mal wieder auf das Zeltdach.
Hansi hatte es nach eingehender Beratung übernommen, diesen Dotter anzurufen. Er kannte ihn ja ein bisschen von einem Wochenendtripp vor etlichen Jahren.
Nach einigen Tagen Bereitschaft wegen einer Gefähr-
dungslage beim Bundesverfassungsgericht in Karlsruhe
hatten sie irgendwann einmal nicht gewusst, was sie machen sollten und Dirk Bessler hatte vorgeschlagen, seine
Schwester irgendwo im Schwäbischen, zu besuchen. Sie
waren also freitags nach dem Dienst da hinunter gebraust,
hatten einen stumpfsinnigen Abend in irgendeiner Dorf-
kneipe verbracht, dort übernachtet und waren nach einem
Umweg über Stuttgart am Sonntag wieder zurück nach
Karlsruhe gedüst.

Nachdem er also zunächst mal geklärt hatte, wer überhaupt am Telefon war, „Hansi, der Kollege von Dirk Bessler, wir kennen uns doch von früher?", hatte er vorgeschlagen, „ob man sich mal treffen könnte, bisschen reden, im Andenken an Dirk."

„Ja?"

„Ich habe deine Adresse von deiner Ex-Frau, der Schwester von Dirk, du hast doch jetzt einen Minigolfplatz in Wolfach an der Kinzig, im Schwarzwald?"

Daraufhin hatte zunächst mal Schweigen geherrscht, bis eher mürrisch als überrascht oder ablehnend, doch noch eine Antwort kam:

„Ja, warum nicht. Aber du musst zu mir kommen, zum Platz. Das kann ich mir nicht leisten, zuzumachen."

„Ja, klar, wann denn?"

Und sie hatten einen Termin Ende der Woche ausgemacht, Samstag 15 Uhr.

„Also, bis dann, ich bring noch jemand mit, einen Freund, was dagegen?"

„Nein, nein, alles ok! Also bis dann!"

Da saßen sie nun am Samstag des folgenden Wochenendes unterm Regenschirm. Er hatte sie nicht hereingebeten, vielleicht war auch gar nicht genügend Platz im Innern des Häuschens, das als Kiosk, Kassenhäuschen und Lager herhalten musste.

Es windete allerdings nicht mehr so stark wie noch am Morgen, da hätten sie es draußen nicht ausgehalten.

Über Umwege mit einigen Schnörkeln waren sie auf Dirk zu sprechen gekommen. Dabei beobachte Paul diesen Dotter, Thomas Deichmann, heimlich etwas genauer. Schlauer aus ihm wurde er dadurch allerdings auch nicht, wie es Hansi schon vorausgesagt hatte.

Er war ungefähr so alt wie er, also Ende 50 und trug tatsächlich einen Parka. Aber wenigstens hatte er nicht auch noch die Kapuze auf, das hätte gerade noch gefehlt! Die recht dunklen Augen unter seinem schwarz-grauen Wuschelkopf schauten eher abwartend als neugierig von einem zum andern. Die krausen Haare rundeten ein sowieso schon volles Gesicht ab. Aber sonst machte er nicht den Eindruck eines untätigen oder weltvergessenen Typs. Als er zu Beginn aufgestanden war, er hatte vorher im „Spiegel" gelesen, war Paul aufgefallen, dass er relativ groß war, aber eher von einer Art gedrungenen Kraft. Wie ein alter Bär vor seiner Höhle ging es Paul durch den Kopf. Und auch nicht gerade getrieben von etwas, was seine Sammelei vielleicht hätte vermuten lassen, eher wie jemand, der Zeit hatte und sie sich auch nahm.

Als sie darauf zu sprechen kamen, dass die Umstände von Dirks gewaltsamen Tod noch immer nicht näher geklärt waren, wurde ihnen beiden auf einmal klar, dass er offensichtlich, zumindest bis zu ihrem Anruf, nicht gewusst hatte, dass Dirk tot war, ermordet.

Im Grunde war das natürlich nicht unerklärlich. Wer hätte es ihm denn sagen sollen, es stand ja zumindest nicht mit Namensnennung in der Zeitung und im Schwarzwald schon gar nicht. Und Simone hatte ihm offensichtlich auch nichts mitgeteilt. Warum auch?

„Wieso gewaltsam? Wieso ungeklärte Umstände?"

Hansi schaute ihn etwas komisch an, und meinte:

„Ja, da in der Nähe von Heidelberg. Erschossen. Wo er nach dem Ausscheiden nach dem Dienst gelebt hat."

Dotter wusste das alles offensichtlich nicht. Er hatte möglicherweise schon länger keinen Kontakt mehr zu Dirk gehabt, das konnte man ja auch nicht unbedingt erwarten. Oder er hatte ihm die näheren Umstände seines Lebens verschwiegen.

„Papiere? Simone? Nein, davon hab ich keine Ahnung."

178

Entweder log er sehr gut oder er hatte tatsächlich keine Ahnung von all dem.

Simone hatten sie im übrigen Anfang der Woche einmal angerufen, wie es ihr ginge. Alles sei in Ordnung, hatte sie sie beruhigt, kein Grund zur Besorgnis. Ihr etwas unrühmliches Zusammentreffen auf der Rückfahrt hatten sie nicht noch mal erwähnt.

Also Thomas Deichmann konnte sich keinen Reim darauf machen, was diese Papiere sollten und warum sie wohl bei Simone hinterlegt worden waren.

Von ihr hatte er schon länger nichts mehr gehört, hatte eigentlich kaum Kontakt, jeder lebte eben sein Leben.

Zu wem hatte er eigentlich Kontakt, hatte er überhaupt welchen, ging es Paul durch den Kopf. Zu den Stammkunden? Dass es solche gab, davon zeugten etliche Postkarten aus allen möglichen Urlaubsorten, die hatte er von innen an die Fenster seiner Kombüse geheftet. Manchmal von vorne, manchmal von hinten, den Text nach außen. Nahezu abwechselnd, was einen gewissen Sinn für Symmetrie vermuten ließ.

Sie waren dann auf dieses Blatt zu sprechen gekommen, das sie von Dirks Schwester erhalten hatten. Aber auch auf die Kürzel auf dem Blatt verstand er nicht. Er hätte keine Ahnung, das könne ja alles bedeuten, wenn es tatsächlich irgendwas mit Waffenschieberei zu tun hatte, das war ja ein vollkommen unüberschaubares Feld.

„Wenn man mal angefangen hat, sich etwas genauer damit zu beschäftigen, glaubt man sowieso nichts mehr. Niemandem!"

Offensichtlich wusste er schon etwas, aber er ließ sich nicht in die Karten blicken, versteckte sich hinter seiner undurchsichtigen Miene, wie jemand, der diese Haltung und diese Mimik schon vor langer Zeit gelernt hatte, hatte

lernen müssen: Sich nichts anmerken lassen, keine Rückschlüsse ermöglichen!

Paul fand das alles ermüdend, das führte zu nichts. Am
liebsten hätte er diesen Dotter ein wenig durchgeschüttelt
und ihm mitgeteilt, dass er jetzt die Faxen dicke hätte und
er mal ausspucken soll, was da dahintersteckt, dass er
ihm seine Unwissenheit nicht abnahm. Er ließ es aber bleiben, das hätte wohl auch nicht zu einem besseren Ergebnis geführt. Aber irgendwas hatte diese Geheimnistuerei
zu bedeuten, fragte sich nur was.

Um die Zeit zu überbrücken, fragte er nach dem Klo.

„Da, neben dem Häuschen, rechts herum."

Er stemmte sich aus seinem Plastiksessel hoch, in dem
er schon beinahe ganz versunken war, vor lauter Frust,
und marschierte rechts um das Häuschen. Die Toiletten
waren in einem Art Container daneben untergebracht. Er
öffnete das Männerklo.

Er wollte einfach durchmarschieren, zur zweiten Tür,
blieb dann aber überrascht stehen. Die Wände waren über
und über mit Plakaten beklebt, Anti-Kriegs-, Anti-Waffen-
handelsplakate, ganz alte, mit den beiden Händen, die ein
Gewehr zerbrachen, weiße Friedenstauben vor blauem
Grund und natürlich neuere Pace-Fahnen. Und einige
Textplakate der Aktion Aufschrei. Und das alles auf dem
Männerklo, seltsamer Ort, um seine Meinung kundzutun!
Manche waren auch mit dummen Sprüchen verziert, aber
eigentlich hielt es sich in Grenzen.

Und an der Tür hing noch ein weiteres, das aber zu den
übrigen nicht so recht passen wollte: Ein englisches Wer-
beplakat von Blackwater, dieser amerikanischen Sicherheitsfirma, die durch ihr brutales Vorgehen im Irak von sich
reden gemacht hatte. Irgendetwas klingelte sehr weit hinten in seinem Schädel, aber er kam nicht darauf.

Und quer über dieses Plakat war ein weißer Streifen geklebt, auf dem stand: "Koppels Lieblinge, eine Mörderbande!" Sonst nichts. Koppel! Das war mal eine Überraschung, dass er den hier auf dem Klo in Wolfach traf! Sozusagen.

Sie blieben nicht mehr lange, sondern verabschiedeten sich bald.

Als sie wieder im Auto saßen, meinte Hansi etwas bitter: „Da können wir Simone ja beruhigen, der bekommt nichts mit, und wenn er mal was mitbekommt, dann ist es sowieso egal, dann ist es sowieso zu spät. Dann merkt er erst recht nichts mehr!"

Paul brummte zuerst so halb Zustimmung, fuhr dann aber fort:

„Du warst ja nicht bei dem auf dem Klo!"

„Wieso, nackte Weiber, ist er doch noch nicht scheintot?"

„Nein, was ganz anderes!"

Und er erzählte ihm kurz vom Wandschmuck in Dotters Toilettenhäuschen.

Und zum Schluss dann noch von dem Blackwater-Plakat, samt schriftlichem Kommentar.

Hansi machte ein ungläubiges Gesicht und schwieg zuerst und schien zu überlegen. Plötzlich erhellte sich sein Gesicht und er schrie:

„Ja, von wegen, der bekommt nichts mit! Blackwater – „BW" und „A", das heißt vielleicht Academi, das ist die Nachfolgeorganisation, der Irak war schlecht fürs Geschäft, da hat man sich vorsichtshalber umbenannt. Und Ukraine ist dann sowieso klar."

Paul verstand nicht gleich.

„Wie, „BW" und „A", von was redest du?"

„Ja, die Abkürzungen auf dem Blatt aus der Mappe, von dem wir vorhin geredet haben. „BW", das könnte Blackwater bedeuten, und „A", Academi, dass ich da nicht selbst drauf gekommen bin, aber wie auch? Konnte man ja nicht wissen."

Geschäfte

Blackwater, wo waren sie denn jetzt hingelangt. Und was sollte dann dieses Papier bedeuten? Könnte ja nur bedeuten, dass es NM Waffen in der Ukraine gab und zwar an nicht genehmer Stelle, bei BW oder Academi – Söldnern. Aber was wäre daran so schlimm? Schlimmer als der ganze andere Mist?

Paul Backes hatte das Gefühl, langsam zu erlahmen. Was sollte das? Was wollte er? Was wollten sie?

Was Hansi wollte, war relativ klar, oder? Zumindest so etwas, wie einen Schuldigen für den Tod des ...? Kumpels, Kollegen, Freundes finden? Freund wohl weniger.

Paul wusste es nicht, zu wenig hatte Hansi ihm über die Beziehungen zu diesem Dirk Bessler preisgegeben. Vielleicht wollte er auch nur irgendwie ausschließen, dass es sich nicht um ihn selbst handelte, etwas mit ihm zu tun hätte, er irgendwie selbst in Gefahr war. Das wäre ja auch denkbar.

Aber er selbst, Paul, was bedeutete das eigentlich noch für ihn? Hatte er das Gefühl, das Ganze führte irgendwohin, er könne überhaupt etwas damit anfangen, es irgendwie verwerten. Er wusste es nicht.

Aber ein paar mehr Informationen über Blackwater konnten nichts schaden.

Zu Hause, das heißt in seiner Arbeitsbude, so begann er das Häuschen in Gundelshausen so langsam zu nennen, hatte er sich zunächst am Abend nach dem Besuch bei Thomas Deichmann, einen Kaffee gemacht und ein bisschen vor sich hingedacht. Dann setzte er sich an den Laptop und suchte ein wenig herum. Allzu lange brauchte er nicht, um festzustellen, dass es natürlich, wer hätte auch daran gezweifelt, Beziehungen zwischen den Waffenfirmen und der Sicherheitsfirma gegeben hatte und zwar gar nicht in so geringer Weise. Zumindest in einem Fall. War die Frage, was davon noch übrig war und ob es stimmte, dass diese Verbindung zu den Akten gelegt worden war, wie man hatte verlauten lassen.

Ein alter Online Artikel von 2008 erzählte folgendes:

„Blackwater-Söldner setzen Maschinenpistolen und – Gewehre von NM im Irak und in Afghanistan ein. Demnach bezeichnen die Firmen ihre Zusammenarbeit in einer gemeinsamen Mitteilung als "einzigartige und strategische Partnerschaft".

- Da hatte wohl NM alleine den Geschäftsbereich Blackwater übernommen. Entweder hatten sie die strategische Partnerschaft, wie das im Wirtschaftsdeutsch so schön hieß, mit H&K verlassen, oder es gab doch irgendwelche heimlichen Absprachen. Mit den Waffen waren wohl das M27 und die MPN3 gemeint. Letztere war ja leichter als das G36 von H&K, also vielleicht besser geeignet für diese Möchtegern-Krieger –

Blackwater und NM entwickeln nach eigenen Angaben eine gemeinsame Waffe und veranstalten in den USA Lehrgänge für den Kampf mit Waffen von NM, berichtete ein Fernsehkanal. Heute teilte der deutsche Waffenhersteller mit, er wolle die Zusammenarbeit mit Blackwater einstellen. Die Geschäftsleitungen hätten entschieden, jegliche Verbindung mit der US-Firma umgehend zu beenden."

Das Bundeswirtschaftsministerium hatte gegenüber dem ARD-Magazin erklärt, die Bundesregierung habe keine

Waffenlieferungen an Blackwater genehmigt. Die Waffen-
hersteller wollten nicht mitteilen, wie die Waffen an Black-
water gelangten. Die Firma bestätigte der Sendung zu-
folge eine Zusammenarbeit mit Blackwater, bestreitet
aber, eine Waffe für Blackwater entwickelt zu haben. Die
Tochterfirma von NM in den USA habe nur zu Schulungs-
zwecken Waffen an Blackwater geliefert. Aufgrund der
Medienberichte über Blackwater habe die Firma den Ge-
schäftspartner "besonders in unser Blickfeld und unter Be-
obachtung genommen"."

Inzwischen hatte die Firma Blackwater sowieso, wie er
von Hansi erfahren hatte, ja auch ihren Namen geändert,
in Academi. Ein besonders drastischer Fall im Irak hatte
wohl dafür gesorgt, dass man es wohl für besser hielt,
seine Identität zu wechseln, nach mehreren Zwischenstu-
fen war man jetzt wie gesagt bei Academi gelandet und
gehörte seit 2014 mit anderen militärischen Dienstleistern,
wie das im Wirtschaftsdeutsch so schön hieß, zu der
„Constellis Holding".
Der Spiegel schrieb dazu:

„Der US-Kongress hatte Blackwater im Oktober 2007
brutales Fehlverhalten im Irak vorgeworfen. Laut einer Un-
tersuchung des Kongresses hatten Blackwater-Söldner
bei einem Großteil von Schießereien, in die sie verwickelt
waren, selbst das Feuer eröffnet. Blackwater-Wachmän-
ner, die das US-Botschaftspersonal im Irak schützen, er-
schossen bei einem Zwischenfall in Bagdad im September
17 Zivilisten."
(beide Zitate Spiegel Online, Dienstag, 19.02.2008 –
14:18 Uhr, Politik)

Das Unternehmen, das offensichtlich keine großen moralischen und politischen Skrupel kannte, wurde im Jahr 1997 von Erik Prince, einem ehemaligen Angehörigen der United States Navy Seals, und einem gewissen Al Clark gegründet. Im Grunde war das Ganze eine etwas modernere Formulierung, Sicherheitsfirma eben, für Söldnervermittlung nebst Einsatzplanung und allem, was dazu gehörte.

Paul klickte ein bisschen weiter und schaute sich an, was er über Söldner ganz allgemein sonst noch fand.

Die gab es bekanntlich schon immer, im Mittelalter taten sich da einige schwäbische Ritter unrühmlich hervor, ließen sich für die Kämpfe zwischen den oberitalienischen Städten anheuern, später hießen sie dann Landsknechte und es gab sie sogar in Form von Teilen regulärer nationaler Streitkräfte, wie die Fremdenlegion in Frankreich.

Bekannter in der jüngeren Geschichte wurden Söldner-Einheiten vor allem nach dem zweiten Weltkrieg, bis in die achtziger Jahre hinein, als sie vor allem in Afrika, aber auch anderswo auf der Welt, bei den verschiedensten nationalen Befreiungskämpfen geradezu auf allen Seiten mitwirkten, insbesondere aber auf der Seite der westlichen Interessenvertreter.

Ab den sechziger Jahren gab es zum Beispiel die berühmt oder berüchtigten so genannten Kongosöldner, die die Tradition der Kolonialtruppen, wenigstens in ihrer Kriegspraxis fortsetzten.

Dieses Vorgehen nahmen offensichtlich auch die Söldnertrupps zum Vorbild: Nach dem Algerienkrieg zum Beispiel, der mit dem Rückzug der Franzosen aus Algerien endete, zog sich auch Belgien überstürzt aus seiner Kolonie Kongo zurück. In der Nachfolgezeit gab es immer wieder heftige Stammeskämpfe um die politische Zukunft des

Landes, in denen CIA und die „Belgische Minengesell-schaft" kräftig mitmischten und vor allem sozialistische Be-wegungen zurückzudrängen versuchten. Die Minengesell-schaft „Union Minière" und die CIA heuerten Söldner an, um die Befreiungstruppen zu bekämpfen.

Die ersten dieser Söldner kamen aus den Ländern, in denen aktuelle oder gerade beendete Kolonialkriege ar-beitslose Veteranen zurückgelassen hatten: aus Belgien, England, Südafrika, Rhodesien und aus Algerien. Sie be-gannen mit der Ausbildung einheimischer Gendarmen, die unter den jeweils befreundeten Stämmen rekrutiert wur-den. Es war eine kleine Armee aus einigen hundert Wei-ßen und ein paar tausend Gendarmen, wie sie sich nann-ten, die allerdings den oft nur mit Speeren und Buschmes-sern ausgerüsteten gegnerischen Stämmen weit überle-gen waren. Wie in allen Stammeskriegen Afrikas wurden die Kämpfe von beiden Seiten mit äußerster Grausamkeit geführt. Dörfer wurden niedergebrannt, Zivilisten abge-schlachtet, Gefangene verstümmelt und gefoltert. Mit ih-ren kleinen, motorisierten und mit hoher Feuerkraft ausge-rüsteten Stoßtruppen verbreiteten die Söldner bald Angst und Schrecken unter ihren Gegnern. Und die, die sich nicht unterwarfen oder massakriert wurden, flohen zu Zehntausenden nach Norden. Während dieser "Befrie-dungsaktionen" erhielten die Söldner den Namen "Les Af-freux" - die Schrecklichen. Die internationale Presse be-richtete zwar wahre Schauergeschichten von ihren Unta-ten, aber für die Söldner wurde dieser Ruf zu ihrer besten Waffe. Denn oft genügte schon ihr Auftauchen, um beim Gegner Panik auszulösen.

Eine schöne Tradition, in die sich manche „Kriegsrei-sende", wie sich zum Beispiel eine entsprechende Web-

seite nannte, da begaben. Von so vielen Schauergeschichten ermüdet, versuchte Paul wieder zu seinem ur-
sprünglichen Interesse zurückzufinden.

Was hatte NM mit diesem Söldnerverein zu tun und was
hatte das eigentlich auch mit der Ukraine auf sich? Aber
zuerst mal, vielleicht noch etwas mehr Kenntnisse über
Blackwater.

Schmutzige Wasser

Bei dem Wikipedia Artikel über die Firma Academy wurde er reichlich fündig:
Dabei unterschieden sie sich nicht so sehr von ihren Vorgängern, sowohl was das Vorgehen der normalen Söldner als auch was die Strategie der Geschäftsleitung von Academi/ Blackwater anbelangte. Und offensichtlich fanden sich auch immer noch genügend schießwütige Interessenten für diese Art von „Arbeit", die auch durch alle möglichen Horror Szenarien nicht davon abzubringen waren. Wikipedia lieferte Paul mal wieder genügend Material:

„Am 31. März 2004 wurden vier Angestellte der Blackwater Security Consulting, die im Irak eine Lieferung des Bewirtungsunternehmens Eurest Support Services als Sicherheitskräfte begleiteten, in der Stadt Falludscha von Aufständischen angegriffen und durch Granatbeschuss getötet. Die Leichen wurden von einer aufgebrachten Menge aus ihren Autos gezerrt, verstümmelt und später zwei von ihnen an einer Brücke des Euphrat aufgehängt. […] Ein Video, das die beiden aufgehängten Blackwater-Mitarbeiter zeigt, wurde von den Aufständischen gedreht und in Medienberichten verbreitet. Es war das erste Mal, dass Blackwater, die inzwischen mächtigste Privatarmee weltweit, einer größeren internationalen Öffentlichkeit bekannt wurde.
Im Januar 2005 verklagten Angehörige der Verstorbenen Blackwater mit der Begründung, die Firma habe aus Gewinnsucht und Unprofessionalität das Leben ihrer Mitarbeiter aufs Spiel gesetzt. Blackwater reagierte jedoch sofort mit einer Gegenklage in Höhe von über zehn Millionen US-Dollar, da die Getöteten angeblich einen Vertrag

unterzeichnet hatten, der es untersagte, Blackwater vor ein US-amerikanisches Gericht zu bringen. ... Der US-Untersuchungsausschuss kam 2007 zu dem Schluss, dass Blackwater eine Untersuchung des Vorfalls behinderte und durch Sparmaßnahmen die Mitarbeiter mangelhaft ausgerüstet waren. [...]

Im Mai 2005 wurde Reizgas in Bagdad eingesetzt, " - Wikipedias Quelle zur Folge von Blackwatereinsatz – *„dessen Gebrauch in Kriegsgebieten nur in Ausnahmefällen erlaubt ist. Passanten und mindestens zehn Angehörige der US-Streitkräfte erlitten dabei schwere Augenreizungen und Atemnot. [...]*

Mitte Dezember 2006 erschoss ein angetrunkener Blackwater-Mitarbeiter den Leibwächter des irakischen Vizepräsidenten Adel Abdul Mahdi. Der Blackwater-Mitarbeiter wurde zwar fristlos entlassen, konnte aber den Irak unbehelligt verlassen. Auch musste er sich für seine Tat bisher nicht vor einem US-Gericht verantworten. [...]

Im Januar 2007 waren Blackwater-Mitarbeiter als Söldner im Süden Somalias am Krieg gegen die Union Islamischer Gerichte beteiligt.
Anfang Mai 2007 kam es zu einem Feuergefecht zwischen Blackwater-Mitarbeitern und Sicherheitskräften des irakischen Innenministeriums vor dem Ministeriumsgebäude in Bagdad, das erst durch das Einschreiten der U.S.-Army beendet werden konnte. [...]

*Im Dezember 2009 wurde bekannt, dass Academi 2004 – damals noch Blackwater – den deutsch-syrischen Geschäftsmann Mamoun Darkazanli aus Hamburg mit dem Auftrag **der gezielten Tötung** observierte. [...] Darkazanli* *geriet als mutmaßlicher Al-Qaida-Finanzier in das Fadenkreuz des amerikanischen Auslandsgeheimdienstes CIA. Der Grünen-Abgeordnete Hans-Christian Ströbele forderte am 4. Januar 2010 die schnelle Aufklärung des Falles. [...] Die Hamburger Staatsanwaltschaft erklärte, Vorermittlungen gegen die CIA einzuleiten. [...]*

Nach einem Vergleich mit dem US-Außenministerium einigten sich beide Parteien (das Ministerium und Blackwater) *im August 2010 auf eine Zahlung von 42 Millionen Dollar an die US-Regierung, um einer Klage zu entgehen. Grund waren insgesamt 288 Verstöße gegen US-Gesetze im Zeitraum 2003–2009, unter anderem „ungenehmigter Export von Verteidigungsartikeln".*

Im September 2007 wurde Blackwater die Lizenz für den Irak von den dortigen Behörden entzogen, da Mitarbeiter Blackwaters nach einem angeblichen Angriff auf ihren Konvoi in eine Menschenmenge geschossen hatten. Bei diesem Vorfall wurden auf dem Nissur-Platz in Bagdad 17 Zivilisten getötet und 24 Menschen schwer verletzt. [...]

Durch das sogenannte Memorandum 17 der US-Verwaltung im Irak operieren Blackwater-Mitarbeiter in einer legalen Grauzone: immun gegen irakisches Recht und unbehelligt von US-amerikanischen Gerichten. [...] Irakische Sicherheitsbehörden wiesen erneut darauf hin, dass dies nicht der erste Fall gewesen sei, bei dem private Sicherheitsdienste Zivilisten im Irak vorsätzlich gefährdet und getötet hatten. [...] Für diesen Zwischenfall der willkürlichen Erschießung von Zivilisten verlangte die irakische Regierung vom US-Sicherheitsunternehmen Blackwater eine Entschädigung in Höhe von 136 Mio. US-Dollar (97 Mio. Euro) für die Hinterbliebenen. [...]

Fünf Tage nach dem tödlichen Zwischenfall nahmen erste Blackwater-Mitarbeiter, nach Rücksprache mit der irakischen Regierung, ihre Sicherheitsdienste in begrenztem Umfang wieder auf.

Am 22. September 2007 bestätigte die US-Staatsanwaltschaft Ermittlungen gegen Blackwater-Angestellte, die beschuldigt werden, illegal Waffen in den Irak geschmuggelt zu haben. Diese Waffen wurden später mutmaßlich an die Arbeiterpartei Kurdistans (PKK) geliefert. Ausgelöst wurde die Untersuchung durch Hinweise von türkischen Behörden, deren Sicherheitskräfte Handfeuerwaffen aus US-amerikanischer Herstellung bei festgenommenen und getöteten PKK-Kämpfern sichergestellt hatten. Sprecher der Staatsanwaltschaft bewerteten die Indizien als ausreichend für eine Anklageerhebung. Der Firmengründer Erik Prince bezeichnete die Vorwürfe als unbegründet und stritt jegliche Verantwortung ab. [...]

Im April 2008 gab das US-Außenministerium bekannt, dass der im Mai 2008 auslaufende Vertrag mit Blackwater um ein Jahr verlängert werde. Auch im folgenden Jahr solle Blackwater im Irak amerikanische Diplomaten beschützen.

*Im Rahmen einer Untersuchung des Zwischenfalls im September 2007, bei dem 17 Zivilisten umkamen, bestätigten im August 2009 zwei ehemalige Mitarbeiter anonym und in Form von eidesstattlichen Erklärungen die Vorwürfe des Waffenschmuggels in den Irak. Zudem sagten beide Mitarbeiter, die aus Sicherheitsgründen als John Doe#1 und John Doe#2 bezeichnet wurden, aus, dass Erik Prince und enge Mitarbeiter **mindestens einen Mord an Informanten der Bundesbehörden** verübt hätten. Gleichzeitig* unterstrichen sie vor allem Erik Princes christlich-fundamentalistische Motive und berichteten über Adaptionen von Templersymbolen durch die Blackwatersöldner.

Am 12. Dezember 2009 wurde bekannt, dass die CIA einen bestehenden Vertrag mit Xe (Xe Services LLC, auch ein zwischenzeitlicher Namen von Blackwater) gekündigt hat. [...]

Ein Gericht in Washington, D.C., wies im Dezember 2009 eine Anklage der amerikanischen Staatsanwaltschaft gegen fünf Blackwater-Mitarbeiter wegen fehlerhafter Beweisführung ab. [...]

Die irakische Regierung protestierte hiergegen scharf. Nachdem die Staatsanwaltschaft das Verfahren im Februar 2010 gänzlich eingestellt hatte, wies die irakische Regierung insgesamt 250 Söldner des Unternehmens aus dem Land. [...] Im April 2011 ordnete ein Berufungsgericht in Washington D. C. die Neuauflage des Verfahrens an. [...]

Im Oktober 2014 wurden vier Mitarbeiter des Mordes für schuldig befunden. Drei weitere Angestellte wurden wegen Totschlags im Affekt schuldig gesprochen. [...] Das Strafmaß für vier von ihnen wurde im April 2015 festgesetzt. Es beträgt einmal lebenslange Haft wegen Mordes und dreimal 30 Jahre Freiheitsstrafe wegen Totschlags. [...] Die Urteile wurden im August 2017 vom Berufungsgericht des Districts of Columbia als unverhältnismäßig hart aufgehoben."

Was dabei vor allem klar wurde, Waffenschmuggel und Mord an Informanten, nicht nur in „Kampfhandlungen", gehörten zum Geschäft und Leugnen natürlich auch, also war Paul nicht überrascht, als er bei seiner Recherche über Academi in der Ukraine bei „Spiegel online" vom 11.05.2014 sinngemäß dies fand:

400 US-Söldner sollen in der Ostukraine gegen die Separatisten kämpfen. Das berichtet "Bild am Sonntag" und beruft sich dabei auf Geheimdienstinformationen. Die Kämpfer kommen demnach vom Militärdienstleister Academi, früher bekannt als Blackwater.
Von der Firmenseite wurden entsprechende Beobachtungen und Gerüchte auf schärfste zurückgewiesen:
Es war ein eindeutig formuliertes Dementi. „Unverantwortliche Blogger und ein Onlinereporter" hätten "Gerüchte" verbreitet, wonach Angestellte der Firma Academi in der Ukraine im Einsatz seien. Das sei falsch und nichts mehr als ein "sensationalistischer Versuch, eine Hysterie zu kreieren". So äußerte sich der US-Militärdienstleister, ehemals unter dem Namen Blackwater zu unrühmlicher Bekanntheit gelangt, am 17. März auf seiner Webseite."
Aber die Gegenseite legte nun natürlich nach:
Die staatliche russische Nachrichtenagentur "Ria Novosti" beteuerte am 7. April: „Blackwater-Kämpfer agierten in der Ostukraine - und zwar in der Uniform der ukrainischen Sonderpolizei "Sokol". Eine unabhängige Bestätigung dafür gab es aber nicht.
Ein Zeitungsbericht legt nun nahe, dass an der Sache womöglich doch etwas dran sein könnte: Laut "Bild am Sonntag" werden die ukrainischen Sicherheitskräfte von 400 Academi - Elitesoldaten unterstützt. Sie sollen Einsätze gegen prorussische Rebellen rund um die ostukrainische Stadt Slowjansk geführt haben. Demnach setzte der Bundesnachrichtendienst (BND) die Bundesregierung am 29. April darüber in Kenntnis. Wer die Söldner beauftragt habe, sei noch unklar.

Paul war nun endgültig bedient.

Er lehnte sich in seinem unbequemen Schreibtischstuhl zurück, rieb sich den Nacken und stierte vor sich hin.

Von irgendwoher kam die Erinnerung an den Film „Die Wildgänse" angeflogen. Harte Männer, nach außen natürlich nur, nach innen aber mit einem sentimentalen Kern, wahre Kameradschaft, harte Kämpfe, Aufopferung und Heldentum, vordergründig. In Wirklichkeit Giftgas und wahlloses Gemetzel. Ein Film über den Versuch der Befreiung eines afrikanischen Präsidenten, der sich eng an die kongolesische Geschichte anlehnte. Der Film hatte in Deutschland großen Erfolg, nicht zuletzt auf Grund seines Staraufgebots: Von Richard Burton über Roger Moore bis Richard Harris bot der Film alle männlichen Stars auf, die Hollywood in den siebziger Jahren zu bieten hatte. Frauen spielten darin weniger eine Rolle. Paul hatte ihn auch gesehen und mitgelitten, wie sich tapfere Söldner gegen halbwilde fanatische schwarze Horden verteidigten.

Egal oder auch nicht egal, auf jeden Fall hatte die Firma NM mit einer der größten heutigen Söldneragenturen weltweit zusammengearbeitet, sie waren aber natürlich im Jahr 2017 auf das Äußerste darauf bedacht, nicht mehr in den Ruf der Zusammenarbeit mit einer zumindest halblegal agierenden, menschenmordenden Agentur zu gelangen, im Zuge ihrer jüngsten Initiative der politisch-wirtschaftlichen Korrektheit und Transparenz. So die jüngsten Verlautbarungen des neuen Geschäftsführers von NM, der allerdings auch schon wieder gefeuert worden war. Alles ziemlich verwirrend und unklar.

Und daraus konnte man ja schon eine relativ gesicherte Vermutung ableiten, dachte Paul, dass einer aus der oberen Etage, Geschäftsführung, Gesellschafter, Aktionäre,

Verbindungsbeauftragter es offensichtlich für nötig befunden hatte, sich bei der Lösung eines unliebsamen Problems von ehemaligen Kontakten helfen zu lassen und das war gründlich danebengegangen. Schlecht! Schlecht für die Firma. Ganz schlecht! Wäre natürlich interessant zu erfahren, wer das war, vielleicht Koppel, der hatte ja äußerst sensibel auf das Thema reagiert, als wüsste er da was.

Und der Schlüssel waren die Waffen, anhand der Waffennummern könnte man mit den entsprechenden Kontakten, - vielleicht Dotter? - möglicherweise mehr darüber herausbekommen, was in der Ukraine geschehen war, woher diese Nummern stammten, dieser Piet könnte da der Richtige sein! Oder wie dieser Kumpel von Hansi auch hieß. Der hatte ihm nämlich nach ihrem erhellenden Gespräch auf der Rückfahrt erzählt, wo dieser Piet tatsächlich abgeblieben war, in der Ukraine!

Also zuerst mal Piet, vielleicht hatte Hansi ja irgendwie Kontakt zu dem und der hatte dort irgendwas mitbekommen, müsste ja wohl so sein, von Söldner zu Söldnerkollege. Dann noch mal Dotter, vielleicht wusste der ja doch etwas genauer, wer für eine solche Aktion in der Führungsspitze in Frage käme.

Paul klappte den Rechner zu und rief kurz bei Toni an, sie war noch auf, ja, er konnte noch vorbeikommen. Er schloss seine Bude ab und fuhr runter ins Nachbardorf!

Einmal Ukraine und zurück

Das war schon wieder so ein Tag gewesen, an dem das Wetter nicht so recht wusste, was es sollte. Der Dauerregen war wieder von einem Mix aus Schwüle, Gewitter, Regen und wieder schönen Phasen abgelöst worden. Auch am Morgen hatte es gewittert. Das musste so gegen sieben Uhr in der Früh gewesen sein, jetzt am Abend war es schon längst wieder abgezogen, aber in der Ferne grummelte immer noch etwas herum.

Als Paul hinuntergekommen war, hatte er Toni vor dem Fernseher vorgefunden und sie hatten dann den Rest des Abends noch davor auf dem Sofa verbracht. Inzwischen schon fast wieder ganz normal. Er hatte ihr ein wenig über die Verwicklungen der Firma NM erzählt, aber sie war zu müde gewesen, er eigentlich auch. So waren sie dann nach einer halben Literatursendung mit Dennis Schenk ins Bett gekrochen und hatten es auch gar nicht aufwärmen müssen, die Schwüle des Tages hing immer noch zwischen den Laken.

Jetzt war sie schon fort, nach Freudenstadt, etwas besorgen, es waren ja Ferien und er schaute eher unlustig durchs Küchenfenster auf den grünen Hang und wartete auf das Kommando zum Start, von oben irgendwo in seinem Hirnkasten.

Bis jetzt war da aber nur Unverständnis und Unwille. Dunkel waberten Erinnerungsfragmente seiner gestrigen Recherche durch seinen Schädel. Academi, Ukraine, Piet, Dotter. Er musste ja zugeben, dass er auch eher an „Dotter" dachte, anstatt an Thomas Deichmann, das war kürzer, griffiger, vielleicht nicht besonders nett, aber auch wiederum nicht verboten.

Aber zunächst mal Piet, Nachnamen kannte er nicht. Dazu würde er ja nochmal Hansi Pekoviak aufsuchen müssen, der wusste vielleicht, wie man den Herrn erreichen konnte.

Also räumte er nun doch recht schnell das Frühstücksgeschirr weg, machte das Licht aus, ging hinaus in den Flur, zog eine Regenjacke an, angelte seine Tasche unter der Treppe hervor und war fünfzehn Minuten später in Freudenstadt auf der Bärenwiese. Er hatte sich vorher angekündigt, um sicherzugehen, dass Hansi Pekoviak auch zuhause war, so konnte man es inzwischen fast bezeichnen. Er war da.

Die Stockers, denen die Hütte gehörte, hatten sich inzwischen an den Bewohner gewöhnt und man beackerte das Grundstück gemeinsam, Platz war ja genügend da und Arbeit auch.

Aber Hansi war auch erst beim Frühstück und berichtete, dass er später noch einen Termin bei einer Sicherheitsfirma hatte, die gab es ja auch in Deutschland zuhauf, mit zum Teil eher undurchsichtigen Verflechtungen. Und die brauchten ja immer noch ständig neue Leute, seitdem es in und um die Erstaufnahmeeinrichtungen für Flüchtlinge so viel Arbeit gab.

„Tja, der Piet, ob der da was mitbekommen hat, weiß ich allerdings nicht, aber bei dem weiß man sowieso nie so genau, der tut immer nur so, als wüsste er von nix."

Paul hatte ihm von seinen Überlegungen erzählt und Hansi fand das auch einen ganz guten Ansatz, wenn man Licht in diese Ukrainesache bringen wollte.

„Ja, eine Handynummer hab ich da schon, mal sehen, ob der noch unter den Lebenden ist." Und er kicherte etwas seltsam vor sich hin. Paul fand das weniger lustig, konnte sich aber auch diesmal des Eindrucks nicht erwehren, dass Hans Pekoviak mal wieder mehr wusste, als er preisgab.

Zwei Tage später war Piet unterwegs nach Freudenstadt.

Piet Vanstraten, Sohn eines niederdeutschen versoffenen Seemanns mit niederländischen Vorfahren und seiner wehrlosen Hamburg-Barmbeker Mutter. Die hatte, nach eigenen Bekundungen, das hatte sie Piet immer und immer wieder erzählt, nur rausgewollt, aus diesem spießigen Arbeiterviertel, wo sie aufgewachsen war, war aber an den Falschen geraten. Piet war dann in Norddeich groß geworden, wohin es seinen Vater auf der Suche nach Arbeit verschlagen hatte, auf einen Fischkutter war er fündig geworden. Piet wollte auch nur weg und war auf diese Weise bei der Bundespolizei gelandet. Zuerst in Walsrode, bei Bremen, und später dann in St. Augustin– Hangelar, bei Bonn, am Fuße des Westerwalds, zur Spezialausbildung. Das war mal eine Abwechslung zum platten Land an der Küste.

Piet wirkte zwar schon immer eher wie ein Hering, aber er war zäh. So hatte er zu aller Überraschung den Aufnahmetest geschafft und die harte Ausbildung. Dort hatte er auch Hansi kennengelernt, schon beim GSG 9 Eignungstest, den sie beide zu ihrer eigenen Verwunderung bestanden.

Es folgten Stationen in Deutschland zu verschiedenen Überwachungsaufträgen, bis dann in den Irak als Personenschützer, er hatte einfach noch weiter weggewollt. Der weitere Weg war bekannt. Dank dieses idiotischen „Privatjobs", man sollte sich einfach nicht auf die falschen Leute verlassen.

Libyen ging ihm gerade wieder durch den Kopf. „Das geht schon klar, da sagt niemand was dagegen!" Sie hatten sogar ihre Beamtenlaufbahn wegen dieser Libyensache in den Sand gesetzt, auf jeden Fall hätten sie sich nicht mehr viel Hoffnung auf Beförderung machen können. Dann lieber raus! Aber das war wohl auch eine etwas vorschnelle Entscheidung gewesen. Wenn man älter wird, fängt man schon hin und wieder an, sich Gedanken über die Altersversorgung zu machen. Das, was sie da als Altersgeld bekamen, von ihrer aktiven Dienstzeit, war ja wirklich nicht gerade üppig. Und jetzt musste man halt sehen, was man bekam, im Sicherheitsgewerbe. Die große Nummer war noch nicht dabei gewesen.

Er hockte hinter dem Lenkrad seines alten Nissan Sunny und grübelte vor sich hin. Na, wenigstens die Karre hielt, was er sich von ihr erhofft hatte. Das beste Auto, das er bisher gehabt hatte. Zwar nur 75 PS, aber das langte.

Er brummte durch den Wald, den Berg hinauf und wunderte sich. Hansi, der Sprücheklopfer, immer ein großes Mundwerk und er konnte dann die Kastanien wieder aus dem Feuer holen. Klasse. Der Wohnwagen auf dem Heidelberger Campingplatz war ja auch seiner, aber immer großtun. Und jetzt wollte er wissen, wie das alles zusammenhing. Na dem würde er was erzählen können. Er hatte nichts dagegen, mal einen kleinen Abstecher in den Schwarzwald zu machen, paar Tage Urlaub konnte er gut gebrauchen nach diesem Mist in der Ukraine. Na, immerhin ein paar Kröten waren übriggeblieben und er müsste sich jetzt mal wieder nach was Anständigem umsehen. Aber, wie gesagt, das hatte Zeit. Jetzt erstmal Sommerfrische im Schwarzwald! Da war er ja noch nie gewesen, das war normalerweise   nicht so sein Ding, Gebirge, auch wenn's nicht ganz so hoch war. Der Westerwald hatte gerade genügt, höher musste nicht sein! Aber die Abwechslung tat trotzdem gut.

Diese durchgeknallten Neonazis, wenn er daran zurückdachte, da wurde es ihm jetzt noch ganz anders. Was war das nur für eine Adresse gewesen, auf die er da hineingefallen war?? Lauter Idioten und Hirnamputierte!

Abenteuerurlaub mit Lizenz zum Töten, so musste man das doch bezeichnen. Er hatte gar nicht gewusst, dass es so etwas gab!

Schon der Werber in der Schweiz, ein Franzose, auch von rechts außen, hatte den Kontakt hergestellt zu diesem Ex-Blackwater-Mann in der Ukraine, da hätte bei ihm doch eigentlich alle Alarmglocken klingeln müssen. Und dann dieses Regiment aus ausländischen „Unterstützern", das slawische Regiment, „Regiment Azov"! Er hatte ja keine Sympathien für Russland. Die Besetzung der Krim und der Einmarsch in Donezk und Lugansk sind ein Verbrechen, aber diese Neonazis waren ihm zuwider. Die kochten da wieder ihr ganz eigenes Süppchen. Sogar Ferienlager veranstalteten die. Mädchen und Jungs durften da in Uniform die richtige Gesinnung erlernen.

Grausig! Da konnte es einen richtig schaudern.

Und er hatte dann quasi als Betreuer fungieren müssen, als Ausbilder dieser Typen, die sich dort einen „Feindkontakt" gekauft hatten. Der Beschuss eines Dorfes kostete zum Beispiel 350 $.

Er hätte sich doch eigentlich gleich denken können, dass die Adresse, die sie damals von Dirk Bessler bekommen hatten, nichts Rechtes sein konnte. Aber der war ja immer so ein Spezialist im Aufspüren von totsicheren Chancen, das schnelle Geld zu machen. So ganz verstehen konnte er das trotzdem nicht, wenn der da auch selbst mal gewesen war, dort bei diesem Regiment. Was sollte das? Vielleicht war es da aber auch um wirklich was ganz Spezielles gegangen, „Wirklich DIE große Chance!". Und jetzt war Dirk Bessler tot! Warum? Natürlich hatte ihn Mr. Pekoviak wieder mal alleine dorthin reisen lassen, als sie sich in Heidelberg nicht mehr sicher fühlten. Hätte er sich denken können, dass ihn Hansi mal wieder vorschickte!

Nahm denn dieses Gekurve hier durch den Wald gar kein Ende?

Eine Stunde später saßen Paul Backes, Hansi Pekoviak und Piet Vanstraten in Freudenstadt bei "Da Nino", in der hinteren Ecke, wo sie ihre Ruhe hatten.

Da Paul keine Lust gehabt hatte, schon wieder in der Gegend herum zu fahren, hatte es Hansi Pekoviak, nachdem sie überraschenderweise festgestellt hatten, dass dieser Piet schon wieder in Deutschland war, irgendwie geschafft, ihn in den Schwarzwald zu locken. Paul hatte ja immer noch den heimlichen Verdacht, dass er selbst irgendwie als der nützliche Goldesel hatte herhalten müssen, den man melken konnte. Hatte aber bei dem eigentlichen Telefongespräch zwischen den beiden nichts mitbekommen. Wahrscheinlich mal wieder irgendeine Art von Geheimcode. „Er kommt", hatte Hansi ihm lediglich mitgeteilt, ohne nähere Erklärung.

Jetzt war er da und sie hatten bestellt. Das Bier stand schon vor ihnen und Piet begann auf Hansis Frage hin zu berichten, wobei er recht schnell klar wurde, dass er immer noch in Rage war, wegen der Erlebnisse dort, auf jeden Fall tat er so:

„Der letzte Dreck ist das. Da gibt es Typen, die bezahlen sogar dafür, dass sie da Krieg spielen können. Die ballern einfach in irgendwelche Dörfer rein, ohne Rücksicht auf Verluste unter Zivilisten. Und wir haben die betreut. Das heißt zuerst war ich schon auch bei diesem Slawischen Regiment und wir haben die Grenze kontrolliert, auch schon so ein Mist, aber dann haben die uns da solche Möchtegernkrieger geschickt, alles solche rechten Arschlöcher, die was von der Waffen-SS gefaselt haben und „Rache für Stalingrad" und solchen Mist, „den Russen dürfe man nicht trauen", „der Russe ist von Natur aus hinterhältig, weil jüdisch infiltriert durch 70 Jahre jüdischen Bolschewismus", und so 'n Zeug. Aber die hatten echt ein Rad ab, bei der erstbesten Gelegenheit Richtung Heimat bin ich mit. Darauf kannst du wetten!"

Piet hatte auf Hansis Frage hin kurz berichtet, weswegen er schon wieder da war.

Hansi wollte nun doch etwas näher zu dem Thema, das sie interessierte:

„Und was für Waffen waren das, mit denen die da rumgemacht haben, eure oder von dem Regiment oder woher?"

Piet schaute ihn etwas komisch an und meinte dann:

„Ja, was für Waffen denn, na die von dem Regiment, alles Mögliche. Haubitzen, Panzer, Handfeuerwaffen, MP´s, Maschinengewehre, alles, was man halt so braucht, russische, deutsche, amerikanische, keine Ahnung wo sie die herhatten."

„Waren da vielleicht auch Blackwater-Leute dabei?", fuhr Hansi fort, unterbrach sich dann aber selbst und meinte, „pass auf, ich erklär dir das:

Wir waren mal kurz in Frankreich und haben etwas rausbekommen, was vielleicht mit der Geschichte mit Dirk zu tun haben könnte. Ich hatte ja sowieso schon die ganze Zeit das Gefühl, dass es mit dem Dirk seiner Ukraine-Sache zusammenhängt, mit seinem Ukraine Einsatz. Diese Transport Geschichte!"

Während er das sagte, blickte er ganz kurz zu Paul und dann aber ganz schnell wieder geradeaus.

Paul entfuhr dabei auch prompt ein „Äh, wie", ließ den Satz aber unvollendet, weil es ihm schlicht die Sprache verschlagen hatte – das waren nicht irgendwelche Kontakte und Informationen von Dotter, diese Liste! Thomas Deichmann hatte Dirk Bessler wohl höchstens auf die Idee gebracht, Bessler selbst hatte diese Informationen besorgt, wie auch immer!

Hansi berichtete Piet nun in Kürze von ihrem Frankreichaufenthalt und seinen Folgen sowie den Überlegungen, die sie nach ihrem Besuch bei Thomas Deichmann angestellt hatten, den Piet offensichtlich nicht zu kennen schien.

„Auf jeden Fall hatte ich schon länger den Verdacht, dass es was mit diesem Ukraine-Job zu tun haben könnte. Nur von dort kann ja dann eine Liste mit Gewehrnummern stammen. Von einem Transport, nur da sind die Waffen zusammen und du kannst die Nummern überschlagen, von wo nach wo bei der Nummerierung."

„Und dann lässt du mich da runterfahren und denkst, ich bring jetzt das große Ergebnis mit? Über Dirks Kanäle in der Schweiz, die Info war doch von dir! Ein schöner Kumpel bist du!"

„Ja, da wussten wir das mir den Gewehrnummern ja noch nicht, die haben wir ja erst aus Frankreich geholt!"

Piet hatte es trotz dieser Erklärung offensichtlich auch die Sprache verschlagen.

„Komm, jetzt spiel hier nicht den Beleidigten, du wolltest dich doch sowieso verkrümeln. Und sag lieber mal, könnte die Liste von da unten stammen?"

Er zog sein Smart Phone aus der Jackentasche, durchsuchte die Bilder und legte es, nachdem er fündig geworden war, vor Piet auf den Tisch. Die Nummernliste. Er hatte sie natürlich nicht im Original dabei, das heißt in der Fotokopie aus Frankreich, sondern nur das Handy-Foto. Piet betrachtete die Liste und zuckte dann aber mit den Schultern. Keine Ahnung, sollte das wohl heißen.

„Dass ihn der Thomas Deichmann nur auf die Idee gebracht hat", fuhr Hansi trotzdem voller Elan fort, „Von früher wusste er ja, der Waffentransport läuft ja oft auch über diese Sicherheitsfirmen. Und da hat er vielleicht Kontakt zu diesem Schweizer und seinem Blackwater-Kontakt aufgenommen. So etwas! Vielleicht war er ja bei diesem Transport dabei. Zu *der* Zeit, 2015, 2016, gab es ja Militärtransporte zuhauf in die Ukraine. Da waren sicher auch Ex-Spezialkräfte mit ihrem Wissen gefragt! Auf jeden Fall wäre das doch eine Theorie, das könnte der Firma NM gar nicht gefallen, wenn ihre Waffen jetzt sogar in der Ukraine auftauchen würden, egal wie sie jetzt dahin gekommen sind, schließlich bewerben die sich ja auch gerade um die neue Waffenlizenz bei der Bundeswehr für das Nachfolgegewehr vom M27."

Die beiden quasselten noch eine Zeit weiter, Piet schien seine Empörung auch recht schnell überwunden zu haben. Paul begann in Gedanken abzuschweifen. Ihm ging da einiges durch den Kopf, was ihm gar nicht gefiel. Und das hatte nichts mit Gewehren oder was auch immer zu tun, nicht mit irgendwelchen Kanälen, Verkäufen, Lizenzen, Söldnern oder fremden Kriegsschauplätzen, obwohl das schlimm genug war, wahrscheinlich sowieso jenseits des Vorstellbaren. Im Grunde interessierte ihn auch nicht mehr, wo diese Waffennummern jetzt herkamen und wie Bessler die ergattert hatte und wer nun eigentlich diesen ehemaligen Elitepolizisten und Ex-Söldner, das war er ja offensichtlich auch, erschossen hatte. Ob das nun in Dossenheim oder in der Ukraine gewesen war! Irgendwo war das ja auch Berufsrisiko, im Grunde! Sollten die sich doch gegenseitig dezimieren. Er erschrak fast selbst, als ihm das durch den Kopf ging, aber nur fast.

Nein, Dotter fiel ihm plötzlich wieder ein, dieser Thomas Deichmann in seinem Büdchen. Irgendwas passte da in seinem Kopf nicht zusammen oder verstand er nicht. Und zwar war das dessen Motivation. Diese Sammelei, dieses bedeckte, heimliche Leben, in seiner Minigolfarena, mit diesen Plakaten auf dem Klo. So langsam sickerte da etwas bei ihm durch. Wer macht so etwas und warum? Über so lange Zeit, was steckte da dahinter. Das interessierte ihn viel mehr. Und er beschloss, nochmals mit ihm zu sprechen, und zwar nicht, um herauszubekommen, wer da wen aus welchem Grund umgebracht hatte.

Maultaschen with Kartoffelsalat

Deichmann - Kappel, Kappel - Deichmann!
Was war das für eine Geschichte?
Paul war sich natürlich darüber im Klaren, dass es vielleicht ein bisschen komisch aussehen würde, wenn er dort in Wolfach nochmal auftauchte, um zu fragen, wie es ihm ginge, diesem Thomas Deichmann.
Aber im Grunde war ihm das egal. Wenn sich alles als Fehlalarm herausstellen sollte, als unbegründete Sorge, dann konnte er ja wieder gehen. Wenn nicht, müsste man sehen, …
Er hatte sich am Abend zuvor ziemlich abrupt verabschiedet, die beiden waren zwar etwas verdattert gewesen, aber sie schienen es dann nicht weiter tragisch zu finden.

Es war schon fast Nachmittag, als er losgefahren war. Am Vormittag hatte er in der Redaktion die Wochenendtermine abklären müssen, er hatte Dienst. Und einige Einkäufe waren auch noch zu erledigen.
Dann, nach dem Mittagsvesper, hatte er nochmal in seinen Notizen nachgesehen, ob er auch die Privatadresse verzeichnet hatte, für den Fall, dass der Minigolfplatz geschlossen war.
Es war natürlich sowieso ein wackeliges Unterfangen, einfach da hinunter zu fahren, so nah war es nun auch wieder nicht, schon fast 45 Kilometer, also fast eine dreiviertel Stunde Fahrt. Aber ihm war bei solchen etwas spontanen Sachen schon immer lieber gewesen, man machte das persönlich, nicht am Telefon. Das konnte leicht in eine komische Stotterei ausarten und wenn

Thomas Deichmann nicht da wäre und auch sonst niemand wüsste, wo man ihn vielleicht antreffen könnte, konnte er ja immer noch anrufen.

Ein Tunnel, noch ein Tunnel und noch ein Tunnel, das musste früher ja eine noch schlimmere Gurkerei gewesen sein, als man durch Schiltach und ganz Wolfach hindurchmusste. So konnte er jetzt auch abkürzen, denn der Platz lag ganz am Ende von Wolfach und deshalb musste er auch dort nicht durch die Innenstadt.

Heute war das Wetter ausnahmsweise mal wieder einigermaßen stabil, also bestes Naherholungswetter zum Minigolf spielen.

Er stieg aus und sah auch schon von weiter weg, dass der Platz offen war. Zwei Grüppchen mühten sich durch den Parcours.

Aber Thomas Deichmann war nicht da. Eine Frau, Ende 40, Anfang 50, dichte, noch nahezu blonde Haaren, die hinten zu einem Pferdeschwanz zusammengefasst waren, mit offenen Augen und fröhlichen Grübchen im Gesicht, die sie jünger aussehen ließen, als sie wahrscheinlich war, lehnte von innen am Tresen und unterhielt sich mit einem Kunden, der vor ihr an einem der ersten Tische saß.

„AFD wählen, so hab ich dich eigentlich nicht eingeschätzt. Das sind doch Argumente für Leute, die zu faul sind zum Denken und meinen wir sollten zurück in die 50er!"

Paul grinste sie an, diese Argumentation hatte ihm gefallen, ein bisschen an die Eitelkeit appellieren, anstatt mit Argumenten jemand etwas beibringen zu wollen, dem es gar nicht um Argumente ging, sondern nur darum, endlich mal eine Bühne für die blödesten Vorurteile zu haben.

Sie grinste zurück und gab ihm mit einem Kopfnicken zu verstehen, dass er jetzt sein Anliegen vorbringen könnte.

„Ist Thomas da, Thomas Deichmann?"

Ihre Miene verdüsterte sich etwas und sie schaute Paul zuerst kurz an, als überlege sie, ob sie eine kürzere oder längere Antwort geben sollte, und sagte dann aber nur:

„Nein. Um was geht es denn?"

„Ich heiße Paul Backes und bin von der Presse in Freudenstadt." Er zog seinen Presseausweis heraus und zeigte ihn vor. „Ich haben vor kurzem mit Thomas Deichmann über eine Sache gesprochen, die mit der Firma NM in Neckartenningen bei Oberndorf zu tun hat. Dazu wollte ich ihm nochmal einige Fragen stellen."

„Da haben sie aber wohl Glück gehabt, das wundert mich fast ein wenig. Normalerweise redet er mit niemanden über diese Sachen. Haben Sie sich denn angemeldet, haben Sie einen Termin mit ihm ausgemacht? " antwortete sie etwas verwundert, „ich bin mir nämlich nicht sicher, ob er darüber tatsächlich nochmal mit jemand reden will." Sie schwieg kurz und fuhr dann aber, bevor Paul antworten konnte, fort, „außer mit mir, manchmal hat er gar kein anderes Thema." Das war ihr fast herausgeplatzt und Paul hatte den Eindruck, ihr täte das auch beinahe gleich wieder leid, aber jetzt war es schon gesagt und er schloss auch daraus, dass sie sich wohl etwas näher stehen mussten. Thomas Deichmann hatte offensichtlich das Glück, Partnerinnen zu finden, die weitestgehend mit seiner Schrulligkeit zurechtkamen oder ihn darin vielleicht sogar unterstützten. Bis zu einer gewissen Grenze vielleicht.

Da der dritte Mann zwischenzeitlich sich seine Mütze aufgesetzt hatte und sich nun auf den Weg machte, offensichtlich leicht beleidigt, wartete Paul, bis er verschwunden war und sagte dann:

„Ja, darum geht es vielleicht auch", er hielt kurz inne, weil er eigentlich nicht wusste, wie er weitermachen sollte, fasste aber dann doch recht schnell einen Entschluss und fuhr fort:

„Wenn ich ehrlich bin, bin ich eigentlich auch nicht aus journalistischem Interesse hier, ich glaube kaum, dass man das, was er da sammelt, journalistisch verwerten kann, wenigsten in der Lokalpresse nicht, vielleicht in einem Fachblatt oder politisch. Mir ging es eigentlich eher darum, ob er vielleicht mit ihnen auch über das Gespräch geredet hat, das er mit uns geführt hat. Das war letzte Woche und da war noch der Hans Pekoviak dabei, den kennt er von früher, über seine Ex-rau. Aber anscheinend ja nicht?" Er hielt nochmal kurz inne und fügte dann noch hinzu, er hatte ja im Grunde selbst nicht gewusst, worauf er hinauswollte, aber die Frage stand auf einmal ziemlich groß im Vordergrund:

„Oder hat er kürzlich einen Dirk Bessler erwähnt?"

„Nein", das kam schnell und ohne zu überlegen, aber dann:

„Kommen Sie doch herein, hier drinnen haben wir ein bisschen Ruhe."

Sie öffnete die seitliche Tür und Paul trat ein.

Drinnen waren alle möglichen Kühlschränke an den Wänden ringsum aufgestellt und an der hinteren Seite ein Regal, aber ein kleines Eckchen war noch frei, dort stand ein Tisch an der Wand mit drei Stühlen an den freien Seiten.

Vor einem der Stühle stand eine Kaffeetasse.

„Wollen Sie auch eine Tasse?"

„Ja, gerne", antworte Paul und setzte sich an die eine Seite, während sie eine Tasse aus dem Regal nahm und einschenkte.

Noch während sie einschenkte, sagte sie: „Nein, davon hat er nichts gesagt oder der Name sagt mir nichts. Aber er ist seit der Zeit eigentlich ständig unterwegs, das ginge ja gar nicht, wenn ich nicht zufälligerweise gerade Urlaub hätte. Was erledigen müsste er, ich hab ihn mal gelassen, das nützt sonst ja sowieso nichts, dann macht er nur ganz zu, wenn man ihn da bedrängt. Irgendwann sagt er in der Regel dann schon, was los ist."

Paul hatte auf einmal das Gefühl, dass sie sich echte Sorgen machte, sonst wäre sie wohl auch nicht so bereitwillig auf seine Fragen eingegangen, deshalb fragte er jetzt doch nochmal:

„Ja hat er denn nicht irgendwas gesagt, was er vorhat oder was er da tut?"

„Nein!" Sie betonte das Nein, wie wenn sie flehentlich auch um eine Antwort ringen würde, „das ist es ja, das macht mir ja diesmal doch ziemliche Sorgen. Aber warten Sie mal. Etwas ist mir aufgefallen, er hat neulich wohl im Internet etwas gelesen und dann hat er mehrmals fast höhnisch vor sich hingesagt, „Maultaschen with Kartoffelsalat", später und am nächsten Tag auch noch mal, eher wenn er sich wohl unbeobachtet gefühlt hat!"

Jetzt verstand Paul gar nichts mehr und sie saßen sich einander gegenüber und sprachen eine Zeit nichts miteinander, sondern schwiegen etwas ratlos oder verwundert.

Paul stand dann aber plötzlich auf, schob den Stuhl zurückschob, stand auf und meinte zu ihr: „Moment, ich schau da mal was nach."

Er öffnete seine Tasche, die er beim Reinkommen links an die Seite gestellt hatte, und nahm sein Smartphone heraus, setzte sich wieder und gab „Oberndorf" und „Maultaschen und Kartoffelsalat", sowie „schwäbische Spezialitäten" ein. Er bekam zwei Meldungen, den „Karpfen" in der Unterstadt und den „Adler", oben in der Altstadt.

„Vielleicht hat er dort was vor", meinte er dann zu ihr, nachdem er sein Ergebnis laut vorgelesen hatte, ohne es zu erklären. „Wie lange ist er denn heute wieder weg?"

„Ach, so eine halbe Stunde bevor Sie gekommen sind, und er geht auch nicht ans Telefon, ich wollte ihn etwas mit der Bestellung fragen, aber er geht nicht dran!"

„Ich glaub, ich fahr da mal hin, fahren Sie mit?"

Sie schaute ihn groß an und sagte nur „Ja!" Und nach kurzer Zeit: „Warten Sie einen Moment." Dann ging sie raus und sagte zu dem letzten Grüppchen, das noch spielte:

„Wir müssen aus privaten Gründen für heute schließen. Stellen sie doch, wenn sie fertig sind, die Schläger und den Ball in die Ecke dort und legen sie den Block auf den Tresen. Danke! Tschau!"

Anschließend schloss sie ab und sie gingen zu seinem Wagen.

Obwohl er schon seit über 30 Jahren im Schwarzwald wohnte, musste Paul jetzt doch kurz in seinen Autoatlas schauen, das Navi war gerade mal wieder in Tonis Auto, um sicher zu sein, wie sie fahren mussten. Das Smartphone nutzte er sowieso nur, wenn es sich nicht umgehen ließ, außer zum Telefonieren natürlich.

Unterwegs fragte er sie noch, ob ihr der Name Koppel was sagte, was sie verneinte. Offensichtlich war sie noch nicht auf dem Männerklo gewesen oder hatte nicht darauf geachtet. Das hatte er sich nämlich jetzt so langsam zusammengereimt, dass der Name des Managers von NM, Koppel, auf dem Plakat schon ein konkreter Hinweis sein könnte. Aber wenn das so wäre, ihr hatte Thomas Deichmann davon aber offensichtlich nichts mitgeteilt.

Inzwischen hatte sie Paul übrigens auch ihren Namen mitgeteilt, Ingrid Saalmann hieß sie und sie war seit ungefähr fünf Jahren mit Thomas Deichmann zusammen.

Kurz vor Oberndorf fragte er sie, was Thomas für ein Auto fuhr. Einen alten Passat, besser gesagt einen uralten, noch die flache Form, himmelblau. Und fügte dann noch an: „Gucken wir mal, ob wir ihn sehen und fahren bei den beiden Restaurants vorbei. Irgendwas hat er damit ja vielleicht gemeint, irgendwas passiert da.

Oben beim Adler war kein alter Passat zu sehen, und sie fuhren hinunter zum unteren Oberndorfer Zentrum. Die Talstraße hinein, gegenüber dem Modehaus Hoffmann, neben dem Kino lag der Karpfen, nach außen eine relativ normale Gaststätte, nicht unbedingt ein besseres Restaurant. Paul hatte bei seiner Suche auch einige Kommentare auf Englisch gelesen. Vielleicht war das der besondere Scharm, dieses bürgerliche, normale, eben kein „besseres Restaurant" oder gehobenes Speiselokal. Vielleicht war das die richtige Adresse für ein Geschäftsessen mit amerikanischen Freunden?

Vor dem Kino stand der Passat.

Sie stiegen aus und schauten sich um. Nichts, kein Thomas Deichmann. Es war immer noch hell, obwohl es mittlerweile schon nach acht Uhr war. Aber sonst war außer ihnen niemand auf der Straße.

„Komm, wir gehen mal da rein, vielleicht sitzt er ja da drin und isst etwas."

Ingrid grinste etwas schief als Reaktion auf diese Vermutung von Paul Backes.

Paul öffnete die Tür, Ingrid folgte ihm. Nach einem kleinen Vorraum kam ein großer, ziemlich nüchterner Gastraum, an beiden Seiten von Metallsäulen flankiert, der eher an ein Brauhaus als an ein Restaurant erinnerte. Lange Reihen von Tischen waren nur zum Teil besetzt, dieser „Karpfen" hatte vielleicht schon mal bessere Zeiten erlebt.

Relativ weit vorne saß Koppel, Paul hatte beim Interview genügend Zeit gehabt, ihn eingehend zu studieren, zusammen mit zwei Herren ähnlichen Kalibers. Anzug, Hemd, Krawatte, aber die Krawatte schon etwas gelockert und jovial, gemütlich, auf den Stuhl gefläzt. Offensichtlich bester Laune.

Sie bemerkten den Mann im Parka, der auf der rechten Seite hinter einer der Säulen stand, offensichtlich nicht oder taten so. Wobei auch nur Koppel ihm das Gesicht zudrehte.

Dotter, hob gerade seine rechte Hand, formte damit einen Revolver, zielte auf Dotter, „schoss" und blies symbolisch den Rauch ab. Man konnte den Eindruck haben, dass Koppel kurz herüberschaute, aber dann den Kopf wegdrehte. Dotter lies den Arm sinken, drehte sich um und wollte gehen, blieb aber wie erstarrt stehen, als er Ingrid und Paul bemerkte, die immer noch am Eingang standen und zu ihm hinüberschauten.

Dann setzte er sich in Bewegung, ging an ihnen vorbei und verließ den Gastraum.

Draußen vor der Tür blieb er stehen und wartete auf sie. Als sie vor ihm standen, zog er eine alte Pistole aus dem Parka, sie sah aus wie eine alte Wehrmachtswaffe, hielt sie Ingrid am Lauf entgegen und sagte:

„Das bringt sowieso nichts. Ich hätt's auch nicht gekonnt." Und nach einer kleinen Pause:

„Ich glaub ich verbrenn das ganze Zeug oder geb's jemand, der mehr damit anfangen kann."

Äpfel schälen

„Ja, ja, das sind die Herausforderungen des Lebens",
dachte Paul bei sich. Es war vier Wochen später und er
saß in Tonis Küche und schälte mit ihr zusammen einen
Korb voll früher Äpfel. Es gab ja dieses Jahr wegen des
späten Nachtfrosts kaum welche, die Blüten waren fast
alle erfroren und die, die es gab, waren meistens ziemlich
klein.

Nach der denkwürdigen Fahrt von Wolfach nach Oberndorf war der Alltag nun doch nochmal, trotz Rente in Sicht-
weite, über ihn hereingebrochen, Gerichtstermine, Wo-
chenendvertretungen, Recherchen und Dokumentatio-
nen, zum Beispiel über vermutlich radikale Islamisten im
Nordschwarzwald, mit dem Ergebnis, es gab so gut wie
keine. Ein Leben hinterm Mond, in verschiedenster Art und
Weise.

Bundes- oder gar Weltpolitik hielt nur über die Nachrich-
tenkanäle in das beschauliche Schwarzwaldtal Einzug:

Paul hatte Lust, nach beendetem Apfelschälen Toni einen Auszug aus „Deutschlandfunk.de" vorzulesen, den er
am Morgen entdeckt hatte. Er klappte den Rechner auf
und suchte die Seite.

„Das ist doch gruselig, da steht:

*2010 machte eine Asgaard German Security Group
Schlagzeilen. Ihr Chef Thomas Kaltegärtner, ein ehemali-
ger Panzergrenadier, erläuterte im Deutschlandfunk seine
Dienstleistungen im schönen Somalia:*

*„... mit den Hauptaufgaben Personenschutz, Objekt-
schutz, Konvoischutz. Dazu gehört auch die Ausbildung
von Polizei und Militär im Einsatzland."*

Mit angeblich mehr als 100 ehemaligen Bundeswehran-gehörigen wollte die Firma für einen dubiosen Warlord ak-tiv werden. Ein Alptraum für die Bundeswehr, die zur glei-chen Zeit nebenan in Uganda Kämpfer der somalischen Übergangsregierung ausbildete. Die Polizei machte eine Hausdurchsuchung, die Staatsanwaltschaft Münster klagte zwei Verantwortliche an – wegen Verstößen gegen das Waffen- und das Außenwirtschaftsgesetz. Am 21. September – sieben Jahre später – wird nun vor dem Amtsgericht Münster verhandelt werden. Die Firma erklärt dazu auf Anfrage:

„Es gab Ermittlungen von profilierungssüchtigen, pazi-fistischen Staatsanwälten." Die Strafverfolger hätten „sich aus doktrinären (Ego-)Gründen in eine harmlose Sache verbissen. Es hat kein Asgaard-Mitarbeiter somalischen Boden betreten."

Die Security-Firma sucht weiterhin Personal.

Die Facebook-Seite von Asgaard zeigt jetzt andere son-nige Einsatzorte. „Ankunft in Erbil, nachmittags ange-nehme ca. 40 Grad. Fahrt im B6-GMC Suburban zum Compound an der Ausfallstraße Richtung Kirkuk."

Die Bundesregierung will damit nichts zu tun haben: „Die Firma Asgaard Security hat sich 2015 um einen Auftrag zum Schutz des Einsatzkontingentes der Bundeswehr in Erbil/Region Kurdistan Irak bemüht, einen solchen aber nicht erhalten. Auch zuvor hatte Asgaard Security keine Aufträge der Bundeswehr erhalten."

Doch der aktuelle „CEO" Petja Stoy, Kandidat der AfD in Aachen, sucht weiterhin Personal. „Wenn ihr auch Teil un-seres Teams werden wollt, mindestens 25 Jahre alt seid und bereits vier Jahre bei der Bundeswehr oder einer Spe-zialeinheit der Polizei eingesetzt gewesen wart, registriert euch in unserem neuen Bewerbertool und nehmt an einem der EFVs teil!"

„Ein AFD Kandidat, wie schön!" war zunächst mal Tonis einziger Kommentar.

Mit ihr hatte er nur ganz kurz über die vermutliche NM Erpressung gesprochen und so schlug auch ziemlich schnell wieder der normale Verdrängungsmechanismus zu. Thema weg, Sorgen und Schuldgefühle weg. Hansi weilte noch in Freudenstadt, hatte tatsächlich einen Job bei einer hiesigen Sicherheitsfirma bekommen, die sich aber wohl eher auf den Schutz ziviler, inländischer Objekte spezialisiert hatte, und war gerade dabei, doch eine etwas winterfestere Behausung zu suchen. Piet hatte sich wieder auf den Weg nach Heidelberg gemacht und Dotter, der betreute seinen Minigolfplatz.

Umso überraschter war er, als sie nun doch plötzlich während des Teigauswellens herüberschaute und meinte:

„So richtig herausgekommen ist bei deiner Neckartenninger Recherche nichts, oder?"

„Hm", brummte er deshalb auch zunächst mal, fuhr aber fort, „nein, wenigstens was diesen Mord in der Nähe von Heidelberg anbelangt. Ich glaube auch nicht, dass da überhaupt etwas dabei herauskommt. Höchstens durch Zufall. Ich habe vor einigen Tagen nochmal mit Franz gesprochen, und der hat seinen Kontaktmann in Heidelberg angerufen. Die in Heidelberg sind auch nicht weiter. Und wenn man berücksichtigt, wer das wahrscheinlich war, nämlich auch irgendwelche als Sicherheitsspezialisten getarnten Söldner, die wohl etwas übers Ziel hinausgeschossen sind, kann man davon ausgehen, dass sich an dem Ergebnis nichts ändern wird.

Toni zog ihre Augenbrauen hoch und schaute ihn etwas erstaunt an, worauf er sich nun doch bemüßigt fühlte, das etwas genauer zu erklären.

„Wir hatten auf unserer Frankreichtour ein komisches Erlebnis." Und er erzählte ihr nun doch von dem Ereignis auf der Rückfahrt, als sie in diesen Feldweg gedrängt worden waren, wo sie die Papiere aushändigen mussten.

„Wie bitte", entfuhr es Toni bei dieser Schilderung, „ihr seid mit einer Waffe gezwungen worden, diese Papiere rauszugeben?"

„Ja!", bestätigte Paul etwas kleinlaut seinen bisherigen Bericht, fuhr aber gleich fort:

„Dotter weiß da wahrscheinlich mehr, wie NM und Blackwater oder wer auch immer zusammenhängen und wer tatsächlich beauftragt wurde, das Problem Dirk Bessler zu beseitigen. Einen klaren Auftrag kann man da wohl kaum nachweisen, in diesen Kreisen. Wer mit Waffen handelt gerät da sicherlich zwangsläufig in schlechte Gesellschaft, das bedingt sich ja wohl gegenseitig. Wer für Blackwater Spezialanfertigungen herstellen wollte und gemeinsame Schießlehrgänge veranstaltet hat, kennt sich ja ganz gut und man hilft sich da vielleicht auch mal gegenseitig aus der Patsche. Diese Saubermänner bei NM und Co., wie sie sich immer so darzustellen versuchten, als seien sie *nur* normale Geschäftsleute". Das sind sie eben überhaupt nicht, eher im Gegenteil. Gott sei Dank, kann man ja nur sagen, hat Dotter diesen Koppel doch nicht über den Haufen geschossen und ist wohl auch tatsächlich dabei, seine gesammelten Werke der „Aktion Aufschrei" zu übergeben, die kämpfen ganz erfolgreich mittlerweile gegen die Waffenlobby. Und vielleicht ist es auch einfach besser für ihn, wenn man das mal ruhen lässt."

„Aber was hatte dieser Thomas Deichmann, so heißt er doch?" Paul nickt, „eigentlich mit diesem Koppel zu tun?"

„Das hat er uns an dem gleichen Abend schon noch erklärt. Die kannten sich von der Schule her, sie waren in einer Klasse, Klassenkameraden, das heißt Kameraden kann man wirklich nicht sagen. Koppel war wohl der Kopf einer Clique, die andere Schüler drangsalierte, eines ihrer Opfer war auch Thomas Deichmann. Koppel selbst wurde allerdings nie belangt, der war immer so geschickt, die anderen die Dreckarbeit machen zu lassen. Was da genau vorgefallen ist, hat er uns verschwiegen, das heißt Ingrid hat er es vielleicht schon erzählt, aber nicht, wie ich dabei war. Auf jeden Fall hat er wohl aus einem tiefsitzenden Hass heraus Informationen über diesen Koppel gesammelt, das konnte man wohl schon bald nach der gemeinsamen Schulzeit. Dieser Koppel hat nämlich schon früh, so in den beginnenden 80ern, angefangen, mit Hilfe seines Vaters und einiger dubioser Geldgeber Geldgeschäfte zu machen, mit ein wenig Recherche war das auch schon damals nachvollziehbar. Zuerst aus entsprechenden Publikationen, später dann, wenn man sich auskannte, im Internet. Anscheinend wollte er ihm zunächst die Ereignisse aus der Schulzeit heimzahlen, irgendwann hat sich das dann verselbständigt.

Im Lauf der Zeit hat er aber mitbekommen, dass zwar alle möglichen Leute nicht so gut auf Koppel zu sprechen waren, erst recht, nachdem der in diese Waffenfabrik eingestiegen war, dass man ihm aber persönlich nichts anhaben konnte. Als er dann allerdings die Sache mit seinem ehemaligen Schwager erfahren hat, ja noch dazu durch uns, hat es wohl irgendeine Art Kurzschluss bei ihm gegeben. Sein ursprüngliches Ziel ist wieder in den Vordergrund getreten, sich zu rächen, aber er merkte auch, das klappt nicht über den gesetzlichen Weg. Da beschloss er, ich mach das anders. Und so kam das dann."

Dass er aus dem Kloplakat geschlossen hatte, dass dieser Koppel der wirkliche Gegner Dotters war, das hatte er Toni schon nach dem Oberndorfer Ereignis erklärt. Und dass es sich bei diesem „Maultaschen with Kartoffelsalat" nur um eine Adresse handeln konnte, wohin Koppel amerikanische und sonstige Geschäftsfreunde des Öfteren einlud, diese Annahme, hatte sich ja als richtig herausgestellt.

„Ja und jetzt habt ihr die Schiebereien dieser Herren und dass sie sogar vor einem Mord nicht zurückschrecken, einfach so ad acta gelegt?" Das war ein nicht zu überhörender Vorwurf, und Paul war zunächst auch fast ein wenig eingeschnappt:

„Du kommst denen nicht bei. Solange die von der Politik derartig gedeckt werden, kommen sie auch durch mit ihren Tricksereien oder es rollen eben ein paar untergeordnete Köpfe, wie zum Beispiel bei dieser Mexiko-Sache, die gerade vor Gericht abgehandelt wird, danach sieht es jedenfalls aus. Immerhin wird ja gerade bekannt und durch Zeugen gesichert, dass die Geschäfte mit Mexiko nicht ohne Wissen der Geschäftsleitung abgewickelt werden konnten. Aber vielleicht hast du ja recht, wir haben hier vor Ort noch eine andere Verpflichtung, einfach stetig weiter zu bohren und Druck zu machen!"

„Und wie? Ihr habt, wenn ich das richtig verstanden habe, nichts in der Hand, wenigstens nichts Stichhaltiges, das einer Überprüfung standhalten würde?"

„Anders sähe es aus, wenn es einen Transportauftrag für die Gewehre in die Ukraine gäbe, am besten noch von Koppel unterschrieben, aber den wird es nicht geben, das läuft über andere Kanäle. Also schreiben wir eben doch immer mal wieder etwas über Konversion, dass es notwendig wäre, die Produktion umzustellen. Eine Firma, die mit solchen Produkten handelt, dürfte sich nicht in die Abhängigkeit nur von der Waffenproduktion begeben, da muss gelogen und getrickst werden, um das Kriegswaffenkontrollgesetz zu umgehen. Wenn sie den Frankreich-Deal unter Dach und Fach haben und vielleicht auch noch die Bundeswehr mit einem neuen Gewehr ausrüsten, sind das ja alles nur befristete Großaufträge ohne Langzeitwirkung, wenigstens nicht in dieser Größenordnung. Und wenn man die amerikanischen Verhältnisse kennt, ist es ja auch die Frage, ob es so eine gute Idee ist, dort jetzt eine Firma für Jagdwaffen zu bauen für den amerikanischen Markt. Die müssten einfach noch ein zweites und drittes Standbein haben. Fahrräder wegen mir, das hat nach dem Krieg auch gut funktioniert, Fahrräder sind doch sowieso die Zukunft und…auch Feinmechanik! Das wäre doch zum Beispiel was!"

Nachspiel

Piet und Hansi lagen im Gebüsch und warteten. Es war ruhig um sie herum. Die Vögle piepten nicht mehr, weil die Sonne schon relativ hochstand und es begann schon wieder heiß zu werden. Aber sie waren geschützt, nur hie und da blinkten die Sonnenstrahlen durch das Laubdach. Auch sonst war der Wald an dieser Stelle ziemlich dicht. Unter den Laubbäumen befand sich ein kleines Fichtendickicht, ein ideales Versteck. Über die kleine Schlucht hinweg hatten sie einen guten Blick auf das Sträßchen auf der anderen Seite.

So hatten sie schon lange nicht mehr nebeneinandergelegen, das letzte Mal war wohl bei diesem Vorbereitungslehrgang für den Einsatz im Irak, das war vor fast 15 Jahre. „Dreimonatige Verwendungsfortbildung zum Personenschützer" hieß das damals, Thema „Personenschutzmaßnahmen in Krisengebieten". Obwohl, in der schönen Siegaue, bei St. Augustin, konnte man sich nicht unbedingt sofort in ein Krisengebiet einfühlen, da war schon Phantasie gefragt. Aber immerhin war das eine ähnliche Gegend, wie jetzt hier in der Nähe der Neckarwiesen, hier gab es ein wenig mehr Gebüsch, das kam ihnen zupass.

Allzu viele Überlegungen über das Wo und Wann hatten sie sich nicht gemacht, entweder es klappte oder es klappte nicht, das wäre dann halt so. Aber dies Sträßchen war wenig befahren und hier musste er gegen Mittag vorbeikommen, Mittag essen in seinem Lieblingslokal „Berggasthof zum Stockbrunnen". Sie hatten bei ihren Vorbereitungen festgestellt, dass sich Koppel und der CEO von Heckler und Koch hier regelmäßig mittwochmittags zum gemeinsamen Mittagessen trafen. Wahrscheinlich zum

Plaudern, über dies und das. Waffenverkäufe in den Jemen, an die Huthi Rebellen oder nach Saudi-Arabien. Oder am besten an beide.

Das fanden Piet und Hansi eine günstige Gelegenheit: Geradezu provozierend! Von hier konnten sie bequem verschwinden, ohne dass man sie so leicht verfolgen konnte, wenn denn überhaupt jemand auf sie aufmerksam wurde.

„Das war schon ganz nett von unserm Kriminalreporter, uns seine Beobachtungen bei diesem Ereignis in Oberndorf mitzuteilen. Der war gar kein solcher Wackelkandidat, wie man meinen konnte."

„Dachte ich auch, der traut uns eigentlich nicht richtig, aber, siehe da…!

„Ja, die Verbindung zu diesem ungarischen Academi-Typen und dem Ukrainer war nicht schlecht, dass er die dort wiedererkannt hat."

„Naja, Glücksache, er dachte, er hätte drinnen den einen schon irgendwo gesehen und dann ist ihm danach, vor diesem Lokal, als sie da den Dotter getroffen haben, das ungarische Auto aufgefallen, mit dem Academi-Aufkleber. Bisschen im Internet rumgesucht, zack, Treffer! Diesen Ex–Blackwater Söldnerführer und dann auch noch den Azov-Kommandeur. Ohne Uniform sehen die ja immer fast harmlos aus. Aber dank Internet! Über diese Blackwater Europe Facebook-Seiten auf die ungarische Blackwaterseite. Irgendwie sind die ja auch ein bisschen doof, annoncieren bei Facebook! Und dann noch dein Spezi, da in der Schweiz, den muss er sich ja auch mal im Internet angesehen haben. Und das Azov-Regiment auch."

„Ja, aber bei dem war er sich nicht ganz sicher, aber der Blackwater-Typ reicht eigentlich schon, oder?"

„Der Söldner mit guten Kontakten zum Azov-Regiment!"

„Hm!" Hans Pekoviak nickte mit dem Kopf und brummte. „Da hat er sich doch ein wenig damit beschäftigt, der Paul von der Zeitung, was wir ihm da erzählt haben. Auch schön blöd von denen, sich in Deutschland zu treffen. Im Schwarzwald. Da haben sie gedacht, da sieht sie keiner, da sind sie sicher! Haha!"

„Und der Kontakt ist damit eigentlich auch klar. Koppel, Blackwater und jemand vom Azov-Regiment.

„Das muss dann auch schon ein großes Tier gewesen sein, sonst hätte der Koppel sich nicht selbst mit denen getroffen."

„Ja, so ist das!"

Kurz nach zwölf war es so weit. Der auffällige dunkelrote Jaguar kam gemächlich den Weg von Oberndorf herauf.

Sie hatten den Weg natürlich ausgekundschaftet und so auch bemerkt, dass zwei Wege zum Berggasthof führten, der obere, den normalerweise der CEO von H&K nahm, der führte nämlich im Grunde hinter dem Werk vorbei, und einen unteren, den kam Koppel hoch, von Oberndorf aus. Den hatte er auch heute genommen.

„Der hat Zeit, nicht wie unsereins immer im Stress!"

Sie hatten vorher ausgewürfelt, wer schießen durfte. Piet hatte Pech gehabt, er musste zusehen.

Hansi richtete das M27 mit dem angebauten Granatwerfer auf einem geeigneten Baumstumpf aus und zielte. Auf die kurze Entfernung würde er schon treffen, wenn das Gerät, dass sie da auf dem Schwarzmarkt erstanden hatten, auch nicht im bestem Zustand war, hatte auch nicht so viel gekostet.

Es war jetzt vollkommen still um sie her. Nur das leise Brummen des schweren Wagens. Sonst nichts.

Ruhig einatmen, ausatmen, durchziehen.

Ein trockener Knall und wieder Stille.

Treffer!

Die Motorhaube platzte auf und der Wagen rutschte blind die halbe Schlucht zum nahen Bach hinunter und blieb dann an einem Baum hängen.

Sie hielten sich nicht lange auf. Ließen das M27 einfach liegen. Sie waren ja sicher, dass es „sauber" war. Standen auf, warfen die Rucksäcke über und machten sich nach hinten davon, Richtung Wanderparkplatz. Dort stand Piets Nissan Sunny mit der geklauten Rottweiler Nummer. Sie schmissen die Rucksäcke auf die Rückbank. Und weg waren sie.

Am Tag darauf erschien in den regionalen Medien folgender Presseagentur Artikel:

Anschlag auf NM Manager

Oberndorf: Mit einem Gewehr aus der eigenen Produktionslinie wurde gestern Mittag ein Anschlag auf den Manager der Neckartenninger Maschinenfabrik verübt. K., der auf dem Weg zu Mittagessen im beliebten Berggasthof Stockbrunnen war, blieb nahezu unverletzt, musste aber zur Beobachtung und psychologischen Betreuung in das Oberndorfer Krankenhaus eingeliefert werden. Der Jaguar des Spitzenmanagers erlitt einen Totalschaden, als das Geschoss in den Motorraum einschlug und der Wagen anschließend die schluchtartige Böschung zum Stockbrunnenbach hinunterrutschte.

Das Gewehr wurde in der Nähe gefunden, ein MN Fabrikat mit angebautem Granatwerfer, also ein eindeutiges Kriegsgerät, allerdings konnte der Herstellungsort nicht festgestellt werden, weil die Herstellungsnummer herausgefeilt war. Wahrscheinlich aber aus ägyptischer Produktion. Auch ließ das Gewehr sonst keine Rückschlüsse auf die Täter zu. Anhand der Spuren vor Ort konnte man darauf schließen, dass zwei Personen an der Tat beteiligt waren. Das wurde in der rasch einberufenen Pressekonferenz bekannt gegeben. Es wird vermutet, dass absichtlich nur der Wagen beschädigt wurde, sozusagen als Warnschuss, da ein Fehlschuss aus der recht geringen Distanz unwahrscheinlich ist. Allerdings fehlt von den Tätern jede Spur. Die Suchhundestaffel konnte ihre Spur bis zum nahen Wanderparkplatz verfolgen. Von dort dürfte es ein Leichtes gewesen sein, über die Landwirtschaftssträßchen nach Altoberndorf und von da aus zur Autobahn zu flüchten.

Die Polizei bittet um Hinweise. Wer hat zwischen dem Berggasthof Stockbrunnen und Altoberndorf um die Mittagszeit einen Wagen beobachtet?

Der Hintergrund der Tat ist noch völlig unklar, es ließe sich ein politischer Zusammenhang denken, Hinweis darauf ist vielleicht die am Tatort zurückgelassene Waffe, die zumindest aus dem NM Sortiment stammt. Was allerdings dagegen spricht, ist die Gewaltanwendung. Waffengegner benützen üblicherweise keine Waffen zur politischen Aussage.

Inhaltsangabe:

Die Deppen 7
Seltsame Camper 10
Sonntagmorgen 23
Waffenhändler 40
K. ist besorgt 49
Offizielle Erkenntnisse 57
Niemand da 67
Rosi 74
Zufälle 79
Freudenstadt 88
Redaktionsgespräche 97
Ein Interview 107
Dotter 117
Verschwunden 126
Frankreich 131
Le Puy 145
Für sich 150
Nummern 158
Objektive Tatsachen 162
Verwüstete Dörfer 168
Urlaub 171
Der Bär 176
Geschäfte 183
Schmutzige Wasser 189
Einmal Ukraine 197
Maultaschen 207
Äpfelschälen 215
Nachspiel 222

Alle Teile der Romanhandlung und die darin vorkommenden Personen sind frei erfunden. Es gibt weder den Ort Neckartenningen noch die Waffenfirma NM oder die Funktion eines NC. Auch die PTP Security GmbH in Bensheim ist Fiktion. Die kursiv gesetzten Textstellen sind nahezu im Original, mit Ausnahme von einigen Auslassungen und den Textstellen, die sich auf die Firma NM beziehen.

Und danke an Karl-Heinz, Kati und Elvira

Anmerkungen:

Strafverfahren gegen H&K
Aktuell November 2018:
Das Strafverfahren gegen sechs ehemalige Mitarbeiter wegen Verdachts auf Verstöße gegen das Außenwirtschafts- und Kriegswaffengesetz ist in vollem Gange. Tausende Sturmgewehre des Typs G36 wurden zwischen 2006 und 2009 in mexikanische Bundesstaaten geliefert, für die es von der Bundesregierung keine Ausfuhrgenehmigung gab. Gesamtwert der Ausfuhren: 4,1 Millionen Euro. Es waren Waffen, die später auch im Zuge staatlicher Menschenrechtsverbrechen zum Einsatz kamen. Nun gibt es neue kompromittierende Informationen.

Das ARD-Magazin „Report Mainz" berichtete vergangene Woche von ihm vorliegenden Lieferverträgen zwischen der Rüstungsschmiede und der Firma DCAM, die zum mexikanischen Verteidigungsministerium gehört. „Die Verträge sind schlagender Beweis dafür, dass H&K tatsächlich gewusst hat, wohin die Waffen gehen", berichtet der Fernsehjournalist Thomas Reutter im Gespräch mit der FR. Seit mehreren Jahren recherchiert Reutter zusammen mit Daniel Harrich zu dem deutsch-mexikanischen Waffengeschäft.

Quellen und weitere Infos über Bücher, Inhalte und einiges mehr unter:

www.Walter-Hornbach.Jimdo.com